I0726274

DÉMON EN VADROUILLE

MAMAN CONTRE DÉMON

BEST-SELLER SUR LA LISTE DE *USA TODAY*

JULIE KENNER

Parfois, la maternité, c'est l'enfer...

Jackson & Sylvia

Sur tes lèvres

Sur ta peau

À tes pieds

Jamie & Ryan

Apprivoise-moi

Tente-moi

Attise-moi

Rencontrez les hommes de Most Wanted

Te désirer

T'enflammer

T'envoûter

Découvrez les hommes de Stark Sécurité.

En mille éclats

Dans ton ombre (prequelle)

En mémoire de nous

En demi-teinte

En haute voltige

En ton nom

En crescendo (nouvelle)

En plein cœur

L'Homme du Mois

Droit au cœur - Mister Janvier

Vague à l'âme - Mister Février

Raison d'être - Mister Mars

Coup de sang - Mister Avril

État d'âme - Mister Mai

Droit au but - Mister Juin

Au beau fixe - Mister Juillet

Diable au corps - Mister Août

Cri du cœur - Mister Septembre

Corps à corps - Mister Octobre

État d'esprit - Mister Novembre

Force d'âme... - Mister Décembre

Cocktail royal - livre bonus

Blackwell-Lyon Sécurité

Nos adorables mensonges

Nos drôles de jeux

Nos belles erreurs

Nos plus beaux rôles

La série Maman contre démon

Démon de l'après-midi

Démons et merveilles

Démon ne meurt jamais

Déjà démon

Allô maman, démon ! (histoire bonus)

Démon ex machina

Démon en vadrouille

Démon à bord

Démon, mode d'emploi

DÉMON EN VADROUILLE

MAMAN
CONTRE DÉMON

JULIE KENNER

Traduit de l'anglais par Alexia Vaz and Valentin
Translation.

Nous étions entourés de corps.

Des corps qui poussaient, écartaient, se tortillaient.

Certains malveillants. D'autres qui se contentaient... d'exister.

C'était l'enfer. L'enfer pur et absolu.

J'étais bien placée pour le savoir. Je m'appelle Kate Connor et je suis une chasseuse de Démons de Niveau Cinq auprès de la *Forza Scura*, la branche secrète du Vatican qui est chargée d'éliminer les démons et autres saletés. Ce qui veut dire que je suis plutôt bien informée des réalités de l'enfer.

Alors, croyez-moi quand je dis que l'aéroport Fiumicino de Rome aurait pu être l'un des sept cercles de Dante. Surtout quand vous vous retrouvez à naviguer là-dedans avec un enfant en bas âge tout grognon. Enfin, pour être juste, l'enfant en question n'était pas beaucoup plus grognon que mon mari, Stuart, qui déteste prendre l'avion et avait à peine fermé l'œil de tout le vol. Je n'avais pas beaucoup dormi non plus. Franchement, j'étais un peu grognon aussi.

— Faim, dit Timmy en se laissant tomber par terre où il se livra à une bonne imitation d'un rocher. Maman, maman, j'ai faim.

Je tenais sa main serrée comme dans un étau, si bien que quand il s'arrêta, je m'arrêtai aussi, et nous nous retrouvâmes à créer un barrage dans le flot des voyageurs. Un chœur de jurons nous entoura. De l'anglais, de l'italien, du français, et au moins une douzaine d'autres langues que je ne reconnus pas. Rome est très cosmopolite.

Derrière moi, Stuart s'arrêta net et ses doigts se crispèrent sur mon épaule alors qu'il essayait de se stabiliser.

— Timothy Allen Connor, tu as envie de te faire écrabouiller ? Kate, fais quelque chose.

Je grimaçai.

— Merci du conseil. Jusqu'à ce que tu en parles, mon plan c'était de ne rien faire du tout.

— Pas écrabouillé, dit Timmy alors que je le soulevai pour le caler sur ma hanche. Happy Meal. Je veux un Happy Meal.

Sa petite main partit comme une flèche, et pointa avec une précision parfaite un McDonald qui se trouvait joliment planté au milieu du hall. Il avait un radar, ou quoi ?

— Oh, dégueu, déclara Allie, ma fille de quinze ans, à quelques mètres devant nous, sur le côté.

Je me hâtai dans cette direction, désireuse de m'éloigner de la foule qui menaçait de me renverser.

Un jeune homme d'une vingtaine d'années, aux allures de mannequin avec ses cheveux sombres, me balaya du regard alors qu'il dépassait Stuart. Il avait une mine ironique, comme s'il savait que le secret d'un voyage dépourvu de stress, c'était de se balader seul, et qu'il se moquait de mon idiotie. Je reconnus son tee-shirt de la fac de Pepperdine et sa veste en jean : il était dans l'avion avec nous, trois rangées devant, de l'autre côté du couloir. Il s'était retourné un peu trop souvent pour regarder ma fille. Ma fille qui allait toujours au lycée.

Allie avait fait semblant de ne pas s'en rendre compte, mais elle s'était recoiffée et avait remis du gloss au moins une douzaine de fois pendant le vol, et quand elle n'avait pas les yeux rivés à un appareil électronique, elle laissait son regard se perdre vaguement en direction de ce type. J'étais peu capricieuse, mais Mr Pepperdine n'était pas sur la liste de mes personnes préférées. Par réflexe, je reniflai et fronçai les sourcils en captant la puanteur qui s'attardait dans l'air. Un démon ? L'idée d'avoir une raison d'enfoncer une baguette dans l'œil de Mr Pepperdine me réjouit, mais ma jubilation disparut aussi vite qu'elle était venue. Ce n'était pas un démon que je sentais. Juste le parfum de douzaines de voyageurs internationaux qui avaient bien besoin d'une douche.

Sympa.

Je jetai un coup d'œil à Allie pour voir si elle était de nouveau en train de se pomponner mais heureusement, elle n'avait pas remarqué le jeune homme. Elle était appuyée à un des sièges en plastique qui bordaient le couloir, son iPhone tout neuf à la main, et ses pouces couraient sur l'écran, les sourcils froncés de concentration. Normal. Elle venait de passer quinze heures coupée du monde. Pas de téléphone. Pas d'internet. Rien que son iPod, son ordinateur portable, six magazines, deux livres, et une demi-douzaine de regards charmeurs adressés à un inconnu. Ce n'était pas étonnant qu'il lui faille aussitôt envoyer un SMS à sa meilleure amie.

Je fis claquer mes doigts devant son nez et elle sursauta.

— Allez. On bouge. Si tu ne veux pas de frites, tu n'as qu'à te prendre des morceaux de pommes.

C'est ce qu'il y avait de bien avec les fast-foods. Peu importe où vous vous trouviez dans le monde, vous saviez exactement à quoi vous attendre. Pas top si vous aviez envie d'absorber la culture locale, mais génial quand on voyage avec des enfants. Et pour être franche, je n'avais pas particulièrement envie d'absorber la culture locale de l'aéroport.

Allie fronça le nez.

— Qui sait combien de temps ces pommes ont passé dans leur plastique ? Et elles n'ont pas viré au brun ? C'est franchement pas normal.

— D'accord. Alors tu n'as qu'à manger tes fruits secs.

Allie change de régime alimentaire à peu près à la même fréquence que la plupart des gens changent de sous-vêtements. Là, elle était à fond sur les aliments entiers, non transformés. Comme je ne pouvais pas lui dire que c'était une mauvaise chose, je n'avais pas protesté. Mais je pleurais en silence l'explosion de mon budget courses.

J'agitai le bras en la poussant vers l'arche jaune.

— Allez. Avec un peu de chance, leur eau est assez diététique pour toi. Et dis au revoir, ajoutai-je avec un regard sévère vers son téléphone. Tes messages vont nous coûter une fortune.

Elle grimaça mais se dépêcha de taper quelques lettres avant de fourrer son téléphone dans la poche arrière de son jean. Je me raclai la gorge et elle le fit aussitôt passer dans sa poche de devant. Nous avions eu *la conversation* dans l'avion. Non, pas cette conversation-là ; ça, c'était fait depuis longtemps. Mais la conversation sur Rome, les pickpockets et les beaux bruns au regard intense qui faisaient chavirer votre cœur... juste avant de vous arracher votre sac à main.

Elle avait jeté un regard à Mr Pepperdine quand je lui avais dit ça, et j'aurais sûrement dû me sentir un peu coupable. Pour ce que j'en savais, ce type était parfaitement innocent. Mais je n'y croyais pas. J'avais appris depuis longtemps que personne n'est parfaitement innocent. Et non, ce n'était pas une leçon apprise au contact des démons. C'était une leçon apprise en tant que parent.

— Kate, allons-y.

Stuart ajusta sa prise sur les valises à roulettes. Je changeai de hanche les vingt kilos de petit garçon en mode limace qui se tortille et me promis que tout irait mieux plus tard.

— Happy Meal ?

— C'est parti, Cow-boy.

— C'est ça, grogna Allie. C'est le bébé qui remporte cette manche, pour changer.

Elle hissa son sac à dos sur son épaule et se traîna en direction du restaurant. Je la suivis, parfaitement satisfaite à l'idée d'un Big Mac. Je mangerais local plus tard. Pour l'instant, je voulais juste de la nourriture et éviter une colère. C'était censé être des vacances, après tout. Du moins, en grande partie. Et moins il y aurait de stress, le mieux ce serait.

Stuart, en revanche, ne semblait pas ravi par notre premier repas à Rome.

— Sérieux, Kate ? Regarde la queue. On a des biscuits au fromage et de la compote de pommes dans le sac, et il vient de manger trois cookies. Il survivra jusqu'à ce qu'on soit au B&B.

— On en a au moins pour une heure. Peut-être plus.

Il fallait encore qu'on récupère les valises, qu'on trouve un taxi, et on en avait pour quarante kilomètres de trajet. Le Père Corletti avait proposé de nous envoyer une voiture du Vatican pour venir nous chercher, mais j'avais refusé. Cela faisait plus de quinze ans que je ne m'étais pas trouvée au quartier général de la *Forza* ; je n'avais pas envie que leur première impression après tout ce temps soit entachée par une humeur de cochon. Que ce soit la mienne ou celle de ma famille.

Stuart n'avait pas l'air convaincu.

Je tendis la main et entrelaçai mes doigts avec les siens.

— Un moment en famille, tu te souviens ? On y va à notre rythme, on visite l'Italie, on se laisse guider.

D'accord, ce n'était pas *tout* ce qui était prévu, mais vu que Stuart n'était toujours pas super à l'aise à l'idée que sa femme était une chasseuse de Démons, je me disais qu'il valait mieux ne pas incorporer la *Forza* et les sessions d'entraînement dans l'emploi du temps tant qu'il n'aurait pas mis les pieds dans un bon restaurant italien. Et testé la carte des vins.

Il haussa un sourcil.

— Admettons. Mais quand tu as dit « se laisser guider », je ne pensais pas que ça voulait dire vers un fast-food.

— Je vois.

Bien sûr, quand j'avais dit ça, c'était aussi sans savoir ce que je voulais au juste. Mon itinéraire n'avait été prévu que pour Allie et moi, à la base. Les derniers mois avaient été compliqués, tant sur le plan de la chasse au démon que sur le plan conjugal, et nous étions venus à Rome pour visiter une capitale que je voyais toujours comme ma ville natale. J'avais besoin de la familiarité de mon passé, et si mes parents avaient été vivants, j'aurais sûrement couru me réfugier chez eux. À la place, je me tournai vers la seule famille que j'avais eue en grandissant : la *Forza Scura*, et la seule personne que je voyais comme un parent : le Père Corletti, qui m'avait adoptée quand j'étais devenue orpheline à l'âge de quatre ans.

Plus jeune, j'étais consciente que je risquais de mourir en me battant contre des démons. Je pensais savoir ce qu'était la peur, mais je me trompais. La peur, c'est de savoir que vos enfants peuvent vous être arrachés. Que l'homme que vous aimez peut mourir ou vous quitter. Que votre famille pourrait être la première victime collatérale dans votre bataille contre les forces du mal. Je connaissais cette peur désormais. J'y avais touché. Goûté. Elle était froide et amère.

Mais les miracles existent, pour venir entailler cette peur et laisser revenir l'espoir. Croyez-moi, je sais de quoi je parle. L'épisode de l'eau changée en vin ne m'impressionnait pas des masses, comparé à

Stuart qui s'était pointé à notre porte, avec des passe-ports, des valises, et déterminé à ce que nous partions en Italie tous ensemble. Peu importait à quel point cela pouvait être difficile pour lui de s'adapter à ma vie, plus si secrète que ça, de chasseuse de Démons, il était prêt à fournir des efforts et nous envisagions le futur ensemble. En famille.

Son retour m'avait serré le cœur, mais n'avait pas complètement apaisé ma colère. Il m'avait quittée – et pire, il m'avait pris notre fils. Et il l'avait fait après avoir appris mon secret. Après m'avoir dit qu'il comprenait et qu'il était capable de gérer. Après être parti une première fois et être revenu soi-disant pour tout recommencer à zéro.

Je m'étais dit qu'il fallait que je sois compréhen-sive. Qu'apprendre que votre femme est une chas-seuse de Démons n'était pas *du tout* anodin et que je ne pouvais pas lui en vouloir de trébucher un peu en chemin.

Oui, il était revenu, et pour autant que je puisse en juger, il était déterminé à faire fonctionner notre union. À la fortifier. Mais cela n'apaisait pas la colère qui bouillonnait sous la surface. Et cela n'effaçait pas ma crainte que, la prochaine fois que ça se mettrait à chauffer, Stuart s'en irait.

Il me fallait du temps. Il me fallait de la confiance.

Avec un peu de chance, ce voyage serait à la fois

un baume et un remède. Ou en tout cas, un pas dans la bonne direction.

J'affichai un sourire et serrai à nouveau la main de Stuart.

— Si tu as envie de partir à ce point, je ne t'en empêche pas. Mais alors, c'est toi qui t'occupes de le distraire pendant qu'on passe devant. Et de lui expliquer pourquoi il n'est pas en train d'engloutir un...

— Ne prononce pas ce mot. Tu vas le faire repartir.

Ça me fit rire.

— Oh, allez. J'ai rêvé ou il a tenu tout le vol sans faire de colère ? Il a été angélique. Il mérite une récompense.

— Angélique ?

— À moitié angélique, me corrigeai-je en nous faisant avancer vers Allie et la queue du McDonald. Et le couple derrière nous a trouvé qu'il était mignon.

Ce dont j'étais incroyablement reconnaissante. Je n'étais pas certaine que j'aurais pu être aussi aimable qu'eux si un gamin m'avait balancé par deux fois un ours bleu tout miteux sur les genoux. Bounours faisait partie de la famille depuis que Timmy avait cinq mois et...

Merde.

— Kate ?

Vu l'inquiétude dans la voix de Stuart, ma panique devait se voir sur mon visage.

— Ce n'est pas… je veux dire, il n'y a pas… de *démons* ?

Allie fit volte-face et retira ses écouteurs d'un même mouvement, prête à se jeter dans l'action.

— Des démons ? Où ça ?

Allie est du genre zélée. D'ailleurs, une des raisons de ce voyage, c'était de lui permettre d'accéder à une vraie formation avec la *Forza*, ce qui me terrifiait et me rendait très fière tout à la fois.

— C'est impossible, dit Stuart.

Mais il me sembla entendre de la peur dans sa voix.

— Bounours ?

Timmy avait dû remarquer notre panique. Il tourna la tête en tous sens à la recherche de son compagnon et son visage se fit de plus en plus rouge à chaque seconde.

— Eh, mon bébé, l'apaisai-je en caressant ses jambes.

— Bounours !

C'était davantage un glapissement qu'un appel, et son petit corps se mit à trembler. Autour de nous, les autres touristes en ligne pour leur dose de hamburger commencèrent à nous fixer. Je sortis de la queue et allai me coller à un mur du hall, à l'écart des hordes de voyageurs.

Les hurlements de Timmy montèrent en puissance, comme s'il montait le volume pour mieux emplir l'espace. Impuissante, je le fis sauter dans mes bras en lui tapotant le dos et en lui racontant que nous allions le retrouver, de ne pas s'inquiéter, et toutes sortes d'autres mensonges. Ma voix semblait calme et rationnelle. Intérieurement, j'étais en panique. Deux semaines en Italie sans le petit ours en peluche, c'était une très mauvaise idée.

— Peut-être que ces gens l'ont embarqué, dit Allie. Ceux sur qui il n'arrêtait pas de le lancer.

— Mais non. Ils étaient super compréhensifs.

Allie leva les yeux au ciel.

— Oui, ils ont dit qu'ils comprenaient. Qu'est-ce qu'ils étaient censés faire d'autre dans l'avion ? Mais emporter cet ours à la con, c'est la meilleure vengeance possible.

— Quand est-ce que tu es devenue aussi cynique ?

Je refusais de croire qu'elle puisse avoir raison.

— Regarde dans le sac des couches, ajoutai-je.

J'abaissai l'épaule pour faire glisser le sac par terre. Allie s'accroupit, l'ouvrit, et secoua aussitôt la tête.

— Peut-être que tu l'as mis dans un des bagages de cabine, suggéra Stuart.

— Pourquoi j'aurais fait ça ? Et puis, tu étais assis juste à côté de moi. Tu sais bien que non.

— Tu étais épuisée, Kate. Peut-être que tu en as eu marre et que tu t'es dit que lui retirer l'ours était la meilleure méthode pour l'empêcher de le jeter.

— Ça aurait été une très bonne idée, acquiesçai-je. Mais je ne l'ai pas fait.

— Tu es sûre ?

Je le fusillai du regard. Il parvint à tenir trente secondes de plus que les gosses avant de se recroqueviller sur lui-même.

— Je dis juste que tu étais fatiguée. Peut-être que tu as rangé l'ours pendant que j'étais aux toilettes.

— Ou peut-être que c'est toi qui l'as fait, contrai-je alors que les beuglements de Timmy prenaient dix décibels de plus.

— Peut-être qu'il est toujours dans l'avion, fit remarquer Allie.

Elle marquait un point.

— J'y vais, dit Stuart.

Il disparut avant que je puisse réagir. Je ne savais pas s'il essayait de se montrer utile ou juste d'échapper au chaos.

— Bon, je vais quand même vérifier les bagages, déclara Allie.

Je me demandais si on trouverait un ours identique sur eBay et si oui, combien coûteraient les frais de port pour l'étranger.

— Rien, annonça Allie un moment plus tard. Mais il doit bien être quelque part. Je veux dire, comment un...

— Excusez-moi ?

La voix était polie, respectueuse, et quand je relevai la tête et vis Mr. Pepperdine debout à côté de nous, en train de nous tendre un vieil ourson bleu, le goût amer de la culpabilité emplit ma bouche.

— Je l'ai trouvé en passant la porte d'embarquement. J'allais l'emmener aux Objets Trouvés quand je vous ai entendus et...

— Bounours !

Timmy attrapa la peluche et la serra contre lui.

— Super, dit Allie.

Elle sauta sur ses pieds et lissa ses cheveux d'une main.

— Merci. On craignait un peu de devoir emmener le mioche chez le psy. Il est dingue de cet ours.

Mr P. eut un grand sourire qui dévoila des dents parfaites.

— De rien.

Son regard s'attarda sur ma fille un peu plus longtemps que mon instinct maternel ne l'appréciait, et il avait beau nous avoir sauvé la mise, je me raclai la gorge. Il tourna son attention vers moi.

— Vous devriez être prudente, dit-il. Perdre quelque chose d'aussi précieux... eh bien, ça pourrait être dangereux.

Quelque chose dans sa voix me tordit le ventre. Je fis un pas dans sa direction, me plaçant d'instinct entre lui et mes enfants.

— Comment ça ?

Mais il ne me regardait plus. Il fixait quelque chose par-dessus mon épaule. Je me tournai mais ne vis rien. Juste un flot de voyageurs et un employé chargé de la maintenance, dans une combinaison de travail beige, un badge de l'aéroport autour du cou. Quand je me retournai, Mr Pepperdine était en train de s'éloigner.

— Bonnes vacances, dit-il. Faites attention à vous.

Puis il disparut dans la foule et ses paroles continuèrent à planer dans un vague arôme de chairs pourrissantes.

Ce fut comme si un poing invisible me broyait le cœur. Je jetai un coup d'œil à Allie pour voir si elle avait senti elle aussi. Mais elle regardait notre sauveur potentiellement démoniaque s'éloigner avec le regard rêveur d'une ado en plein fantasme.

Merde.

— Surveille ton petit frère, dis-je.

— Hein ?

Les yeux dans le vague, elle se tourna vers moi mais je m'éloignais déjà. J'entendis Stuart m'appeler dans mon dos, et je lui criai en réponse :

— Je vais aux toilettes ! Je reviens tout de suite.

J'espérais que ce serait le cas. J'espérais être en train de me faire un film. C'était sûrement ça, non ? Parce que pourquoi un démon serait-il venu me parler ? Et pourquoi se serait-il amusé à nous rendre un nounours perdu ?

Il s'avéra que je ne mentais pas quant aux cabinets. À quelques mètres devant moi, je vis ma cible prendre à gauche et filer vers les toilettes des hommes. Je le suivis – du moins j'essayai. Un autre avion venait d'atterrir et je me retrouvai prise dans le flot des passagers qui en sortaient, et qui me bloquaient la vue avec leurs bagages.

Quand je parvins enfin à me frayer un chemin à travers la foule, Mr P. avait disparu. Mais j'avais vu par où il partait, et je filai vers les toilettes des hommes, déterminée à me précipiter à l'intérieur, et tant pis pour les convenances. Malheureusement, je fus arrêtée dans mon élan à quelques centimètres de la porte par le torse massif d'un autre préposé à l'entretien qui en sortait. Il avait une serpillière dans une main, et une barre chocolatée dans l'autre. Il en prit une bouchée et marmonna quelque chose en italien, en articulant si peu que j'entendis à peine quelques voyelles.

— Désolée, dis-je, je ne comprends pas.

— Les femmes, dit-il en anglais.

Il appuya cette déclaration en désignant les toilettes des femmes de l'autre côté.

— Non, heu, vous comprenez, mon ami. Il est là-dedans. Je crois qu'il est malade. Il faut que j'aille le voir.

J'essayai de le contourner. Il se déplaça pour me bloquer le passage.

— Pas entrer.

Il prit une autre bouchée.

— Fermé.

La confiserie faisait claquer ses mots de façon désagréable.

— Nettoyage.

— C'est vraiment important. Il a peut-être besoin d'aide.

— C'est vide.

— Je l'ai vu entrer.

— Kate ?

Je me tournai et trouvai Stuart derrière moi.

— Qu'est-ce qui se passe ?

— Je...

Je ne savais pas quoi lui répondre. Mentir et continuer les vacances l'air de rien ? Lui dire la vérité et avouer que j'avais peut-être, juste peut-être, vu un démon ? Un gentil démon serviable qui rapportait les ours perdus ? Je me passai les doigts dans les cheveux, soudain gênée.

— J'ai cru voir quelqu'un que je connaissais, dis-je maladroitement.

— Vide, répéta l'homme de ménage.

Il engloutit le dernier morceau de chocolat.

— Je fais les sols.

Il fit le geste de passer la serpillière en nous regardant, Stuart et moi.

— Personne.

— Kate ?

Il y avait de l'inquiétude dans le regard de Stuart.

— Il y a un problème ?

— Non, dis-je en secouant la tête.

Mais c'était un mensonge.

Il n'y avait pas de signe indiquant que les toilettes

étaient fermées. La serpillière était parfaitement sèche. Et il n'y avait pas le moindre seau en vue. J'affichai un grand sourire.

— Non, répétai-je en espérant être parano. J'ai cru voir un vieil ami, mais j'ai dû me tromper.

Je passai mon bras sous le sien.

— Viens, je crois qu'il est temps de commencer ces vacances.

Il me sourit en réponse, et alors que nous retournions vers les enfants, je me forçai à ne pas regarder vers les toilettes. Peut-être que je me trompais et que Mr Pepperdine n'y était pas entré. Peut-être qu'il n'était même pas un démon. Des tas de gens avaient mauvaise haleine, surtout après avoir passé des heures dans un avion. Peut-être qu'il avait juste grand besoin de Listerine.

Ou peut-être que j'étais très douée pour me mentir à moi-même.

— Nos bagages doivent être les derniers sur le tapis, dit Stuart.

Il avait raison. Notre première aventure à Rome démarrait lentement.

Il entrelaça ses doigts aux miens, leva ma main à ses lèvres et l'embrassa.

— Ai-je mentionné à quel point je t'aime ?

— De nombreuses fois, mais que ça ne t'empêche pas de le dire de nouveau.

— Je t'aime, répéta-t-il. Et ça va être un super voyage. Nos premières vraies vacances en famille.

Il avait raison. Nous étions allés à Disneyland quand Timmy avait deux ans, mais comme nous ne sommes qu'à quelques heures d'Anaheim, ce n'était pas franchement un voyage exceptionnel.

Je fis taire mes mauvais pressentiments et m'arrêtai pour embrasser mon mari. Là, en ce moment, ma priorité était ma famille. Stuart avait raison ; ce voyage serait génial.

Son Happy Meal oublié, Timmy ne protesta pas quand nous traversâmes le hall en suivant les panneaux pour récupérer nos valises. Comme Stuart l'avait prédit, les nôtres étaient les dernières. Nous présentâmes nos tickets et nous saisîmes des bagages (qui, Dieu merci, contenait la poussette de Timmy, digne d'une Rolls Royce) avant de nous traîner vers la douane.

— *Buona sera*, dis-je au douanier en faisant appel à mes restes d'italien.

— Nom et prénom, demanda-t-il dans un anglais parfait.

— Kate Connor.

— Maman ! Maman !

Dans sa poussette, Timmy tendit les bras vers moi.

— Je t'aime, maman !

Je sentis mon cœur fondre. Le douanier n'eut pas l'air impressionné.

— Profession ? Raison du voyage ?

— Chasseuse de Démons.

Non, ce n'est pas vraiment ce que je répondis. Mais je dois avouer que j'en fus tentée. Au lieu de cela, je hissai Timmy hors de sa poussette pour le reprendre dans mes bras.

— Je suis mère au foyer, dis-je au contrôleur.

Je croisai le regard de Stuart et souris.

— Et nous sommes venus passer les meilleures vacances de notre vie.

Une heure et quinze minutes plus tard, je maudissais Rome, les urbanistes et Henry Ford. S'il n'avait pas offert l'automobile à un public peu méfiant, je ne serais pas coincée dans les bouchons, pare-chocs contre pare-chocs, sur la *Via Aurelia* avec un bambin affamé, une adolescente grincheuse et un mari bougon.

— On est bientôt arrivés ? demanda Allie pour la dix-huitième fois.

— Est-ce que ça ressemble à des chambres d'hôtes ? crachai-je.

Elle me lança un regard noir, se renfonça sur son siège et sortit son portable.

— Pas de SMS, lui intimai-je. Tu peux envoyer un e-mail à Mindy quand on arrivera à l'auberge, mais envoyer des messages, ça coûte trop cher. En plus, il est tard à Los Angeles. Je suis sûre que Mindy a autre chose à faire.

Elle lâcha un soupir explosif, se renfonça davantage dans son siège et sortit son iPod. Une minute plus tard, elle avait ses écouteurs dans les oreilles et le volume de la musique était si fort que je pouvais presque distinguer les paroles. J'envisageai de lui dire de baisser le son, mais je statuai que la surdité adolescente était un maigre prix à payer pour quelques instants de paix dans le taxi.

Comme ma famille ne voyage pas léger, nous avions été obligés de réserver un taxi en monospace. Stuart et Timmy étaient sur la rangée devant la mienne et mon mari se retourna pour être face à nous.

— Alors, dit-il en souriant. On est bientôt arrivés ?

— Ne commence pas. Comment va Timmy ?

— Il a le ventre plein de gâteaux apéritifs et il s'est vite endormi.

— Ce n'est pas rien.

Je jetai un coup d'œil par la vitre, essayant de deviner notre localisation. Je vis un panneau annonçant la sortie pour l'A90, le périphérique qui entourait la ville, et je soupirai de soulagement. Nous n'y étions pas encore, mais une fois insérés sur la voie rapide, je pourrais dire sans trop m'avancer que nous progressions.

— Est-ce que tu as l'impression d'être à la maison ?

Je me retournai vers Stuart et constatai qu'il me regardait avec une expression curieuse.

— La circulation de San Diablo ne ressemble aucunement à ça, dis-je en faisant référence à notre petite ville californienne. Par contre quand je vivais à Los Angeles...

— Non, m'interrompit Stuart. Je voulais parler de Rome. Qu'est-ce que ça te fait d'être de retour ?

— Oh.

J'hésitai, scrutant le visage de Stuart à la recherche d'une signification cachée. Il parlait de Rome, mais sa question concernait-elle plutôt la *Forza* ? Mon passé avec Eric, qui avait également été Chasseur ?

Eric est le père d'Allie et mon premier mari. Il avait été mon meilleur ami, mon partenaire pendant mes premières années de Chasseuse de Démons, et lorsque nous avions pris notre retraite pour déménager en Californie, j'avais eu hâte de vivre une longue existence joyeuse et normale en banlieue. Cela ne s'était pas passé ainsi et après dix ans de mariage, Eric avait été tué lors d'une agression violente — du moins, c'était ce que je croyais à l'époque.

J'avais rassemblé les morceaux de ma vie, rencontré Stuart, j'étais tombée amoureuse et je m'étais remariée. Quand Stuart et moi avions commencé à nous fréquenter, il croyait que j'étais veuve et mère d'une fille de neuf ans. Ce n'était pas faux, mais j'avais omis de lui parler de mon passé. Pour ma défense, j'étais à la retraite, à cette époque, et un passé de tueuse de démons n'est pas le genre de sujets qu'on évoque lors d'un rencard typique. Mais j'avais continué de me taire une fois qu'il m'avait passé la bague au doigt. Et même une fois que nous avions eu un enfant.

Un démon avait ensuite traversé la fenêtre de notre cuisine et essayé de me tuer. Soudain, les affaires avaient repris. En revanche, je ne disais toujours rien à Stuart. Pas même quand Allie apprit mon secret. Pas même quand Eric réapparut dans ma vie, bien qu'il soit dans le corps d'un autre homme, un scénario qu'aucun des livres sur les relations conjugales ne prend la peine de traiter, malheureusement.

Pas mal pour une banlieusarde banale, n'est-ce pas ?

Quand j'y repense, je me dis que j'ai été idiote. Je peux affirmer maintenant, avec une conviction absolue, que lorsque votre ex-mari mort ressuscite mystiquement, c'est toujours une bonne idée d'en informer le mari actuel. C'est une question de confiance et je l'ai gâchée. Stuart a fini par être au courant du retour d'Eric au moment même où il apprenait pour mon passé de Chasseuse de Démons. Et non, ce ne fut pas facile. Ni pour lui, ni pour moi, ni pour notre mariage.

Puis, pour compliquer encore le tout, il s'avéra que le premier mari que j'aimais toujours — et vice-versa — avait gardé quelques secrets de son côté. Par exemple, le fait qu'un démon avait élu résidence dans son corps.

Eric se battait. Bon sang, ouais, il s'était battu. J'irai même jusqu'à dire qu'il avait gagné. Mais il n'y avait pas vraiment eu de parade sous une montagne de serpentins dans les rues de San Diablo après le combat. Horrifié par ce qu'il avait fait quand le démon avait pris le contrôle de son être, Eric avait quitté San Diablo pour Los Angeles, disant qu'il avait besoin d'être seul pour réfléchir.

Et quant à Stuart, eh bien, c'est une chose de voir votre femme combattre le mal. C'en est une autre quand le mal fait partie de votre famille recomposée.

J'aimerais dire que je n'en voulais pas à Stuart d'avoir emmené Timmy, d'avoir craint que la seule façon de mettre mon bébé en sécurité, c'était de l'éloigner de moi.

J'aimerais le dire, mais je mentirais.

J'avais plutôt eu le cœur brisé. J'avais été furieuse, confuse et je m'étais sentie coupable. J'avais ressenti cela et bien plus encore. Allie et moi, nous nous étions retrouvées seules et je m'étais perdue dans un brouillard brûlant d'émotions. De la colère contre Stuart puisqu'il m'avait quittée et avait emmené Timmy. De la culpabilité puisque je voulais avoir Timmy à mes côtés, même si je savais que la nature même de ce que j'étais — de ce que je faisais — signifiait qu'il serait constamment en danger. De la colère envers Eric puisqu'il était parti. Et, oui, de la culpabilité puisque je voulais toujours qu'il soit là, en dépit du fait que j'avais une autre famille. Une autre vie.

J'avais eu terriblement besoin d'un chez-moi, d'une famille, et je m'étais tournée vers la *Forza*. J'avais eu besoin du confort familier des dortoirs, de la vie qui avait un jour été la seule chose que je connaissais. Et étant donné que le Père Corletti avait déjà suggéré qu'Allie vienne s'entraîner et étudier, la décision avait été facile à prendre.

Allie et moi étions perdues dans l'effervescence des préparatifs de dernière minute quand Stuart et Timmy étaient arrivés sur le pas de la porte. Mon mari avait affirmé qu'il voulait se battre pour moi. Qu'il voulait se battre pour notre mariage.

Je l'ai cru. Je vous jure que je l'ai cru. *Je le crois.* Et quand je m'étais blottie dans ses bras, j'avais eu l'impression d'avoir été bénie.

Mais au plus profond de moi, quel était mon horrible secret ? Je ne lui faisais pas totalement confiance. J'en étais incapable depuis qu'il m'avait quittée. Même s'il était revenu. Et peu importait à quel point il me serrait contre lui, peu importait le nombre de fois où il s'excusait, cette vérité pesait toujours entre nous. Puisque malgré le serment « pour le meilleur et pour le pire », il s'était éloigné de moi, d'Allie et de notre famille.

J'avais pris la décision de revenir à Rome comme j'avais besoin d'espace pour gérer ça. Pour tout digérer.

Et même si j'avais pensé chaque mot en affirmant vouloir qu'on passe des vacances familiales qui déchirent, je ne pouvais échapper à cette part minuscule de moi qui en voulait à Stuart d'être venu.

Autrement dit, j'étais dans un sale état. Et le manque de sommeil n'aidait vraiment pas.

— Kate ?

Stuart fronçait désormais les sourcils en me regardant.

— Je ne pensais pas que c'était une question si difficile.

— Quoi ? Oh ! Pardon.

Je me redressai et réussis à sourire.

— Pardon, répétai-je. J'étais perdue dans mes pensées. Je suis fatiguée. Mais ouais, c'est bon d'être de retour.

Je jetai un nouveau coup d'œil par la vitre et constatai que la circulation s'était clairsemée et que nous avions drôlement progressé. Je n'avais pas vraiment reconnu la zone autour de l'aéroport, mais maintenant que nous contournions le Vatican par le sud et que nous nous approchions du Tibre, je retrouvais des repères familiers. Des endroits où je m'étais promenée avec des amis. Des ruelles dans lesquelles je m'étais faufilée pendant une chasse.

J'aperçus le *Ponte Sant'Angelo* lorsque nous tournâmes sur *Piazza Pia* et je me souvins de la fois où Eric et moi avions liquidé un vampire ayant interrompu l'une de nos toutes premières balades romantiques. Je jetai un rapide coup d'œil au visage de Stuart et décidai de ne pas le mentionner.

— C'est le *Castel Sant'Angelo*, dis-je.

J'indiquai la structure magnifique qui avait été commandée par l'Empereur Hadrien comme mausolée pour sa famille et lui.

— Avant, je passais de nombreuses heures à déambuler dans ces couloirs. C'est un musée, à présent, ajoutai-je en réponse au regard interrogateur de Stuart.

— On devrait y aller demain, déclara mon mari. Ou même cette après-midi. Une petite sieste et je serai d'attaque pour jouer au touriste.

— Bien sûr, répondis-je.

Pourtant, tout ce que je voulais dire était : « non ». Je voulais me rendre à la *Forza*. Je voulais, non, *j'avais besoin* de voir le Père Corletti. Je voulais l'étreindre et entendre sa voix familière. Je voulais aussi qu'il passe la main sur la joue de ma fille et dise : « Ah, *mia cara*, comme tu as changé depuis la dernière fois que je t'ai vue ».

Et n'était-ce pas la vérité ?

Le Père Corletti s'était rendu à San Diablo après ma première aventure post-retraite. Il était venu se charger personnellement des Os de Lazarus, le reste moulu de Lazarus en personne, qui avait été ressuscité. Il s'avère que ce genre de chose est assez important pour les démons et l'un d'entre eux, particulièrement vilain, avait parcouru San Diablo dans l'espoir de provoquer quelques malheurs. J'avais réussi à l'en empêcher et le Père était venu personnellement récupérer le sachet de poudre mystique, ainsi que fêter mon retour en service actif. Que puis-je dire ? J'avais à nouveau goûté à l'excitation. Plus que ça, cependant, je comprenais exactement pour quelle raison je me battais. *Ma famille.*

Je jetai un coup d'œil à Stuart et sentis mon cœur se tordre légèrement. En réalité, je me battais *encore* pour eux. Et tant que Stuart essayait, je le ferai aussi.

Je pris une inspiration avant de sourire.

— Bien sûr, répétai-je en tendant la main pour saisir la sienne. On ira au musée quand tu le voudras.

À côté de moi, Allie gigota.

— Et *maintenant*, on y est ? Ou du moins, on n'est pas loin ?

Le monospace manœuvrait dans les rues romaines étroites. Le conducteur pressait fréquemment son klaxon et lançait des jurons assez créatifs dans un italien à l'accent prononcé.

— On n'est pas loin, dis-je. Si je me souviens bien, il ne reste que quelques pâtés de maisons.

— Je crois qu'on irait plus vite à pied, remarqua Allie.

Je dus admettre qu'elle avait raison. Notre avion avait atterri peu après sept heures du matin, heure locale, et nous étions arrivés en ville pendant l'heure de pointe matinale. Réflexion faite, c'était incroyable que nous ayons rejoint notre destination aussi rapidement.

— Si tu avais pris moins de bagages, nous aurions pu marcher, la taquinai-je.

Même si je l'avais suppliée, Allie avait insisté pour prendre plus ou moins tout ce qu'elle possédait. Je lui avais expliqué le coût supplémentaire pour les bagages trop lourds. Elle avait rétorqué qu'elle était prête à payer elle-même.

Que puis-je dire ? J'avais cédé. Tant qu'elle empaquetait ses affaires et les payait, elle pouvait apporter tous les sacs qu'elle souhaitait.

— On peut les empiler sur la poussette de Timmy, dit-elle.

Elle grommela ensuite exagérément et longuement.

— Je veux juste *qu'on arrive*.

— Moi aussi, ma puce, dis-je.

Je songeai que sa suggestion n'était pas si mauvaise. La poussette était l'un de ces engins énormes qui faisaient plus ou moins tout pour les parents actifs, à part changer les couches. Elle se penchait, se pliait, se démontait et se manœuvrait sur les chemins cahoteux. Elle pouvait se vanter d'avoir tous les équipements, sauf un lecteur DVD intégré, et je ne serais pas surprise s'il apparaissait sur le prochain modèle.

Malgré tout cela, je ne pensais pas qu'elle puisse supporter quatre valises, deux bagages cabine, un sac à dos et un sac à main. Mais j'admets volontiers que j'étais tentée.

— *Borgo Pio* ? s'enquit notre chauffeur avant de donner le numéro de la rue.

Je répondis en chœur avec ma fille :

— Oui !

Située dans une zone commerciale animée, notre auberge, le *Bonne Nuit*[1] n'était qu'à deux pas du Vatican. Ce n'étaient pas les dortoirs de la *Forza*, mais c'était assez près pour qu'on aille visiter.

— Maman, regarde !

Allie était collée à la vitre et montrait quelque chose au bout de la rue. Je me décalai afin de mieux voir et j'aperçus le dôme de la Basilique Saint-Pierre qui nous surplombait.

— Saint-Pierre, dis-je.

— Hein ? Ah, oui. Je voulais parler de *ça*. Regarde ! Cette boutique ne vend rien d'autre que des parapluies !

— L'Europe est un endroit sauvage et farfelu, déclarai-je alors que ma fille levait les yeux au ciel.

Lorsque le monospace fut finalement garé devant notre auberge, j'abandonnai le mode « maman » pour adopter celui d'un général ordonnant le déchargement du véhicule, un processus que je connaissais bien. La lourde porte en bois de nos chambres d'hôtes s'ouvrit et une femme au sourire radieux, au visage rond et au corps encore plus rondouillet émergea, les bras écartés.

— Kate Connor ! Et est-ce Alison ?

Elle jeta un coup d'œil à Stuart, qui portait un Timmy somnolent.

— Et Stuart, non ? Et le *bambino* ? C'est Timothy ?

— Timmy, dis-je en avançant vers la femme. Vous devez être la *Signora Micari* ?

— *Si ! Si !* Entrez, entrez. Mon fils, Paulo, il porte vos affaires. Entrez, dit-elle en nous faisant signe quand ma famille hésita. Je vous montre chambre, oui ?

— Entrez, intimai-je à Stuart et Allie. Je vais payer le chauffeur.

Je voulais également attendre Paulo. En tant que Chasseuse de Démons élevée au sein de l'Église, ma foi en Dieu était forte. Ma foi envers les gitans et les escrocs qui déambulaient dans les rues de Rome ? Pas vraiment.

En fait, j'avais eu raison d'être méfiante. Au moment où je comptais les billets dans la paume impatiente de notre chauffeur, un gavroche émacié attrapa le sac à dos d'Allie sur la pile de bagages et piqua un sprint vers la ruelle non loin. Je claquai le dernier billet dans la main du chauffeur et partis à la poursuite du garçon. Je ne pensais pas le rattraper. Il était jeune et énergique. Étant donné ses cheveux mal peignés ainsi que ses vêtements couverts de crasse, je supposais qu'il était l'un des nombreux gamins entraînés dès la naissance à voler les touristes. Autrement dit, c'était un professionnel qui avait probablement déjà rejoint les égouts et était à mi-chemin de Milan, désormais.

Je surgis dans la ruelle quelques secondes après le garçon, certaine que je ne trouverais rien, et répétant déjà la façon dont j'allais annoncer à Allie qu'une partie de ses affaires avait décidé de prendre des vacances de son côté. Quelle ne fut pas ma surprise quand je trouvai le gamin en train de m'attendre.

Et je fus encore plus étonnée quand son petit poing se tendit vivement et rapidement, heurtant ma mâchoire et me faisant tituber contre le mur de pierres de la ruelle.

3

Ma tête palpitait et je sentais une bosse se former là où je m'étais cognée contre le mur de l'ancien bâtiment en pierre. Le gamin — non, le *démon* — avait les mains fermement serrées autour de mon cou. Il était petit et il dut incliner la tête en arrière pour lever les yeux vers moi. Toutefois, sa taille minuscule ne diminuait pas sa force et je luttais pour respirer alors que ma vision se réduisait, la périphérie noircissant tandis que je haletais et m'étouffais dans une tentative futile pour aspirer une dose d'oxygène dont j'avais grandement besoin.

— Où est-elle ? s'enquit le garçon.

Mon esprit remarqua à peine qu'il parlait dans un anglais parfait. Il se mit sur la pointe des pieds pour être face à moi.

— *Où* ? répéta-t-il.

J'ouvris la bouche, luttant pour produire un son.

Il grogna, avant de relâcher suffisamment sa poigne pour que je puisse répondre.

Je ne pris pas la peine de le faire. Je donnai plutôt un coup de genou vers le haut et fis pivoter mon pied vers l'extérieur, entrant violemment en contact avec son mollet. Comme je l'avais espéré, il était déjà déséquilibré puisqu'il s'était mis sur la pointe des pieds pour être à ma hauteur. La bonne nouvelle fut qu'il tituba en arrière. La mauvaise fut que ses mains étaient toujours autour de ma gorge et qu'il m'emporta avec lui.

Nous tombâmes par terre. Il était sur le dos et j'étais à califourchon sur lui. J'écrasai brutalement une main contre sa gorge et, alors qu'il haletait, je guidai mon autre poing directement sur son poignet. Il relâcha mon cou et je pris une grande goulée d'air splendide — avec la puanteur d'œuf pourri et de vinaigre provenant de son horrible haleine démoniaque.

— Où est quoi ? demandai-je.

Je changeai de position afin que mon genou s'enfonce dans son entrejambe et que mon doigt se retrouve juste au-dessus de son œil, le genre de menace qu'il ne pouvait ignorer. C'est le problème avec les voyages à l'international : je n'avais rien de tranchant sur moi. Je n'avais même pas de barrette, puisque j'avais attaché mes cheveux plus de vingt heures auparavant avec un élastique.

Ce qui signifiait que si je voulais achever ce démon, j'allais devoir plonger mon doigt dans son globe oculaire. C'était immonde, mais cela ouvrirait le portail qui aspirerait le démon dans l'éther.

L'inconvénient, bien sûr, c'était qu'un démon aspiré ne pouvait répondre à mes questions. Il serait parti et je resterais là, à côté d'une coquille corporelle inutile. *Inutile* étant le mot-clé, puisqu'un démon mort ne pouvait rien me dire. Et à ce moment-là, j'étais en manque d'informations.

Bon sang, bon sang, bon sang ! Je savais que des démons étaient à l'affût et pourtant, j'avais si désespérément désiré des vacances sans monstre que j'avais fait appel à une logique puérile : j'avais imaginé que si je regardais simplement de l'autre côté, ils s'en iraient tous. Il y avait une leçon à tirer, concernant le fait qu'on n'ignorait jamais les signes de présence d'un démon puisque si vous le faisiez, cela allait certainement vous retomber sur la tronche.

À cet instant, ma tronche paraissait bel et bien écrasée.

J'utilisai ma main libre pour lui asséner un bon coup de poing dans le nez.

— Quoi ? répétai-je. Qu'est-ce que j'ai, selon toi ?

— Tu le sais, cracha-t-il.

Il me frappa ensuite et me cracha dessus. Que Dieu m'en soit témoin, je tressaillis. Moi, la femme qui avait changé d'innombrables couches sales et avait pris soin des enfants pendant toutes formes de grippe intestinale. Je faiblissais à la vue d'une glaire. Et le démon profita de ma faiblesse, tordant son corps et se libérant avec force de ma poigne.

— Oh, non, n'y pense même pas, dis-je.

J'étais aux prises avec lui, mais il était petit, maigre et rapide. Il recula rapidement avec la même démarche qu'un crabe, puis bondit sur ses pieds.

— Elle sera à nous, déclara-t-il. Le portail sera ouvert.

Ce petit monstre fit ensuite volte-face et courut dans la ruelle pour s'éloigner de moi. Je commençai à le poursuivre, mais fus interrompue par le bruit de pas tambourinant derrière moi, ainsi que la voix inquiète de Stuart qui faisait désormais écho dans l'allée.

— Kate ? Oh, merde, Kate ! Que s'est-il passé ?

Il arriva à mes côtés en quelques secondes, tenant mon bras pour me soutenir, puis se penchant pour récupérer le sac à dos d'Allie que le petit démon avait laissé tomber. Au moins, j'avais réussi à accomplir cela.

— Tu vas bien ?

Il me regarda dans les yeux.

— Était-ce... ?

— Un gitan, dis-je. Il a volé le sac d'Allie.

— Nom de Dieu, Kate. Tu aurais simplement dû le laisser le prendre. Et s'il avait eu un couteau ?

— C'est l'habitude, déclarai-je sèchement.

Je frottai le point douloureux sur mon crâne

alors que nous rejoignions l'entrée des chambres d'hôte.

— Et il n'avait qu'un poing.

— Alors, ce n'était pas un... un démon ?

Il baissa tant la voix qu'elle fut à peine audible.

Je secouai la tête, le mensonge me venant bien trop facilement.

— Un gamin, lui assurai-je.

Je me convainquis que c'était simplement à cause du décalage horaire et de la faim. Je lui avouerai la vérité plus tard, quand nous nous serons tous reposés. Mais, honnêtement ? Je pense que je me mentais également.

— *Maman* !

Le cri d'Allie me poussa à me précipiter à l'intérieur. J'étais terrorisée à l'idée que le démon soit revenu sur ses pas et ait trouvé ma fille. J'étais tout aussi effrayée en pensant que j'allais me faire pincer à cause de mon propre mensonge.

Je la trouvai dans l'escalier étroit de l'auberge, en train de se battre avec un monstre encombrant qui tombait sur elle.

— Le frein ! hurlai-je en plongeant vers l'avant.

Je me glissai à ses côtés et supportai le poids sur mon épaule.

— Tu dois mettre le frein ! Elle ne peut pas te rouler dessus si tu l'enclenches.

— D'accord. Évidemment. Compris.

Elle s'agenouilla pendant que je stabilisais l'objet,

puis elle mit la main sous le châssis pour mettre le frein derrière les deux roues arrière de la poussette monstrueuse de Timmy.

Une fois que la poussette n'essayait plus de dévaler joyeusement l'escalier, Allie se faufila à mes côtés et nous manœuvrâmes pour la redescendre dans l'entrée où Stuart attendait avec Timmy dans les bras. Autrement dit, exactement à l'endroit où ce foutu landau avait essayé d'atterrir pendant tout ce temps.

— Qu'est-ce que tu essayais de faire ? s'enquit Stuart.

Elle haussa les épaules.

— Paulo a emporté les valises à l'étage. J'essayais d'aider.

— Peut-être qu'on devrait demander à madame Micari si on peut la ranger quelque part en bas. On n'en a pas vraiment besoin dans les chambres.

— Oh, dit Allie. C'est vrai.

— Je vais m'en occuper, répondit Stuart en passant Timmy à sa grande sœur. Ta mère en a suffisamment fait ce matin. Je vous retrouve dans la chambre.

Je traînai mon corps épuisé sur les deux volées d'escaliers, jetai un coup d'œil suffisamment long autour de moi pour reconnaître nos bagages et confirmer que j'étais au bon endroit, puis je m'effondrai la tête la première sur le lit. Je suis presque sûre d'avoir réussi à faire une sieste de qualité pendant quatre-vingt-dix secondes avant d'être réveillée par le bruit de pas provoqué par des pieds minuscules rebondissant dangereusement près de ma tête.

J'ouvris les yeux, roulai sur le côté et regardai Tim s'amuser à retomber sur les fesses, au bord du lit, rebondissant deux fois avant de glousser comme si c'était la chose la plus amusante du monde.

Peut-être que c'était le cas, mais j'étais trop éreintée pour sourire.

Stuart nous rejoignit dans la pièce en annonçant que nous étions bien installés et que la poussette était rangée dans une alcôve près de la cuisine.

— Comment est le lit ? me demanda-t-il.

Je tapotai l'espace à côté de moi.

— Juge-le par toi-même.

Il accepta l'invitation et s'allongea en soupirant longuement et lentement. Je savais exactement ce qu'il ressentait.

— Ça craint carrément, remarqua Allie.

Elle était allongée sur le canapé-lit couvert de coussins.

— On vient juste d'arriver et vous vous couchez déjà. Allô ? C'est le matin. On est à Rome. On devrait être dehors. À faire des trucs. Au lieu de ça, on est coincés dans cette pièce minuscule. Je parie que les dortoirs de la *Forza* sont, genre, cent fois plus grand.

— Ces chambres sont encore plus petites, déclarai-je doucement.

Je ne pouvais lui en vouloir d'être déçue. Mon plan, à la base, était de dormir dans les dortoirs et de lui permettre de se faire une idée de l'endroit où j'avais grandi. Plus important, je voulais la laisser voir où son père et moi nous étions rencontrés.

Une fois que Stuart et Timmy s'étaient joints à l'excursion, j'avais changé nos plans, déplaçant la famille des dortoirs austères de la *Forza* aux chambres d'hôtes pittoresques que la secrétaire du Père Corletti avait recommandées.

— Pardon, dit Allie.

Sa voix ne trahissait cependant aucun remords. Elle jeta un coup d'œil à son petit frère.

— Mais au moins, laissez le minus dormir avec vous parce que s'il mouille le lit, je ne vais *vraiment* pas être contente.

Avant que je puisse répondre, on frappa vivement au cadre de la porte que Stuart n'avait pas fermée. Quand je me tournai, je vis madame Micari se tenir dans l'embrasure, ses yeux pétillants focalisés sur Allie.

— Vous aimez les chambres, oui ?

Ma fille fronça les sourcils.

— *Les* chambres ?

Je croisai le regard de Stuart et vis mon propre sourire s'y refléter. J'envisageai d'intervenir pour annoncer la bonne nouvelle à Allie, mais je décidai de laisser madame Micari jouer le rôle de la bonne fée.

— Mais bien sûr. C'est bon pour les enfants d'avoir leur propre espace, oui ?

Elle pivota légèrement et me fit un clin d'œil.

— Et bon pour les adultes aussi. Pour l'*amore*.

— Beurk ! répliqua Allie.

Cependant, je voyais bien que l'horreur à l'idée de contempler l'*amore* entre Stuart et moi était complètement éclipsée par la fabuleuse réalité d'avoir sa propre chambre. Bien qu'elle doive la partager avec son petit frère.

Elle scruta madame Micari de son regard implorant.

— Vous êtes sérieuse ? Timmy et moi, on a vraiment notre chambre ?

Elle n'attendit pas que l'aubergiste acquiesce. D'un bond de géant, elle quitta son perchoir sur le canapé-lit et rejoignit le matelas sur lequel Stuart et moi nous étions assis. Elle passa les bras autour de moi, me faisant tomber en arrière avant de me relâcher et d'accorder la même attention à Stuart.

— Merci, merci !

Elle se retourna vers madame Micari.

— C'est le plus bel hôtel du monde !

Le sourire de l'aubergiste s'élargit.

— Dans ce cas, ce n'est pas nécessaire que je vous donne ça ?

Elle montra le panier qu'elle tenait dans sa main.

— C'est *biscotti* et fruits. Et aussi...

Avec un coup d'œil en biais dans ma direction, elle ajouta :

— ... la *Torta Barozzi*.

— Sérieusement ?

J'avais commencé à me lever du lit. La *Torta Barozzi* n'était pas un dessert traditionnel romain, mais je l'adorais, en grande partie parce qu'il fournissait une bonne dose de chocolat *et* d'expresso, deux des catégories alimentaires majeures.

Allie se leva avant moi et prit le panier dans la main tendue de madame Micari.

— C'est le meilleur. Hôtel. Du monde, répéta-t-elle.

— Ce sont des chambres d'hôtes, la corrigeai-je. Elle balaya ma déclaration d'un geste de la main.

— Je peux la voir ? Je peux voir ma chambre ?

— Chambre que tu partages, clarifiai-je.

— Ouais, ouais, répondit Allie. Vous savez bien qu'il voudra dormir avec vous.

J'envisageai de protester. Après tout, *vouloir* et *obtenir* étaient deux choses différentes. Et j'avais parfaitement l'intention de me consacrer à toute cette histoire d'*amore* que madame Micari avait si habilement préconisée. Mais nous aurions le temps pour ça plus tard. Pour le moment, j'étais tout bonnement ravie d'avoir une fille qui s'était débarrassée de sa déception initiale et qui ne tenait plus en place quand elle pensait à sa chambre.

Madame Micari nous lança un large sourire avant

de sortir dans le couloir. Stuart et moi la suivîmes. L'auberge avait cinq chambres, deux au rez-de-chaussée et trois au premier étage. Nos chambres étaient au premier étage (ce qui perturbait Allie puisqu'aux États-Unis, le premier étage est le rez-de-chaussée, le second étage est le premier, et le troisième est le second). Celle que Stuart et moi partagions était à gauche du palier, à côté d'une immense salle de bain moderne. La chambre d'Allie et de Timmy était la première de deux chambres sur la droite. La troisième avait été louée à une jeune femme qui, d'après madame Micari, voyageait en Europe avec un sac à dos et un pass ferroviaire.

La chambre des enfants avait deux lits, un fauteuil inclinable et une petite télévision qui attira Timmy comme un aimant.

— *Le Jeu de Bleue*, maman ? *Le Jeu de Bleue* ?

— Pas ici, mon chéri.

— Il y a probablement quelque chose pour lui, déclara Stuart en allumant la télé. Disney est international, non ?

Madame Micari s'esclaffa.

— Vous parlez *italiano* ? Pas anglais sur chaînes de télévision, ici.

— Sérieusement ?

Étant donné le ton employé, Allie aurait aussi bien fait de jurer à voix haute.

— Allie.

Avec un peu de chance, grâce à *mon* ton, elle constaterait qu'elle était sur la corde raide.

Elle me lança un sourire peiné, puis jeta un coup d'œil à madame Micari.

— Ce n'est pas grave. On ne va pas regarder la télé. Et si le gamin s'ennuie, on a des films pour lui sur l'iPad.

Tout en parlant, elle prit la télécommande des mains de Stuart et zappa au hasard sur les chaînes. Pub. Pub. Feuilleton italien. Pub. *I Love Lucy* (doublé). Le journal. Pub.

Le journal.

Mon esprit capta enfin l'image.

— Allie, lui ordonnai-je.

J'interrompais ainsi madame Micari qui faisait l'inventaire des services offerts avec la chambre : serviettes propres, bouteille d'eau, collation tous les soirs.

— Retourne en arrière.

Ma fille haussa les épaules avant d'obéir. Une seconde plus tard, elle et moi regardions fixement une scène filmée dans un hall d'aéroport qui nous était familier, juste devant les toilettes des hommes.

Un journaliste parlait dans un italien extrêmement rapide pendant que des secouristes et des membres armés de la *polizia* entraient et sortaient des toilettes.

— … trouvé mort, bien que les autorités n'aient

pas encore dévoilé d'informations autres que l'iden-tité de l'homme, expliqua le journaliste en italien.

Allie m'observa, attendant que je traduise. Je m'apprêtais à le faire quand l'homme continua ses explications.

— La victime a été identifiée comme étant Thomas Duvall, habitant de Los Angeles et passager du vol TransAtlantic numéro 832.

— Quel vol TransAtlantic ? s'enquit Stuart alors que l'image sur l'écran changeait.

La vue sur le hall d'aéroport fut remplacée par la photo d'un passeport.

Je ne répondis pas. En fait, j'entendis à peine la question. Toute mon attention était focalisée sur l'écran et sur l'image plus vraie que nature de Monsieur Pepperdine en train de me regarder.

4

Je fixai la télévision, absolument certaine que si je mettais la main sur le rapport d'incident, je lirais que Monsieur Pepperdine — répondant également au nom de Thomas Duvall — avec sa mauvaise haleine, avait été tué par un stylo-bille enfoncé dans l'œil. Ou quelque chose de tout aussi pointu.

Puisqu'il n'y avait aucune autre façon de tuer un démon charnel.

En fait, ce n'est pas vrai. Les décapiter a également tendance à faire sortir les démons des corps, mais uniquement parce que le démon ne veut plus s'attarder. Le but de se cacher dans une forme humaine est de se mêler à la population générale. Sans tête, ce plan ne fonctionne plus très bien et le démon quitte volontairement son enveloppe humaine. Si vous enfoncez un stylo dans l'œil, il n'y a plus rien de volontaire dans ce départ. Le portail s'ouvre et *pouf*, le démon est aspiré dans l'éther, tourbillonnant autour de nous sans aucune forme, attendant son heure jusqu'à ce qu'il puisse réessayer avec un autre cadavre.

— N'était-il pas sur notre vol ?

Stuart s'était rapproché de la télévision et, même s'il me jeta un coup d'œil, son attention était principalement focalisée sur Allie. Apparemment, je n'étais pas la seule à avoir remarqué qu'elle avait passé une bonne partie du vol à reluquer un démon dans un costume de gentil garçon.

— Ouais, admit Allie. Il était assis quelques rangées devant nous.

— Mon Dieu, déclara Stuart.

Il se pencha pour monter le son, ce qui n'avait aucun sens étant donné qu'il ne parlait pas un mot d'italien.

— On était dans ce hall.

Son regard inquiet se posa sur moi.

— Tu étais probablement dans les toilettes des femmes quand ce mec a été tué.

À quelques mètres de moi, Allie s'exclama.

— Maman, tu n'as pas...

Je pivotai pour être face à elle, mon expression s'assombrissant pour l'avertir.

— ... vu quoi que ce soit ? conclut-elle de façon peu convaincante. Quand tu es allée aux toilettes, je veux dire. Tu étais juste là. Tu as vu quelque chose ?

— Non, répondis-je fermement.

Manifestement, Stuart n'en était pas encore arrivé à cette conclusion et madame Micari se tenait toujours dans l'embrasure de la porte. Que croyait-elle, de toute façon ? Que je tuerais un démon au milieu de l'aéroport de Rome ? Des officiers de sécurité patrouillaient dans l'aéroport avec des mitrailleuses et curieusement, je ne pense pas qu'ils m'auraient cru si j'avais dit que je sauvais le monde.

— Je n'ai rien vu.

C'était un énorme mensonge, bien sûr. J'avais vu plus que je ne voulais bien y songer, en réalité. Duvall avait aperçu l'employé du service d'entretien, puis tourné dans la direction opposée. J'avais ensuite vu un autre employé du service d'entretien garder la porte des toilettes des hommes de façon à, je le supposais maintenant, empêcher les voyageurs non avertis de voir un démon mort étalé sur le carrelage italien étincelant. Les hommes d'entretien travaillaient-ils avec la *Forza* ? Étaient-ils des chasseurs de démons solitaires ? Des civils peu méfiants ?

Je n'en savais rien et, franchement, j'espérais ne pas être obligée de le découvrir. Après tout, le quartier général de la *Forza* était à dix minutes à pied d'ici. Même s'il se tramait quelque chose — et, franchement, en ce qui concernait les démons, y avait-il des moments où *rien* ne se tramait ? — cela ne signifiait pas que j'allais finir plongée dedans jusqu'aux genoux.

N'est-ce pas ?

— Le pauvre salaud, dit Stuart. J'espère qu'ils attraperont celui qui a fait ça.

— J'espère qu'ils découvriront pourquoi, ajoutai-je.

— C'est pour la police, dit madame Micari. C'est pas la bonne façon de commencer des vacances. Vous oubliez ça, oui ? Reposez-vous, maintenant ? Faites sieste. Et quand vous êtes réveillés, je vous préparerai un déjeuner et vous explorerez la ville. *Si* ?

— C'est une idée divine, répondis-je.

— Sérieusement ? répliqua Allie. Vous êtes sincèrement fatigués ?

— Oui, affirma Stuart.

Ma fille leva les yeux au ciel, manifestement ébahie que les adultes soient si nuls quand ils partaient en voyage.

— Détends-toi, lui dis-je. Profite de la chambre que tu as pour toi toute seule.

Elle ricana.

— De la chambre qui n'est pas supervisée par un adulte, corrigeai-je.

— *Elmo* ! cria Timmy.

Il avait récupéré la télécommande et avait commencé à zapper sur les différentes chaînes. Effectivement, un Elmo italien était à l'écran. Timmy ne comprenait pas un mot, mais étant donné qu'il avait probablement mémorisé chaque épisode de *1, rue Sésame*, ça n'avait aucune importance, selon moi.

— Oh, génial, dit Allie.

— C'est pour ça que Dieu a inventé l'iPod. Deux heures, lui promis-je. Ensuite, on ira explorer.

En réalité, j'avais plus qu'assez d'énergie pour sortir immédiatement avec elle. Mais je devais d'abord m'occuper d'autres choses.

Stuart et moi laissâmes les enfants dans leur chambre, et une fois que nous rejoignîmes la nôtre, il m'attira à côté de lui sur le lit.

— Une chambre rien que pour nous, remarqua-t-il. Dommage que je sois trop épuisé pour en profiter.

— Je ne prendrais pas ça pour une atteinte à ta virilité, lui assurai-je. Et la chambre sera toujours là, ce soir.

— Tu mets un réveil ?

Ses paupières se fermaient, et il était déjà à moitié endormi.

— Je m'en occupe.

Je me rassis.

— Je vais chercher les toilettes. Je reviens dans une seconde.

J'avais le sentiment qu'une seconde plus tard, il dormirait à poings fermés.

Je n'avais pas vraiment besoin d'aller aux toilettes, mais je voulais sortir de la chambre et je me disais que c'était un endroit comme un autre pour passer un coup de fil. Lorsque j'arrivai devant, cependant, je trouvai la porte verrouillée. Je frappai.

— Allie ?

Je n'obtins aucune réponse, mais je crus entendre un petit sanglot suivi du bruit causé par quelqu'un s'aspergeant d'eau.

— *Allie* ? répétai-je alors que mes sens maternels tournaient à plein régime.

— Non.

Le mot fut prononcé d'une voix basse et rauque, mais la voix était clairement celle d'une adolescente. Je me rappelai ce que la *Signora* Micari avait dit à propos de l'autre personne présente à notre étage — une jeune femme voyageant en Europe avec son sac à dos. J'imaginai Allie, un peu plus vieille qu'actuellement, voyager seule sans rien d'autre qu'un peu d'argent liquide, un pass ferroviaire et son iPod. Mon cœur se tordit légèrement pour cette fille.

— Tu vas bien ? Je peux t'apporter quelque chose ?

Silence. J'entendis ensuite le bruit distinct d'un nez qu'on mouchait bruyamment.

— Je vais bien, dit-elle. Désolée de monopoliser la salle de bain. Il me... Il me faut encore quelques minutes. D'accord ?

J'hésitai. Je voulais l'aider, mais je savais en même temps que ce n'était pas mon rôle. Je ne connaissais pas cette fille. J'ignorais si sa famille lui manquait ou si elle venait juste de se disputer avec son petit ami. D'ailleurs, peut-être qu'elle avait simplement passé les deux dernières heures à regarder *Nuits blanches à*

Seattle sur son iPod et elle voulait simplement pleurer un bon coup. Tout ça pour dire que j'avais mes propres problèmes.

— Je m'appelle Kate, dis-je avant de m'éloigner. Si tu as besoin de quoi que ce soit, je suis dans la chambre au bout des escaliers.

Je n'allais pas retourner directement dans ma chambre, mais je ne m'attendais pas à ce que la fille vienne rapidement à ma rencontre. Et si elle le faisait ? Eh bien, Stuart vivait avec une adolescente chez lui depuis des années, maintenant. Je me dis qu'il pourrait gérer une scène.

Je trouvai des toilettes décorées au rez-de-chaussée, juste à côté du vestibule. J'entrai, ouvris le robinet et m'assis sur la lunette fermée avant de sortir mon téléphone dans le but de passer l'un de ces coups de fil internationaux extrêmement chers à ma meilleure amie, Laura. Bien que la chasse aux démons soit censée être un énorme secret, Laura avait été mise au courant de mes activités extraconjugales presque au moment où j'avais été obligée de sortir de ma retraite. À cette époque, soit je devais lui avouer, soit je devais lui laisser croire qu'elle devenait folle furieuse. Que puis-je dire ? Je considérais que c'était mon devoir de sauver la santé mentale de mon amie. Et, oui, j'adorais avoir une confidente.

Depuis, plus ou moins toute la population de San Diablo avait découvert mon secret (d'accord, pas vraiment, mais c'était parfois l'impression que j'avais). Laura était tout de même la première vers qui je me tournais quand j'avais besoin d'aide dans ma chasse aux démons, de compassion pour mes problèmes conjugaux ou d'assistance pour la création de pâtisseries délicieuses. Que puis-je dire ? Cette femme était une déesse dans la cuisine. Moi ? Pas vraiment.

Aujourd'hui, les démons étaient à l'ordre du jour. L'université Pepperdine se trouvait à Los Angeles, non loin de San Diablo. J'espérais que Laura pourrait aller sur Internet et découvrir quand Thomas Duvall — le vrai Thomas Duvall — était mort. Puisque le pauvre gamin *était* mort, et pas dans des toilettes romaines. Non, il était mort aux États-Unis et dès qu'il avait trépassé, un démon s'était installé.

C'est ainsi que la plupart des démons adoptent une forme humaine. Bien sûr, il y a d'autres moyens, mais posséder un corps est compliqué et partager son temps avec un humain signifie que vous devez trouver un être qui était soit maléfique, soit si avide de pouvoir qu'il était prêt à abandonner une partie de son libre arbitre afin de laisser une essence démoniaque s'installer dans ce corps à ses côtés. Heureusement, pour le monde entier, peu de personnes sont ainsi.

Non, la plupart des démons sont des opportunistes. Quand une personne meurt, son âme quitte son corps et pendant une courte période, un portail s'ouvre et permet au démon — qui vagabondait auparavant dans l'éther, désincarné et frustré — de se glisser à l'intérieur, sans aucun problème. Il s'agit généralement de la victime d'une crise cardiaque, d'une noyade ou d'un accident de voiture violent. Le genre de situations dans lesquelles les premiers secours sont certains de perdre la victime, mais à la surprise de tout le monde, celle-ci prend une brusque inspiration et le tracé linéaire se transforme en joli pouls régulier. Les journaux qualifient souvent ces incidents de miracle. Les journaux se trompent.

Heureusement, les démons ne peuvent pas simplement bondir dans n'importe quel cadavre. Si c'était le cas, nous serions entourés de démons charnels. (En réalité, nous *sommes* entourés de démons désincarnés. Ils sont là, dans l'éther, tout autour de nous, constamment. C'est assez flippant quand on y pense. J'essaie de ne pas y penser. Je me dis que tant qu'ils n'ont pas pris de forme solide, ils ne peuvent pas me déranger. Et une fois qu'ils sont charnels, je sais quoi faire avec eux : les tuer.)

Non, les démons doivent trouver le bon corps. Il doit être mort tout récemment, et le démon doit se glisser avant que le portail se referme. Même ainsi, ce n'est pas nécessairement un acte accompli. Certains corps rejettent les démons. Je ne suis pas théologienne, mais d'après ce que je comprends, les âmes des croyants fidèles restent suspendues et protègent la coquille humaine jusqu'à ce qu'elle soit sauve de toute infestation. Autrement dit, c'est le combat du fidèle.

Je supposai que Thomas Duvall n'avait pas opposé une très grande résistance. Il était mort et un démon était entré.

Ce que je voulais savoir, c'était pourquoi ?

La plupart des démons se glissent dans une coquille humaine tout bonnement parce que c'est ce qu'ils veulent : de *l'humanité*. Bien évidemment, ils veulent se balader et causer des ennuis, mais ils veulent le faire en chair et en os. Ils veulent les sensations. L'émotion. Les hauts et les bas. Toutefois, généralement, ça n'inclut pas de voyage international. Si un démon veut être en chair et en os en Italie, c'est beaucoup plus logique pour lui de se glisser dans un corps italien.

Mais Duvall a quitté Los Angeles pour se rendre à Rome. Pourquoi ? Et était-ce une coïncidence s'il était dans le même avion qu'une Chasseuse de Démons qui avait récemment vaincu certains des démons les plus puissants au monde ? (Je ne veux pas paraître prétentieuse, mais je parle de moi.) Faisait-il partie d'une certaine vendetta ? Et si c'était le cas, pourquoi ne pas me tuer simplement à l'aéroport ? Pourquoi jouer au gentil et rendre l'ours en peluche de mon fils ?

Et si Duvall avait prévu de me tuer, alors qui était intervenu pour me protéger ?

Je l'ignorais, mais je voulais le découvrir. Et je me

disais que commencer avec l'homme en lui-même était le meilleur point de départ. Surtout que je n'en avais aucun autre.

Je sortis mon portable avant de me rendre compte que j'avais oublié de le rallumer une fois que nous avions débarqué de l'avion. J'appuyai sur le bouton et attendis que les barres de réseaux apparaissent, agacée quand je me rendis compte que j'avais loupé un message vocal. Laura m'avait probablement appelé pour être certaine que nous étions arrivés sans problème.

Toutefois, l'appel ne venait pas de Laura. Mais d'Eric.

— C'est moi, dit-il.

Sa voix paraissait lointaine et creuse.

— Je sais que je suis peut-être la dernière personne dont tu veux avoir des nouvelles, mais je pensais que tu devais le savoir.

Ma poitrine se comprima lorsqu'il poursuivit.

— Je viens juste de découvrir que l'autel de la cathédrale a été détruit il y a quelques mois. Apparemment, l'évêque n'a rien dit parce qu'il ne voulait pas que la presse déferle sur lui, mais quelqu'un a fait fuiter l'information et il y avait un article dans le journal, cette semaine. Visiblement, l'évêque a fait venir un autel de remplacement et avec le tissu qui le couvrait, personne ne s'en est rendu compte.

Il s'éclaircit la gorge.

— Bref, j'ai appelé Delores dès que j'ai lu l'article, déclara-t-il.

Il faisait référence à la coordinatrice bénévole de la cathédrale, une femme qui avait son mot à dire dans toutes les affaires de l'église.

— Elle a dit qu'ils ignoraient totalement qui était le coupable ou pourquoi quelqu'un désacraliserait l'autel.

Je frissonnai, perturbée. L'autel de San Diablo avait été infusé avec des os de saints, tout comme l'avait été le ciment de la cathédrale en elle-même. En théorie, cela empêchait les démons d'entrer, même si San Diablo avait eu son lot de bêtes infectes, dernièrement. En revanche, les humains pouvaient aller et venir à leur guise. Et des humains se retrouvaient souvent aux ordres des démons, volant des reliques saintes pour les utiliser lors de rituels de magie noire.

Peut-être que c'était simplement un acte malveillant quelconque, mais j'en doutais. Un démon mijotait quelque chose et j'ignorais totalement ce que c'était.

Au bout du fil, Eric continuait.

— Écoute, ça aurait pu attendre que tu reviennes. Mais en réalité, j'ai un mauvais pressentiment. Ne fais confiance à personne. Je sais que tu es à l'autre bout du monde, mais surveille tes arrières, d'accord. Et pour l'amour de Dieu, garde un œil sur Allie. Je... Je ne le supporterais pas s'il arrivait quelque chose à l'une d'entre vous.

Les mots étaient simples et directs, mais ce n'était pas ce que j'entendais. J'entendis plutôt un « je t'aime » et les larmes me montèrent aux yeux. C'était le Eric de mon passé, un homme que j'aimais, le père de mon aînée.

— Bon sang, marmonnai-je.

Je rangeai ensuite mon portable dans ma poche. Je chassai de mon esprit les pensées sur Eric-l'ex-mari et me concentrai sur les mots d'Eric-le-Chasseur-de-Démons. Il avait toujours eu un sixième sens avec le danger. Ajoutez à cela le fait que Monsieur Pepperdine s'était trimballé de la Californie jusqu'à Rome, et je devais croire que mon instinct était le bon. Quelque chose de mauvais se tramait et je ne savais pas du tout de quoi il s'agissait.

J'appuyai sur la touche de numérotation abrégée pour contacter Laura et tapotai le côté des toilettes alors que la tonalité sonnait et sonnait, me renvoyant finalement sur la boîte vocale.

— Salut. C'est moi. Je viens juste de me rendre compte qu'il est plus de minuit, donc tu es probablement en train de dormir, mais j'aurais besoin de ton aide. Ce n'est pas une crise, dis-je en espérant que c'était la vérité. Mais appelle-moi dès que tu as ce message. D'accord ?

Je raccrochai, frustrée puisque je doutais d'avoir de ses nouvelles avant six ou sept heures. J'envisageai d'appeler Eric — je savais qu'il n'allait jamais se coucher avant deux heures du matin —, mais je n'étais pas encore assez forte pour passer ce coup de fil. Je pouvais supporter sa voix. Mais une véritable conversation ? Pas encore. Et certainement pas après une minuscule sieste.

Cependant, j'étais parfaitement motivée et je quittai les toilettes, déterminée à effectuer mes propres recherches. Et, oui, je me maudissais de n'avoir toujours pas suivi le conseil de Laura en achetant un iPhone quand j'avais cédé aux exigences d'Allie et que je lui en avais offert un comme cadeau de pré-voyage. Désormais, j'allais devoir prendre l'ordinateur portable dans la chambre d'Allie. Plus important encore, j'allais devoir mentir à ma fille à propos de ce que je faisais ou lui raconter toute l'horrible vérité.

Je n'eus pas à prendre de décision grâce à l'intervention de madame Micari. Elle balayait l'entrée quand je sortis des toilettes et son visage s'illumina lorsqu'elle me vit.

— Vous ne dormez pas ?

— Toilettes, indiquai-je. Celles de l'étage étaient occupées.

— Ma jeune hôte, expliqua la femme. C'est une gentille fille, je crois. Pas beaucoup plus âgée que votre Allie.

— Et elle voyage toute seule ?

Madame Micari haussa les épaules, comme pour dire *ces jeunes, de nos jours*. Je ne posai pas davantage de questions. Peut-être que la jeune femme était un enfant prodige. Peut-être qu'Allie et elle pourraient passer du temps ensemble et que cette fille exercerait une bonne influence sur ma progéniture aisément distraite. Mais, je devais l'admettre, elle faisait du très bon boulot quand elle se concentrait. Simplement, je voulais la voir exceller dans ses devoirs scolaires. Pas dans ses recherches portant sur les traditions démoniaques.

— Vous avez faim ? Soif ? Vous ne dormez pas, mais peut-être que vous voudriez le café ?

— J'adorerais boire du café, merci bien.

Ce qui avait probablement été un jour un petit salon directement relié à l'entrée servait actuellement de salle à manger. Elle était inondée d'une lumière qui venait d'une baie vitrée donnant sur un jardin couvert d'herbe et orné d'une petite statue de la Vierge Marie. Dehors, deux fauteuils rembourrés étaient placés de chaque côté d'une petite table carrelée. Un vieil homme dormait dans l'un des fauteuils, un journal plié sur ses cuisses.

— Votre mari ? demandai-je.

— Non, non. C'est le *Signor* Tagelli.

Elle n'offrit aucune explication supplémentaire et puisque ça ne me regardait pas vraiment, je ne fouinai pas.

— Asseyez-vous, déclara-t-elle.

Elle montra en même temps une petite table près de la porte, avec une nappe blanche et une corbeille de fruits.

— Vous aimez la crème ? Le sucre ?

— Rien que de la crème, dis-je.

Généralement, je buvais mon café noir — chasser les démons ne brûlait pas toutes les calories, vous voyez —, mais j'étais en vacances. C'était le moment de se déchaîner et de faire des folies.

Elle franchit une porte à deux vantaux au bout de la pièce et je saisis l'opportunité pour regarder autour de moi. J'aimais ce que je voyais. L'endroit était chaleureux et accueillant. Des bibelots, des fleurs et de petites photographies encadrées couvraient des dizaines d'étagères et pourtant, la pièce ne semblait pas encombrée. Il n'y avait pas de poussière. Pas de collection de babioles. Soit madame Micari était une bien meilleure ménagère que moi, soit les affaires étaient assez bonnes pour qu'elle puisse engager de l'aide. La deuxième option était plus plaisante pour mon ego, mais la bonne réponse était, selon moi, la première.

— Café et *biscotti*, annonça madame Micari.

Elle réapparut dans la pièce avec un plateau en bois chargé d'une petite cafetière et d'un grand panier de délicieux biscuits italiens. Elle le glissa sur la table, prit une tasse sur le buffet non loin de là et me servit. J'ajoutai de la crème, puis utilisai le biscuit pour mélanger. Je mangeai une bouchée de la gourmandise imbibée de café, fermai les yeux et soupirai. Saint-Pierre était peut-être au coin de la rue, mais c'était ici que j'avais trouvé mon paradis.

J'ouvris les yeux et découvris madame Micari en train de me sourire. Je réalisai une seconde trop tard que j'aurais dû faire preuve de bonnes manières en l'invitant à se joindre à moi. Je me couvris la bouche pour ne pas cracher de miettes, et fis un signe vers l'autre chaise.

Elle s'assit, les mains croisées délicatement devant elle, sur la table.

— S'il vous plaît, dis-je. Partagez avec moi.

— Non, non, répondit-elle. Je ne veux pas de café. J'aimerais vous parler.

— Oh, bien sûr.

Sans y réfléchir, je tendis la main vers la sacoche de voyage que je portais toujours autour de mon cou et sous mon T-shirt. N'avions-nous pas payé l'intégralité de la caution ? Devais-je trouver un autre endroit pour ranger la poussette de Timmy ? Est-ce que mon fils avait cassé quelque chose ?

— Euh, que se passe-t-il ?

Elle prit une inspiration.

— Katherine, commença madame Micari.

Je me raidis. Personne ne m'appelait Katherine. Personne à part le Père Corletti, le responsable de la *Forza Scura*.

— Vous devez faire attention, poursuivit-elle.

Les petits cheveux sur ma nuque se hérissèrent comme pour m'avertir.

— La ville peut être dangereuse. Pour les touristes. Et pour... pour les autres, également.

— Les autres ? répétai-je.

J'hésitai avant de décider de faire le grand saut.

— Quel genre d'autres personnes ?

— Votre genre.

— Et de quel genre parlons-nous ?

Le plus discret des sourires étira le coin de sa bouche et je sentis un frisson glacial me traverser.

— Le genre qui ne serait pas choqué d'apprendre que le jeune homme de l'aéroport a été tué par un coup de couteau dans l'œil.

5

Je repoussai ma chaise.

— Qui êtes-vous ?

— Ah, mon enfant, les années sont vraiment intraitables. Ai-je tant changé que ça ?

Je la fixai, confuse. Je ne connaissais pas ce visage. Et pourtant… et pourtant il y avait quelque chose de familier chez elle. Ma poitrine se comprima, mais cette fois-ci, ce n'était pas à cause de la peur et plutôt du tiraillement doux-amer de ma mémoire.

— *Signorina Leone* ?

Son sourire s'élargit brusquement sur son visage et ses yeux se plissèrent en coin.

— *Si*. Même si on m'appelle *Signora Micari* depuis de nombreuses années.

— Mais je ne comprends pas. Vous gériez des chambres d'hôtes ? Pourquoi le Père Corletti ne me l'a-t-il pas dit ?

La *Signorina* Leone avait fait partie de l'entourage de la *Forza*. Elle était domestique, en fait. Elle s'était occupée de notre linge, avait nettoyé les sols et aidé à préparer nos repas. Je ne l'avais jamais si bien connu que ça... elle avait été discrète et observatrice, mais ne s'impliquait jamais dans notre éducation ou nos missions. Toutefois, elle avait toujours été là et c'était un petit miracle qu'elle soit présente, maintenant.

— Mon mari Leonardo et moi avons ouvert cette auberge quand j'ai pris ma retraite. Il a rejoint Dieu, à présent, et je continue de travailler sans lui. Le Père Corletti est l'une de mes meilleures références.

— Est-ce qu'il... Je veux dire, louez-vous principalement vos chambres à des Chasseurs ? Ou à d'autres personnes de la *Forza* ?

Je songeai à l'adolescente qui partageait notre étage, sans parler des hôtes anonymes dans les chambres sous les nôtres.

Madame Micari s'esclaffa.

— Non, non. La plupart de mes invités me trouvent grâce à Internet.

Elle tendit la main pour prendre la mienne et la serrer.

— C'est pour cette raison que je suis si heureuse de te voir. Tu es comme un cadeau du passé, non ?

Je serrai sa main en retour.

— Je vois exactement ce que vous voulez dire.

Je pressai ses doigts un peu plus longtemps que je ne l'aurais dû et fus surprise de constater que mes yeux s'étaient emplis de larmes. J'avais à peine connu cette femme et pourtant, l'idée d'être réellement de retour — d'être véritablement ici, à Rome, pour me connecter à mon passé — me dépassait complètement.

Lorsque je la relâchai enfin, je vis qu'elle me lançait un sourire radieux.

— Mais parle-moi maintenant de l'homme que tu as épousé, dit-elle. Je vois les yeux du jeune Eric sur le visage de ta fille. Mais ton cadet... son père n'a pas été élevé dans la *Forza*.

— Non.

— Et pourtant, il connaît la vérité.

— En partie, dis-je.

Je me rendis alors compte que c'était vrai ; je n'avais toujours pas tout raconté à Stuart. Oh, il connaissait les bases. Mais les batailles de mon passé ? Les démons qui menaient toujours une vendetta contre moi ? La passion violente, motivée par la peur, de mes jeunes années avec Eric ? Voilà des histoires que Stuart n'avait pas entendues.

— Et notre mort, monsieur Duvall ? Ton mari est au courant pour ça ?

— *Moi-même*, je ne connais pas la vérité, affirmai-je. Je n'ai aucune preuve irréfutable pour dire qu'il s'agissait d'un démon. Et même s'il l'était, je suis en vacances. Thomas Duvall était peut-être dans mon avion, mais ça ne veut pas dire qu'il est mon problème.

J'avais adopté ma voix la plus ferme, celle que j'utilisais pour dire à Allie qu'elle n'avait pas le droit de porter du maquillage. Mais je ne me berçais pas d'illusions. Malheureusement, je ne pense pas que madame Micari était dupe non plus.

— Ah non ?

— Nous sommes à Rome, *Signora*. Je suis à deux pas d'une douzaine de Chasseurs, d'apprentis et d'experts, si ce n'est plus. Je suis venue ici pour prendre des vacances. Pas pour me battre.

Ça, au moins, c'était vrai. Cependant, je craignais que ce soit le conflit qui m'ait trouvée.

La bouche de madame Micari tressaillit.

— Katherine, mon enfant, il est vrai que je n'étais pas plus qu'une domestique quand tu étais jeune. Mais ça ne veut pas dire que je suis idiote.

— Je...

— Réponds-moi honnêtement. Le danger t'a suivi ici, depuis San Diablo ? Ce garçon était un démon ? Plus important : c'est toi qui l'as tué ?

Et la voilà. Directe. Spécifique. La question à laquelle je pouvais répondre ou ne pas répondre. Mais je ne pouvais l'éviter avec de vagues paroles et des répliques ambiguës.

Vingt ans plus tôt, je n'aurais même pas envisagé

de minimiser. Elle n'était peut-être pas l'une de nos formatrices, mais elle faisait partie de la *Forza* et cela signifiait que j'avais une confiance totale en elle, à l'époque.

Mais les choses avaient changé.

Je ne pouvais pas lui dire. Que Duvall était un démon. Que je ne l'avais pas tué. Pas même que j'avais eu, moi aussi, des soupçons sur le statut démoniaque de l'équipe d'entretien de l'aéroport.

Eric disait de ne faire confiance à personne. Et même si c'était difficile, « personne » incluait madame Micari.

Je lui souris et réussis à hausser nonchalamment les épaules, espérant qu'elle ne voyait pas que mon geste était teinté de culpabilité et de regret.

— Je ne sais vraiment pas s'il était démoniaque.

Techniquement, c'était vrai, mais j'avais tout de même la sensation de mentir.

— Il était dans notre avion. C'était un jeune homme séduisant. Et maintenant, il est mort. Au-delà de ça, je ne suis au courant de rien. Et, ajoutai-je en aggravant exponentiellement mon mensonge, je ne vois pas comment il pourrait avoir un quelconque rapport avec moi.

— Ah bon ?

Un sourire étrange tordit sa bouche.

— As-tu perdu tous tes instincts, ou tiens-tu ta langue pour une autre raison ?

J'entendis à son ton qu'elle était blessée et je faillis céder. *Faillis*. Mais je n'en fis rien. Non pas parce que j'en avais la force, mais parce que j'aperçus une silhouette familière se glisser dans le vestibule. Je me rendis compte que j'avais une excuse.

— Allie ! l'appelai-je. Pourquoi ne surveilles-tu pas ton frère ?

Elle apparut immédiatement dans l'embrasure de la porte, manifestement contrite. Beaucoup trop contrite, franchement, et je me demandai ce qu'elle avait entendu.

— Je suis désolée ! Je suis désolée ! Il dort à poings fermés, je le jure, et il faut vraiment que je fasse pipi.

Elle ferma brusquement la bouche alors même que ses yeux s'écarquillaient tant elle était mortifiée.

— Je veux dire les toilettes. Il fallait que j'aille aux toilettes et il y avait quelqu'un dans la salle de bain de notre étage, alors je suis descendue pour en chercher une autre et ensuite, je vous ai entendues et...

Elle termina en haussant grandement les épaules.

— J'aurais dû dire quelque chose, je sais. Mais... Eh bien, bref. Il faut quand même que j'aille aux toilettes, donc... ?

Elle se tut, le regard rivé sur madame Micari qui lui indiqua obligeamment celles du rez-de-chaussée.

Allie piqua un sprint dans cette direction et elle fut si rapide que je ne doutai pas de son besoin d'aller aux toilettes. Dommage. Il fallait qu'elle me serve d'excuse.

— Attends un peu, ma puce, dis-je en me levant pour traverser la pièce. Je suis sûre que celles de l'étage sont libres, maintenant. Je vais monter avec toi.

Je lançai à madame Micari un sourire qui, je l'espérais, se traduisait par : *les enfants... qu'est-ce que vous voulez y faire ?*

— Il faut qu'on ait une petite discussion, de toute façon...

— Oh.

Elle rebondit légèrement d'un pied sur l'autre.

— Euh, d'accord. À plus tard, madame Micari.

— *Si*, répondit la femme qui était plus que notre hôte.

Elle ajouta, avec une petite inflexion dans la voix et un léger acquiescement qui donnaient l'impression qu'elle me faisait une promesse plutôt que de me congédier :

— Katherine.

Je suivis Allie à l'étage et attendis sur son lit qu'elle revienne de la salle de bain.

— Alors, sur une échelle d'un à dix, commença-t-elle, j'en suis à quel niveau d'ennuis ?

— Parce que tu as fouiné ? Cinq. Je t'offre une seconde chance puisque tu ne l'avais pas prévu.

Je lançai un regard appuyé en direction de son

frère, que j'avais trouvé endormi sous un couvre-lit, devant la télévision.

— Pour ton devoir de baby-sitter, je te donne un moins trois. Et s'il avait tiré sur n'importe quel meuble plutôt que de choisir une couverture ?

— Je n'avais pas prévu de partir aussi longtemps. Honnêtement. Et ce n'est pas comme s'il s'était blessé. Enfin, regarde-le, ajouta-t-elle.

Elle montra le lit vers lequel je l'avais porté quelques instants plus tôt.

— Il pionce comme un petit ange.

Elle me lança un large sourire, révélant deux rangées de dents brillantes et tout juste brossées.

Je soupirai et me calmai. Le petit était en vie, la leçon pouvait attendre.

Allie avait dû repérer un léger changement dans mon humeur puisqu'elle se laissa tomber sur le lit à côté de moi.

— Alors, un cinq ? Sérieusement ? Parce que je peux carrément survivre à un cinq.

Je réussis difficilement à ne pas rire.

— Tu n'avais pas prévu de fouiner, donc tu obtiens des bons points pour ça. Mais tu es surtout sauvée parce que je voulais une excuse pour éviter les questions de madame Micari.

— Autrement dit, si je fouine encore, j'aurais des ennuis.

— J'ai une fille si intelligente, dis-je en me relevant. Fais une sieste.

Avant qu'elle puisse protester en disant qu'elle n'était aucunement fatiguée, j'ajoutai :

— Ou écoute la musique. On ira jouer aux touristes dès que Timmy sera réveillé et que Stuart sera prêt à partir.

— Mais maman...

— Il n'y a pas de « mais maman ».

— ... est-ce que tu l'as tué ? Le démon Thomas Duvall. C'était toi ?

— Tu as vu les mecs de la sécurité qui se baladaient avec des armes automatiques ? Tu penses que je serais heureuse dans une prison italienne ?

— Oui, bien sûr, je comprends. Mais, c'est juste que... enfin, c'était un démon, non ?

— Je crois, admis-je en me rasseyant.

— Et il est mort.

Elle laissa sa phrase en suspens, comme un appât sur un hameçon. Je ne mordis pas à cet hameçon. Un instant plus tard, elle laissa échapper un soupir exaspéré.

— Si tu ne l'as pas tué, alors c'était qui ? Et que faisait un démon sur notre vol ? Enfin, c'est bizarre, non ?

— Ils doivent bien voyager d'une façon ou d'une autre, répondis-je sèchement.

À vrai dire, j'étais fière de ma fille. Elle posait toutes les bonnes questions et elle méritait d'en savoir autant que moi, même si je ne savais pas grand-chose.

Sauf que je ne voulais pas lui dire. Ni pour l'autel.

Ni pour l'appel de son père. Mon cœur se gonflait peut-être de fierté quand je songeais à quel point ma fille devenait compétente et adulte, mais ça ne signifiait pas que je n'étais plus totalement nouée de l'intérieur. Je luttais contre son désir d'entrer dans cette vie. Et je luttais contre ma volonté de la laisser faire. Les parents n'étaient-ils pas censés protéger leurs enfants ? Les habiletés qu'elle développait la rendaient plus forte, bien sûr, mais cela signifiait aussi que le danger se mettrait en travers de son chemin. Pire, cela voulait dire qu'elle allait le rechercher.

Et, bon sang, je n'avais pas envie qu'elle le fasse ici. Je souhaitais que ce voyage se focalise sur notre famille et non sur le boulot familial.

Toutefois, je me trouvais simplement des excuses. Le danger rôdait dehors, qu'elle le cherche ou non. Qu'elle soit entraînée ou non. Pour le meilleur ou pour le pire, cette vie était dans son sang et je devais respecter ma fille, qui était presque adulte, en lui disant ce que je savais. Et ce que je soupçonnais.

Elle était assise, toute raide et silencieuse à côté de moi sur le lit, fronçant les sourcils et indubitablement certaine que j'allais l'abandonner là.

Une fois encore, je me levai.

— Viens.

Je me penchai et récupérai prudemment Timmy dans mes bras. Il gigota, mais ne se réveilla pas. Je remerciai silencieusement le saint patron des mamans débordées.

— Où ? demanda Allie. Est-ce qu'on va chercher Stuart ?

J'entendis à la fois de la prudence et de la défiance dans sa voix. Si je disais oui, ma fille allait protester.

— Non, dis-je. On laisse Timmy avec son père. Ensuite, toi et moi, on ira faire un tour. On laissera un petit mot à Stuart pour lui dire qu'on a décidé de prendre de l'avance en commençant notre shopping.

— Mais on va vraiment… ?

— On fera peut-être du shopping, admis-je. Enfin, on va surtout discuter.

J'envisageais même d'aller à la *Forza* afin de pouvoir tout évoquer avec le Père Corletti avant de revenir accompagnée de Stuart pour la visite officielle.

Et oui, je me sentais coupable. Probablement pas autant que je le devrais. Les mensonges et les secrets devenaient une seconde nature pour moi. Ce n'était pas bien, mais c'était ainsi.

Le sourire d'Allie illumina son regard.

— Je veux des T-shirts et des jeans, mais surtout, je veux une veste. En Italie, tout tourne autour du cuir. Oh et j'ai dit à Mindy que je lui trouverai un sac à main. Quelque chose de vraiment exceptionnel, tu vois ?

Je ne pris pas la peine de répondre et me contentai d'avancer lentement vers la porte avec mon bambin enfoui dans mes bras et mon adolescente dans mon sillage. Deux minutes plus tôt, elle était focalisée sur les démons et les mystères. Désormais, elle ne parlait que de shopping, de mode et d'accessoires en cuir doux.

Je ne pouvais qu'imaginer ce que nous réservaient les minutes suivantes.

6

Timmy est le genre d'enfant à se réveiller d'une sieste si vous respirez trop fort. Toutefois, il resta endormi dans mes bras pendant tout le trajet jusqu'à l'autre chambre. Voilà un autre avantage des voyages à l'international : l'épuisement intense des bambins.

Stuart était allongé sur le lit encore bordé, un bras posé sur ses yeux, son torse s'élevant et retombant au rythme de sa respiration calme. Allie trépignait dans l'embrasure de la porte alors que j'avançais vers le lit sur la pointe des pieds et posais doucement Timmy à côté de son père. Je restai plantée là, figée pendant un moment et n'osant pas bouger. Une seconde. Puis deux. Puis trois.

Je pris une inspiration profonde avant de m'approcher lentement et prudemment de la fenêtre pour fermer discrètement les rideaux. Le filet de lumière qui éclairait le lit devint de plus en plus fin jusqu'à effleurer le sommet du crâne de Stuart et de disparaître dans l'ombre grise. Stuart ne bougea pas. Je ne respirai pas. Une seconde plus tard, je me dirigeai vers le bureau minuscule sur la pointe des pieds et griffonnai un petit mot sur le bloc fourni par l'auberge.

Allie n'arrive pas à dormir. T dort comme un loir. On va faire des trucs de filles et prendre de l'avance sur notre shopping. Envoie-moi un SMS. XXOO

Je le déposai contre le téléphone et retournai vers Allie, étourdie par le succès. Mes doigts se refermèrent autour de la poignée et je la tirai doucement.

Tout ça n'avait eu aucune importance. Le *iiiiiiic* inévitable résonna dans la pièce. Je déglutis, le regard rivé sur Timmy qui resta merveilleusement et divinement immobile.

En revanche, Stuart se redressa.

Il cligna des yeux, vaseux.

— Kate ?

— Salut, chuchotai-je. Rendors-toi. Timmy pionce et, visiblement, tu pourrais dormir encore une heure ou deux.

Il inclina la tête pour jeter un coup d'œil à Tim.

— Si tu es sûre que ça ne te dérange pas.

— Fais-moi confiance. C'est bien mieux pour notre mariage. Moins on fait de shopping ensemble, mieux ce sera.

— Pour le bien de notre mariage, alors, dit-il.

Je ravalai mon sourire purement victorieux.

— Allez-y.

En revanche, cette victoire fut malheureusement de courte durée. Effectivement, au moment où Stuart s'effondra sur le matelas, Timmy se redressa. Il tendit les bras et un « maman, maman, maman » franchit ses lèvres.

Je me précipitai pour le prendre dans mes bras, apercevant la tête d'Allie se cogner d'un air théâtral contre le chambranle. Je n'y étais pas insensible, mais je ne pouvais pas non plus abandonner mon petit gars.

— D'accord, d'accord. Moi aussi, je suis réveillé.

Stuart ponctua sa déclaration en sortant du lit et en s'étirant.

— De toute façon, j'imagine que c'est mieux comme ça. Tous les livres de voyage ne disent-ils pas qu'on devrait éviter les siestes ? Il vaut mieux lutter et se coucher ensuite à une heure raisonnable. Ça permet de se débarrasser plus vite du décalage horaire.

— Pour les adultes, peut-être. Mais pour les enfants grincheux ? Peut-être qu'on devrait réessayer de le coucher ? Allie et moi, on peut revenir dans une heure. Même une petite sieste pourrait faire toute la différence.

Stuart me jeta un coup d'œil.

— Tu préférerais qu'on ne vienne pas avec vous ?

— Non, non. Bien sûr que non.

J'étais ravie qu'il soit levé. J'étais ravie que Timmy

se soit réveillé. C'était *Rome* et j'aimais cette ville. Je voulais en partager chaque centimètre carré avec ma famille. *Vraiment.*

Et pourtant...

Et pourtant, je n'en avais pas envie. Puisque « chaque centimètre carré » inclurait la *Forza*. Toute la *Forza*. Pas simplement la visite, mais la vérité — ce que j'avais besoin de savoir. Ce que j'avais besoin d'apprendre.

« Chaque centimètre carré » signifiait impliquer Stuart dans cette histoire. Peut-être que je n'avais même pas réalisé qu'il y aurait une histoire quand nous avions embarqué dans l'avion en Californie, mais je le savais, maintenant. Et je savais aussi que je n'étais pas prête à le lui dire. Je le savais à la façon dont ma bouche s'asséchait et mon estomac se serrait tandis que les mots paraissaient mourir sur ma langue. Il *fallait* que je partage avec mon mari. N'importe quel conseiller conjugal au monde me dirait que le partage est le bon chemin vers la guérison.

Il le fallait. Mais je n'en avais pas envie. Parce que je ne lui faisais pas confiance. Pas entièrement. Pas encore.

Cela me brisait le cœur de l'admettre, mais je ne pouvais pas plus fuir la réalité que je ne pouvais ignorer un démon déchaîné.

Je devrais bientôt lui dire la vérité, je le concevais. Mais « bientôt », ça n'était pas maintenant. Ainsi, Allie et moi attendîmes avec divers degrés d'impatience pendant que Stuart et Timmy se préparaient. Tout compte fait, ils ne mirent pas si longtemps et nous arrivâmes en bas des escaliers en moins de quinze minutes, prêts à jouer sérieusement aux touristes et à faire du shopping. Je le savais puisque Stuart avait son exemplaire aux pages cornées du Guide du Routard consacré à Rome.

— Tu connais peut-être la ville, m'avait-il dit dans l'avion en surlignant rubrique après rubrique. Mais je veux m'assurer qu'on ne loupe rien d'exceptionnel.

Apparemment, Stuart avait autant de foi en mes capacités de guide touristique qu'il en avait en mes aptitudes culinaires.

— Va chercher la poussette, dit Stuart à Allie quand nous arrivâmes dans l'entrée.

Je levai une main pour intercepter ma fille.

— Ce truc est un colosse, répondis-je. On a vraiment besoin de la prendre ?

— Il voudra marcher pendant trois minutes et je ne vais pas tenir beaucoup plus longtemps en le portant.

— J'ai une idée, dis-je.

Je partis ensuite à la recherche de madame Micari. Trois minutes plus tard, nous étions armés des instructions pour nous rendre dans la version romaine d'un Toys "R" Us, à un peu plus d'un pâté de maisons, juste en face d'un hôtel décoré et luxueux dans lequel je n'étais entré qu'une fois. Un diplomate syrien était mort dans l'appartement du dernier étage et un démon avait profité de l'opportunité. Eric et moi avions escaladé la sortie de secours jusqu'au toit, glissé le long de vieilles gouttières jusqu'au balcon avant d'entrer par effraction et de nous occuper de ce petit problème.

Cela avait été ma mission la plus James Bondienne.

Et je dois dire que c'est un hôtel sacrément beau.

Nous eûmes de la chance et trouvâmes une poussette pliable bon marché dans un rayon tout à l'avant du magasin. En moins d'une demi-heure, nous étions de retour dans la rue et partions vers la *Via Cola*, l'un de mes endroits préférés du *Borgo Pio*.

— Pas besoin de faire du shopping tout de suite, déclara Stuart. Je sais que tu es anxieuse à l'idée de voir le Père Corletti. Pourquoi on n'irait pas d'abord à la *Forza* ?

Derrière Stuart, Allie écarquilla les yeux. Je regardai vers le bas, me concentrant sur la poussette que je devais manœuvrer sur un chemin cahoteux sans blesser mon fils, moi-même ou un piéton inconscient du danger.

— Non, on ne peut pas, répondis-je.

Une fois encore, je déployai mon merveilleux don pour l'art de la tromperie.

— J'ai appelé pendant que tu faisais ta sieste. Il est totalement occupé jusqu'à la fin de la journée. Et c'est tant mieux. Allie veut faire du shopping et on a tous besoin de manger.

Maintenant que j'y réfléchissais, plus je retardais ma rencontre avec le Père, plus il était probable que j'aie des nouvelles de Laura concernant Thomas Duvall. C'est toujours sympa quand la manipulation et la tromperie servent un but légitime.

Nous tournâmes à un coin et marquâmes une pause en observant le marché en pierres blanches et les boutiques pittoresques couvertes de plantes grimpantes. *Mon chez-moi.* Cela me frappa en plein cœur et je tendis automatiquement la main vers celle de Stuart. Elle était juste ici et il la serra fermement en retour, entrelaçant ses doigts avec les miens.

— Je ne venais pas ici très souvent, admis-je. Mais c'est simplement...

— Ça t'a manqué.

— Oui, confirmai-je.

Je me mis sur la pointe des pieds et l'embrassai. À vrai dire, il n'y avait pas que Rome qui me manquait.

— Je t'aime, tu sais ?

Il croisa mon regard et le soutint un peu plus longtemps que je ne m'y étais attendu.

— Je sais, dit-il. Je t'aime aussi.

— Les gars, nous interpella Allie. Sérieusement ? Ce sont des vacances, pas une lune de miel. Vous avez deux enfants avec vous, vous vous souvenez ? On peut passer aux trucs intéressants ?

Je ris.

— C'est-à-dire ?

— Bah ! Les vêtements. Enfin, regarde. Là. *Juste là*.

Elle montrait un magasin de maroquinerie à deux boutiques de là et je sus immédiatement ce qui avait attiré son attention : une veste en cuir noir très discrète mollement suspendue sur un mannequin bien trop maigre dans la vitrine.

— On peut y aller ?

J'y réfléchis.

— Voilà ce que je te propose. Tim et moi, on va aller au marché et acheter de quoi manger pour le déjeuner, expliquai-je en faisant référence au marché Trionfale. Il y a des tables, là-bas, tu vois ? Retrouve-moi là-bas dans une demi-heure et on mangera.

— J'ai une meilleure idée, intervint Stuart. Je vais supporter le supplice de l'achat de vêtements pendant que tu t'occupes de la nourriture, et on emportera un pique-nique jusqu'à la fontaine de Trevi.

— Oh, on peut, maman ? s'enquit Allie.

Je visualisai une carte dans ma tête. La station de métro n'était pas loin. Et nous *avions* acheté une poussette pour voyager plus facilement. De plus, Stuart avait passé toutes ces heures à surligner son guide de voyage...

— Bien sûr, dis-je. Dans trente minutes ? Juste ici ?

Nous nous étions arrêtés près d'une fontaine décorée.

— Bien reçu, répondit Stuart avec un salut militaire.

Je levai les yeux au ciel.

— Faites attention à votre portefeuille, les sermonnai-je en les regardant tour à tour. À cause des pickpockets et...

Je me concentrai sur Stuart.

— ... et des adolescentes trop zélées qui vont indubitablement tomber amoureuses de la première veste qu'elles verront.

— J'ai entendu dire qu'on trouvait ce genre de personnes partout, à Rome, dit-il avant de me chasser d'un geste de la main.

Allie avait atteint la porte de la boutique avant même que je fasse pivoter la poussette de Timmy.

— D'accord, chéri. Il n'y a que toi et moi.

— Je faim, affirma-t-il.

Il enfonça ensuite l'oreille de Bounours dans sa bouche avant de le mordre. Je fronçai les sourcils. Non pas parce que l'ourson était dégoûtant et que mon enfant risquait de contracter un impétigo (peu importait ce que c'était) ou une autre maladie redou-tée, mais parce que je savais qu'il ne valait mieux pas laisser l'ourson quitter la chambre d'hôtel. Enfin, il était trop tard, désormais. Il fallait juste que nous soyons très, très prudents.

Nous l'avions échappé belle avec notre ami en peluche et c'était une fois de trop. Si nous perdions une nouvelle fois l'ourson, il n'y aurait pas un autre démon amical dans le coin pour nous aider.

Le marché était vraiment génial, rempli à ras bords de stands et de présentoirs vendant tout type de fromage, de viande, de fruits, de légumes, de pains, de pâtes, de café, et cetera. Je notai mentalement de revenir avec Allie et Stuart, surtout à la lumière du nouveau régime cent pour cent naturel que ma fille avait mis en place, et qui, selon moi, durerait jusqu'à ce qu'elle trouve un paquet de biscuits italiens trop tentant pour le laisser passer.

J'achetai une bonne quantité de salami tranché chez le boucher et du pain chez le boulanger juste à côté. Le stand de fruits était au bout de l'allée et je manœuvrai dans cette direction, maudissant la poussette, ce qui était vraiment injuste puisque c'était l'âge de Timmy et les jambes de bébé qui allaient avec, le problème. Malgré le nombre d'habitants à Rome — et si on pensait à ceux qui avaient eu des enfants ou avaient été des enfants eux-mêmes — ce n'était pas une ville propice aux manœuvres avec des bambins.

Ce n'était pas une anecdote dont je me souvenais de mon existence ici.

Nous y arrivâmes sans heurter les mollets d'un quelconque piéton peu méfiant, sans rouler sur aucun orteil, sans perdre Bounours ni rencontrer de pickpocket. Nous n'avions même pas encore acheté nos fruits et nos légumes que je considérai déjà cette aventure comme un succès.

J'attrapai un sac fourre-tout à fond plat et bordé de lin. Il arborait un dessin plutôt pathétique de Saint-Pierre imprimé d'un côté et l'image du drapeau italien de l'autre. Il coûtait quinze dollars américains et je serais surprise s'il tenait toute la semaine.

Je n'hésitai même pas. Je rangeai le pain et la charcuterie dans le sac, le passai sur mon épaule et commençai à inspecter les fruits, tentant de décider ce que tout le monde mangerait. Une femme aux cheveux blancs avec un tablier vert me jeta un coup d'œil à travers ses minuscules yeux plissés. Étant donné que j'avais la poussette, je n'arrivais pas à croire qu'elle puisse imaginer que j'allais m'enfuir, mais je la rassurai, juste au cas où, profitant d'une autre chance de parler avec mon italien rouillé.

Je n'avais même pas encore prononcé trois mots que son expression austère changea. Elle écarquilla les yeux et son visage afficha un air chaleureux et amical. Je ne pris pas la peine de lui dire qu'aujourd'-hui, j'étais une touriste. Nous discutâmes, elle et moi, et je l'écoutai quand elle détailla minutieusement les qualités et les saveurs de chacun de ses délices.

— Goûtez, dit-elle en italien.

Elle coupa une figue et me tendit le morceau juteux.

— Et pour toi aussi, mon petit.

Timmy n'était pas attaché dans sa poussette et en quelques secondes, il fut sur ses deux pieds et tendait les mains vers le fruit. La femme nous lança un sourire radieux et alors que je la regardais sourire à mon fils — mon précieux garçon de presque trois ans — j'aperçus une fille de l'autre côté du stand. *Allie* ?

Pendant une seconde, la peur me saisit, mais la foule se déplaça ensuite et je revis la fille. Ce n'était pas Allie. Les cheveux de la fille étaient blonds et plus courts. Mais la forme de son visage était vraiment similaire. Et ces yeux... ses yeux ressemblaient tant à ceux d'Allie que c'en était troublant.

Sans y réfléchir, je fis un pas dans sa direction, ce qui était absurde puisque non seulement je ne connaissais pas cette fille, mais il y avait aussi un immense étalage de melons devant moi. Je ne touchai pas aux fruits, je n'en approchai même pas, mais soudain, je fus coincée sous une avalanche de melons. Tout le stand parut s'effondrer et Timmy se tenait là, agitant les mains et se mettant soudain à crier, tentant désespérément de se retourner pour s'enfuir face à cette tempête fruitée.

— Tim !

Je tendis la main vers lui, mais il tomba trop vite, glissant sur un melon éclaté. Je me penchai pour l'aider, toutefois, une autre paire de bras le récupéra en premier.

Le temps a un drôle d'effet quand vous êtes terrifié, et à cet instant, j'étais véritablement terrorisée. Je vis immédiatement que les bras appartenaient à une femme, mais je ne la connaissais pas et, dans ma tête, j'imaginai un kidnapping, des démons et des rituels de magie noire impliquant des enfants innocents. Les peurs d'une mère entourant ses enfants étaient déjà assez vivaces, mais si on y ajoutait mon métier particulier, on pouvait dire que « terrifiant » était bien loin d'être suffisant pour décrire la situation.

— Donnez-moi mon fils, déclarai-je lentement et calmement dans un italien clair et net.

Je n'avais pas d'arme à disposition — je *savais* que j'aurais dû défaire les valises avant que nous sortions —, mais j'attrapai une carotte sur l'étalage. À la rigueur, ça pouvait faire l'affaire.

La femme me regarda comme si j'étais folle.

— Il est tombé, répondit-elle en anglais.

Elle me lança un sourire éclatant et ses yeux marron brillaient. Elle se tourna ensuite vers la vendeuse de nouveau austère qui était actuellement en train de hurler et d'agiter ses mains derrière nous, se plaignant bruyamment à personne en particulier que nous venions de la ruiner. De la *ruiner*.

Je savais que je n'avais pas commencé cette bousculade. Mais je craignais que Timmy soit impliqué d'une certaine façon.

— Savez-vous ce qui est arrivé ? demandai-je à la femme alors qu'elle posait Timmy et qu'il chancelait vers moi.

Je le pris dans mes bras et le serrai contre moi.

Elle acquiesça, ses boucles sombres rebondissant alors qu'elle me faisait signe de m'approcher, les yeux rivés sur la marchande. Je m'attendais à ce qu'elle me dise que Timmy avait pris le melon placé tout en bas. Le fruit angulaire duquel dépendaient tous les autres.

En revanche, je ne m'attendais pas à ce qu'elle pose une main sur mon épaule, en restant face à moi et en se penchant vers moi, ni à ce qu'elle appuie un couteau contre la peau douce du cou de Timmy en coinçant son corps entre nous. Un frisson glacial de peur me traversa et je resserrai ma prise sur la carotte avant de m'obliger à ne pas bouger. À ne pas faire quoi que ce soit qui pourrait la mettre en colère.

— Protège-la, chuchota-t-elle.

Elle se pencha encore davantage pour que sa bouche se retrouve près de mon oreille.

— Éloigne le couteau ou je te jure que je te tue.

— Tu ne me feras rien tant que ton enfant est en danger, déclara-t-elle.

Sa voix était si basse que je pouvais à peine l'entendre par-dessus les geignements de Timmy.

— Mais ce n'est pas moi, ton ennemie. Je ne suis rien. Protège-la avec ta vie, car si le verrou est ouvert, il ne restera plus aucune vie à protéger.

Avec une rapidité stupéfiante, elle déplaça le couteau, l'éloignant du cou de Timmy pour le pointer vers le mien. Nos regards se croisèrent et je perçus l'odeur mentholée d'un excès de bain de bouche. Elle se tourna ensuite, fonça dans la foule et disparut.

Je laissai tomber la carotte et serrai encore davantage mon fils contre ma poitrine. Dans mes bras, Timmy pleurait toujours. Non pas à cause du danger — je doutais même qu'il ait su qu'il y avait eu un danger —, mais à cause du bruit, de la foule et du fait que tout devenait bien trop impressionnant.

Je comptai jusqu'à cinq, ne m'autorisant que ce bref moment pour être horrifiée. Je lui embrassai ensuite le sommet du crâne et le remontai sur ma hanche. Je vis alors la vendeuse en train de me regarder, ses sourcils froncés trahissant son inquiétude. J'ignorais si elle avait vu le couteau. Mais je savais qu'elle remarquait mon effroi.

Derrière elle, je revis la fille. Celle qui ressemblait à Allie. Elle se tenait à l'autre bout de l'étalage, une pile de melons devant elle. Elle me fixait, non pas avec l'expression déconcertée d'un témoin choqué, mais avec la contenance compréhensive de quelqu'un qui savait exactement ce qu'il se passait.

Allie. Stuart.

Je serrai Timmy contre moi et me précipitai vers la sortie avant de m'arrêter et de rebrousser chemin. J'avais oublié la poussette pliable.

J'ignorais totalement si les démons avaient également attaqué Stuart et Allie. Mais je connaissais mon mari. S'ils étaient tombés dans une embuscade, Stuart serait sur les nerfs, mais il pardonnerait probablement l'abandon d'une poussette. Toutefois, si je laissais la poussette et que tout allait bien ?

Comment étais-je censée expliquer cela ?

— *Maman* ! couina Allie à la seconde où je franchis les portes de la boutique.

Néanmoins, ce n'était pas la terreur qui rendait sa voix aiguë. C'était le désir.

Non pas envers un garçon. Pas même envers un dessert.

C'était une passion vestimentaire.

Elle se tournait et se retournait devant un miroir triple, tentant de voir la veste sous tous les angles.

— N'est-ce pas génial ? Et elle est comme la tienne.

Elle tendit brusquement son bras pour révéler une manche donnant l'impression d'être lâche, alors qu'une paroi dissimulée à l'intérieur était collée à son poignet. L'idée était de se protéger de la météo. Moi, je l'utilisais comme un mécanisme que j'avais mis au point pour faire apparaître une lame rétractable.

Stuart haussa un sourcil.

— C'est un vêtement pratique pour ceux qui aiment la mode et les chass...

— Va voir papa, dis-je rapidement.

Je relâchai un Timmy gigotant et lui tapotai les fesses en guise d'au revoir.

— Pardon, dit Stuart.

Il jeta un rapide coup d'œil en direction de la

femme mince qui triait son inventaire derrière le comptoir non loin.

— Je suis l'incarnation même de la discrétion.

— Alors, je peux l'avoir ? s'enquit Allie.

D'après ce que je constatais, elle avait totalement ignoré ma conversation avec Stuart qui, je le remarquai, n'avait pas pris Timmy dans ses bras. Il caressait plutôt un attaché-case finement cousu, pendant que notre fils s'asseyait par terre et commençait à fouiller dans les paniers remplis de portefeuilles en cuir.

Je m'éclaircis la gorge pour attirer son attention, puis jetai un regard appuyé à notre petit garçon bien occupé. Stuart haussa les épaules d'un air coupable avant de récupérer le petit, qui couina pour protester et fit exprès de mordre un portefeuille. Je luttai contre mes instincts maternels et détournai le regard, espérant que Stuart pourrait déloger l'objet avant que nous soyons obligés de l'acheter.

— Maman !

Allie tendit les bras, exigeant mon attention.

— Allô ? On peut la prendre ?

— Combien ?

Elle se dandina pour l'enlever et commença à chercher l'étiquette du prix qu'elle ne trouva pas, naturellement. Je demandai à la vendeuse qui, d'après ce que je constatais, avait décrété que nous n'étions rien de plus que des touristes agaçants et que c'était dans son intérêt de nous ignorer. Même mon italien ne la détendit pas.

— Quatre cent vingt-cinq dollars américains, dis-je à Allie.

J'essayai devant la vendeuse de ne pas trahir mon choc face au prix tout en communiquant à Allie qu'il était hors de question qu'on lui achète cette veste.

— Alors, je peux l'avoir ?

Apparemment, mes techniques de communication laissaient grandement à désirer.

— On va y réfléchir, dis-je. Allez. Il est déjà midi passé.

— Qu'est-ce qu'on mange pour le déjeuner ? s'enquit Stuart.

Pendant ce temps-là, Allie soupirait, gémissait et exagérait ses mouvements en reposant la veste sur le portant.

Je tendis la main vers le sac fourre-tout avec le salami et le pain, avant de me rendre compte que j'avais dû le perdre au marché.

— Ah, c'est vrai. Eh bien, je pensais que nous pourrions aller dans ce petit café fabuleux dont je me souviens, près des Marches Espagnoles, expliquai-je en menant mes troupes vers la porte. En supposant qu'il existe encore.

— Je croyais qu'on allait pique-niquer.

— C'était mon plan A, répliquai-je vivement. Mais la queue au marché était folle. Je me suis ensuite souvenue du café et je me suis dit que ce serait un endroit fabuleux pour notre premier déjeuner romain. En plus, ils ont une carte des vins incroyable. Enfin, ils en avaient une. D'accord ?

— Bien sûr, répondit agréablement Stuart.

Cependant, Allie m'observait avec bien plus de compréhension.

Que s'est-il passé ? articula-t-elle silencieusement.

Je lançai un regard appuyé à Stuart, qui était occupé à amadouer Tim pour qu'il retourne dans la poussette. *Plus tard*, mimai-je en retour.

Stuart ne remarqua pas notre échange puisqu'il partait déjà sur l'itinéraire qu'il avait prévu pendant que j'étais au marché.

— Nous pouvons déjeuner d'abord, évidemment, mais si nous sommes déjà dans le quartier, j'aimerais qu'on en fasse autant que possible. Les Marches Espagnoles, la Fontaine de Trevi. Peut-être même le Colisée et le Forum. Qu'est-ce que tu en penses ?

Je me disais que cela semblait bien trop pour une famille avec un bambin, mais je gardai mon opinion pour moi. À vrai dire, je voulais m'éloigner du *Borgo Pio*. Je voulais me perdre dans la foule. Je me sentais exposée et c'était un sentiment que je n'aimais pas.

Ce n'était pas comme si les démons étaient absents de tous les endroits que Stuart avait énumérés. En fait, il y en avait probablement plus là-bas. On pourrait penser que la place Saint-Pierre qui se profilait à l'horizon tiendrait les méchants à distance, mais on se tromperait.

En règle générale, les démons évitaient les lieux abritant de nombreuses reliques et un sol béni, mais il y avait des exceptions et Rome était tout en haut de la liste. Bien que les démons ne puissent marcher sur le sol sanctifié — pas sans ressentir une douleur extrême —, ils endureraient cette souffrance si c'était quelque chose qu'ils souhaitaient vraiment. Et à Rome, on trouvait de nombreux objets que les démons voulaient. Des reliques, des icônes, des bidules mystiques. Ils étaient sacrés, oui. Mais les rituels de magie noirs nécessitaient généralement un objet sanctifié. Et les démons étaient à fond sur la magie noire. Rome était donc une ville à l'importance conséquente et tout démon se respectant et voulant mijoter quelque chose y faisait un pèlerinage, tôt ou tard.

Pour être honnête, ce n'était pas uniquement pour voler des objets saints et désacraliser des lieux sacrés. Il s'agissait également d'être proche de l'ennemi. Si l'Église entraînait des Chasseurs de Démons, eh bien, il était logique que les démons traînent dans le coin et tentent d'en apprendre autant que possible sur notre petite force d'élite.

Du moins, il s'agissait-là des explications communément acceptées pour expliquer la population démoniaque assez importante à Rome. Personnellement, je pensais que la véritable raison était plus profonde. Je ne m'étais pas trop intéressée à la psychologie des démons, mais j'étais dans les affaires depuis assez longtemps pour comprendre quelques vérités évidentes. Et ce qui comptait le plus ? C'était que les démons voulaient ce qu'ils ne pouvaient avoir : ils voulaient connaître l'humanité. Qu'y a-t-il de plus humain que la foi ? Nous pouvons vivre toute notre vie sans jamais vraiment savoir que quelque chose de plus grand nous attend au-delà du rideau de la mort, et pourtant, nous y croyions toujours. Nous avions toujours *foi*.

Je ne me souvenais pas d'un jour où j'avais ignoré que des choses invisibles partageaient notre monde. Des choses sombres et effrayantes qui vivaient dans l'éther et cherchaient à s'accrocher cette vie. Je le savais puisque je le voyais. Et comme j'avais vu l'obscurité, ma foi en la lumière était forte, et je m'y étais agrippée avec une détermination désespérée.

Néanmoins, je m'étais souvent demandé si ma foi aurait été si forte si j'avais vécu une existence différente. Si j'avais été une autre Kate qui avait grandi dans le Midwest, qui était allée à l'église, qui avait joué dans une ferme. Si je n'avais jamais vu de véritable démon et que mes peurs quant à ce qui pouvait se cacher dans le placard ne s'étaient jamais concrétisées. J'aimais penser que je croirais avec autant de ferveur, mais j'ignorais si c'était vrai. Et chaque fois que je rencontrais quelqu'un possédant une foi véritable et profonde, je savais que je croisais l'essence de ce qui faisait de nous tous des humains.

— Kate ?

Stuart tendit le bras, m'interrompant avant que je me lance au milieu de la circulation.

— Où t'es-tu perdue ?

— Pardon. J'étais juste... les souvenirs. C'est bon d'être de retour, mais c'est aussi un peu étrange.

— Je suis ravi que nous soyons venus. Je veux partager ça avec toi. Avec Timmy aussi, même s'il ne se souviendra pas du voyage.

— Non, dis-je en riant. Il ne s'en souviendra pas. Allie refuse de croire qu'elle a déjà eu un faible pour le Capitaine Crochet. Mais je dégaine ensuite ces photos prises quand elle avait trois ans, et soudain, je me retrouve avec tout un arsenal d'images à montrer le soir de son bal de promo. C'est génial.

— Les photos ! s'exclama Allie derrière nous. J'ai oublié mon appareil !

— Je croyais que c'était l'une des raisons pour lesquelles on t'avait acheté un iPhone, dis-je. Il y a une caméra intégrée.

— Ma-*man*. Allô ? Rome. Je veux le véritable appareil photo. Je veux pouvoir zoomer, ajouter des effets et ce genre de trucs. Enfin, je l'ai trimballé jusqu'ici et j'ai promis à papa que je prendrais un tas de photos géniales, donc...

Elle se tut et je pris une brusque inspiration. Son père lui avait acheté l'appareil photo — un Nikon de luxe — comme cadeau pour le voyage. J'étais certaine que c'était également une façon de dissiper sa culpabilité après son départ de San

Diablo. Je ne savais pas vraiment comment se portait sa culpabilité, mais je savais qu'Allie adorait cet appareil.

— D'accord, répliquai-je.

Que pouvais-je dire d'autre ? Je montrai le bout de la rue, en direction de la station de métro.

— On vous retrouve là-bas, expliquai-je. On devrait être de retour dans moins de dix minutes.

— Alors ? dit Allie alors que nous nous dépêchions de retourner à l'auberge. Tu n'as pas changé d'avis et tu vas me raconter, hein ?

— Je n'ai pas changé d'avis.

Je la mis ensuite au courant.

— Mais c'est quoi le truc ? demanda-t-elle. Une clé, non ? Parce qu'elle a mentionné un verrou.

— C'est ce que je pense.

— Alors elle a probablement été volée à la cathédrale, tu ne crois pas ?

C'est ce que je croyais, en réalité, et j'étais impressionnée que ma fille en soit arrivée à cette conclusion.

— Qu'est-ce qui te fait penser ça ?

— Duvall était dans l'avion, expliqua-t-elle. Enfin, il est venu de Californie jusqu'ici, non ?

— Alors, tu penses que Duvall avait notre clé mystérieuse ?

— Je ne sais pas. Ce que je pense vraiment, c'est qu'il a supposé que *tu* l'avais. Et c'est même pour ça qu'il était dans l'avion. Pour te suivre.

— Tu as peut-être raison.

Je jetai un coup d'œil à ma montre. Pas encore treize heures.

— Laura dort probablement encore, mais une fois qu'elle aura vérifié les antécédents de Duvall, peut-être qu'on en saura plus.

— Qu'est-ce que ça nous dira ? Enfin, quand on l'a vu, il était déjà démon. Est-ce que savoir ce que faisait son corps avant ça est vraiment important ?

Elle n'avait pas tort, mais je n'avais pas envie de l'admettre. C'était moi, l'éternelle optimiste. Heureusement, je n'eus pas besoin de répondre puisque nous étions arrivées à nos chambres d'hôte.

— Où est ton appareil photo ?

— Dans mon sac à dos.

— Tu l'as donné à Stuart dans l'avion pour qu'il puisse changer les piles.

— Et il me l'a redonné.

Je lui tendis la clé de la chambre que je partageais avec Stuart.

— Juste au cas où j'aurais raison.

Elle leva les yeux au ciel, mais ne me contredit pas en se précipitant dans l'escalier. Je la regardai partir, tapotai du pied, puis jetai un coup d'œil à ma montre. Stuart et Timmy étaient parfaitement en sécurité (c'était ce que je me disais), mais je voulais tout de même me dépêcher de les retrouver.

— Katherine ?

Je sursautai avant de faire volte-face et de voir

madame Micari derrière moi, les mains cachées sous un torchon.

— Vous êtes revenus si tôt.

Son regard dériva vers les escaliers avant de se reposer sur moi.

— Quelque chose ne va pas ?

— Tout va bien. Allie a simplement oublié son appareil photo.

— Ah, je vois.

Elle pinça finement les lèvres.

— Est-ce un problème ?

Elle balaya ma déclaration d'un geste de la main, comme si c'était la chose la plus idiote qu'elle ait jamais entendue.

— C'est rien. Le nettoyage. Je viens de cirer le sol de la salle de bain.

Son ton était nonchalant et les traits si marqués de son visage disparurent complètement, m'obligeant à me demander si je les avais imaginés.

— *Signora*, commençai-je.

Je n'allai pas plus loin, puisque je fus interrompue par le cri aigu et puissant d'Allie.

Et cette fois-ci, je savais que ça ne concernait pas une veste.

7

Je montai les marches quatre à quatre et trouvai Allie debout, au milieu de ma chambre sens dessus dessous. Chaque valise avait été ouverte. Chaque vêtement avait été jeté. Les tiroirs pendaient, ouverts et vides. Le matelas était de travers et était surtout soutenu par le sol, à présent.

Je ne dis rien. Je ne jurai même pas. Qu'y avait-il à dire ?

— Je ne pense pas qu'ils aient pris quoi que ce soit, chuchota Allie.

Elle tendit la main vers moi et je vis l'appareil photo, le tout nouveau Nikon qu'Eric lui avait acheté. Ce n'était clairement pas le genre de choses à côté duquel un voleur ordinaire passerait.

— Il était par terre, juste là, sur le sol, déclara Allie. Comme s'ils s'en moquaient totalement.

J'étais convaincue qu'elle avait raison : les démons

n'étaient pas passionnés de scrapbooking et ils avaient rarement des pages Facebook.

Derrière nous, madame Micari prit une brusque inspiration. Je fis volte-face pour m'adresser à elle.

— Qu'est-ce que vous avez foutu ?

Elle leva la main vers sa poitrine.

— Katherine, non !

Mais je n'étais pas intéressée par ses discours. Je passai à côté d'elle pour rejoindre le couloir, et je piquai un sprint vers la salle de bain. Comme elle l'avait dit, le sol était mouillé et toute la pièce sentait le désinfectant. Était-ce une preuve de son innocence ? Ou cela prouvait-il qu'elle savait comment couvrir ses traces ?

Les pas d'Allie résonnèrent dans le couloir, et elle s'arrêta derrière moi, essoufflée.

— Maman, ce n'était pas... Enfin, il y avait quelqu'un dans la chambre quand je suis rentrée.

Je me figeai.

— Quoi ?

— La fenêtre, ajouta-t-elle. Elle était ouverte et il s'est enfui. Un gamin. Crado. Je n'ai pas pu le voir correctement, mais je parie que c'était...

— Un gitan. D'accord.

Elle voulait plutôt dire « un démon », mais puisque je n'avais pas raconté à madame Micari que j'avais fait la connaissance d'un quelconque démon local, je n'allais pas le dire à voix haute. Le regard d'Allie se posa sur l'aubergiste avant de se river sur moi.

— Il cherchait probablement des choses à vendre, ajouta Allie. J'imagine que je suis entrée avant qu'il vole les bons trucs.

— On dirait bien.

Je me tournai vers notre hôtesse.

— *Signora*, je suis désolée. Je...

Elle agita les mains pour me faire taire.

— Non, non. Tu as raison. Ma maison, ma responsabilité. Mais je ne comprends pas comment cet enfant est entré.

Elle fronça les sourcils avant de se retourner vers notre chambre.

Je la suivis avant d'hésiter, prenant la main d'Allie et tirant dessus pour qu'elle s'arrête.

— Et ta chambre ?

— Il n'y a rien. J'ai ouvert la porte, je me suis souvenue que tu avais raison, donc j'ai fait demi-tour pour aller dans ta chambre. Mais je l'ai vue. Il n'y avait aucun bazar. Enfin, ajouta-t-elle en haussant les épaules, pas plus que d'ordinaire, en tout cas.

Madame Micari se tenait devant la fenêtre et observait l'extérieur. Il n'y avait pas de balcon, pas de sortie de secours. Rien qu'une rambarde décorative en fer forgé sous la fenêtre, où l'on pouvait poser des jardinières. D'une façon ou d'une autre, le petit diablotin avait réussi à se mettre en équilibre sur le garde-corps pour ouvrir notre fenêtre et entrer.

J'ignorais totalement comment il avait réussi à grimper les trois étages, déjà.

J'ouvris davantage la fenêtre et passai la tête, me demandant s'il y avait une gouttière le long du mur. Rien. À part deux autres rambardes similaires — une pour la salle de bain et l'autre pour la chambre d'hôte suivante.

— Peut-être qu'il est juste vraiment doué pour grimper, remarqua Allie. Le mur est assez irrégulier. Je connais des mecs de mon école qui pourraient y arriver.

Elle se mordilla la lèvre inférieure.

— J'aurais dû lui courir après. Si j'avais simplement regardé par la fenêtre, peut-être que j'aurais pu voir dans quelle direction il était parti.

— Et peut-être qu'il t'aurait attaquée et que tu serais blessée, à l'heure qu'il est. Tu as fait ce qu'il fallait.

— C'est vrai, ajouta doucement madame Micari. Les meilleures bagarres sont celles dont tu t'éloignes. Encore mieux, celles qui n'éclatent pas du tout.

— J'imagine, répondit Allie sans pour autant paraître convaincue.

Je dissimulai mon sourire. Je suis sûre qu'Allie visualisait une histoire alternative dans son esprit. Une histoire dans laquelle elle serait arrivée à temps, non seulement pour attraper le démon, mais pour le passer à tabac et lui soutirer des aveux. Quant à moi, j'étais satisfaite de la réalité dans laquelle elle était en sécurité et indemne.

— Vous voulez bien rester avec Allie ? demandai-je à madame Micari. Je devrais aller chercher Stuart et Timmy. Ils attendent à la station de métro.

— Quoi ? demanda Allie. Tu vas le *dire* à Stuart ?

— Oui, ma chérie. La possibilité que Duvall soit un démon, c'est une chose. On n'en est même pas sûres.

Je lui lançai un regard appuyé tout en parlant, comme pour lui faire comprendre silencieusement que madame Micari n'était pas dans ma boucle de Confiance Absolue. Pas encore.

— Mais si quelqu'un entre dans notre chambre, Stuart doit le savoir.

— Maman...

Elle s'enfonça au bord du lit. Je ne l'avais pas vue aussi malheureuse depuis une éternité.

Je jetai un coup d'œil impuissant à madame Micari, qui effleura mon bras afin d'apporter son soutien.

— Discutez. J'y vais, maintenant. Mais je nettoie si tu veux. Ton mari, il a pas besoin de savoir ça. Pas tant que tu es pas prête à lui dire.

Et la voilà, la vague de culpabilité. Cette femme était merveilleuse et me soutenait, tandis que moi, je serrais mes secrets contre mon cœur.

— Merci, dis-je.

J'espérais que dans ma voix, elle comprenait à quel point j'étais sincère.

Elle ferma doucement la porte derrière elle et j'allai m'asseoir à côté de ma fille.

— Il doit le savoir, expliquai-je.

— Mais ce sont des démons. Peu importe ce que tu as dit à propos des gitans, on sait toutes les deux que c'était un démon, n'est-ce pas ?

— On en est presque sûres, dis-je.

— Et s'il repart ? demanda-t-elle d'une voix si faible que je pus à peine l'entendre. Papa est déjà parti. Et si Stuart s'en allait aussi ?

— Oh, chérie.

Je passai mes bras autour d'elle et l'attirai contre moi. Elle posa sa tête contre mon épaule et s'agrippa à moi, aussi petite et fragile qu'une enfant. Et elle était toujours une enfant. Elle grandissait, oui, beaucoup trop vite. Mais c'était toujours une enfant.

— S'il te plaît, maman. S'il te plaît, ne lui dis pas. Je... Je ne veux pas que Stuart et Timmy s'en aillent encore.

Elle recula et me regarda, son nez rouge et ses yeux injectés de sang. Elle cligna des yeux et une unique larme coula sur sa joue. Je l'essuyai du pouce.

— D'accord, dis-je.

J'espérais ne pas risquer mon mariage en protégeant mon enfant.

— On aura notre journée touristique parfaite.

On parlera au Père Corletti et on décidera ensuite de ce qu'on doit dire à Stuart. D'accord ?

Elle renifla et acquiesça, alors même que je me demandais silencieusement si peut-être, je pouvais trouver une solution pour renvoyer Stuart et Timmy à San Diablo, où ils seraient en sécurité. Mais, après tout, « en sécurité » et « San Diablo » ne rimaient plus vraiment.

J'étais coincée entre le marteau et l'enclume, et la seule manière de me libérer était de découvrir ce que les démons voulaient. Ce qu'était l'objet en question.

J'avais une mission. Je n'avais simplement pas de plan.

8

Étant donné que notre journée avait déjà été bien mouvementée jusqu'ici, ce fut à la fois une surprise et un soulagement quand nous pûmes traverser Rome en métro sans incident. Ou, devrais-je dire, sans incident démoniaque. Le métro était bondé et mon mari s'approcha un peu trop d'un gamin de rue non démoniaque (vraisemblablement) qui avait posé ses petits doigts sur le portefeuille de Stuart avant que je le remarque et lui mette une claque sur les mains.

Le gosse me jeta un regard noir et avança vers l'avant de la rame, puis tenta la même combine sur un homme au visage rougeaud portant la casquette des *Yankees* de New York.

— Oh merde, dit Stuart une fois que nous eûmes averti l'autre touriste. Ils sont tenaces, hein ?

— Et vraiment doués dans ce qu'ils font.

Se battre, c'était une chose. Tabasser quelqu'un et lui prendre son portefeuille, cela avait fait ses preuves, c'était authentique et très risqué. Mais se faufiler à côté de quelqu'un et s'échapper avec ses affaires sans même que la victime s'en rende compte ? Il y a une certaine élégance dans ce geste. Je n'avais pas pour autant envie de serrer la main du gamin et de le féliciter pour le perfectionnement de sa profession, mais ça ne signifiait pas que je n'appréciais pas leur dextérité.

— Entre ça et le gitan dans la ruelle, on s'imprègne vraiment des excentricités locales, s'enthousiasma Stuart.

— Les excentricités ? répéta Allie.

— Vois-le de cette façon. Tu raconteras l'histoire du gitan dans le métro pendant des années. On ne peut pas acheter ce genre de souvenirs dans un marché local.

Alors qu'Allie levait les yeux au ciel, je regardai affectueusement mon mari avant de l'attirer dans une étreinte.

— Merci, dis-je. Et tu as raison.

J'ajoutai avec un regard sévère dans sa direction et dans celle d'Allie :

— Mais faites quand même attention. La dernière chose dont nous avons besoin, c'est de passer la journée à l'ambassade parce que l'un de nous s'est fait chiper son passeport.

Nous passâmes le reste du trajet à surveiller nos

affaires et veiller sur les autres. Je m'étais habituée à être constamment en alerte, mais je voyais bien qu'un tel niveau de conscience extrême épuisait Stuart. Lorsque le métro arriva à notre destination, près des Marches Espagnoles, mon mari avait perdu un peu de l'air rayonnant typique du voyageur.

Les portes s'ouvrirent et Allie bondit pratiquement dehors alors que je lui criais de nous attendre sur le quai pendant que j'aidais Stuart à manœuvrer avec la poussette de Timmy.

— Mon Dieu, maman, je n'ai pas six ans. Tu n'as pas besoin de me rappeler chaque petite chose.

— Je sais, dis-je. Mais je me suis plutôt attachée à toi ces quinze dernières années. Je n'ai vraiment pas envie de te perdre dans la foule.

Elle leva une nouvelle fois les yeux au ciel avant de débiter une phrase en italien saccadé.

— Qu'est-ce qu'elle a dit ? demanda Stuart.

— Je suis perdue et je séjourne à l'auberge *Bonne nuit* sur *Borgo Pio*. S'il vous plaît, pouvez-vous m'aider à y retourner ? récita Allie.

— Tu lui as appris ça ? s'enquit Stuart.

Je me sentis encore plus coupable de ne pas avoir pensé à leur enseigner ne serait-ce que l'italien le plus rudimentaire.

— Allô ? La technologie, dit-elle en levant son iPhone flambant neuf. J'ai carrément téléchargé une application. Je peux dire un tas de trucs, maintenant.

Que pouvais-je dire ? La petite m'avait impressionnée.

Nous étions sortis du métro à l'arrêt *Spagna* sur la ligne A. Après avoir lutté avec la poussette de Timmy, nous étions montés jusque dans la rue entre la *Villa Borghese* et la *Villa Medici*, l'un de mes musées préférés.

Stuart déplia immédiatement une carte touristique qu'il avait prise sur un présentoir dans notre auberge.

— D'accord.

Il tourna sur lui-même pour prendre ses repères.

— La fontaine de Trevi est par là, dit-il avec une détermination féroce dans la voix.

— On va aux Marches Espagnoles, hein ? demanda Allie. Enfin, franchement ? Il y a des photos à prendre. Et on va déjeuner, hein ?

— Oui. Et on n'a même pas besoin de se dépêcher de rejoindre la fontaine. Il y a un parc magnifique près d'ici. Ce n'est pas comme s'il n'y avait aucune fontaine ici, à la *Piazza di Spagna* et à la *Piazza Trinita dei Monti*, ajoutai-je.

Je faisais référence à la place qui était la plus proche de nous ainsi que celle que nous rejoindrions une fois que nous aurions monté les marches.

Allie leva les yeux au ciel.

— Un parc ?

— Les Jardins de la *Villa Borghese*, expliquai-je. Ils sont immenses. Et il y a un tas de trucs, comme des manèges pour enfants, un lac et des bateaux à louer. En fait, on pourrait oublier le café auquel je pensais et déjeuner au parc.

Je ne mentionnai pas qu'Eric et moi avions l'habitude de louer une barque pendant le peu de temps libre que nous avions, et que ce parc était au centre de mes souvenirs préférés quand je pensais à mon enfance à Rome.

— Un parc, répéta Allie.

D'un geste du bras, elle désigna ensuite le vieux centre-ville, bondé et animé.

— Allô ? L'histoire. Rome. L'architecture. Le *shopping*. Enfin, franchement. Sérieusement ?

— On a passé toute la journée dans l'avion, dis-je. On est épuisé. Et Timmy a peut-être l'air calme pour l'instant, mais je te promets que sa mauvaise humeur est imminente. Il doit se défouler.

— Ouais, mais — et je le répète — *un parc* ?

Je regardai Stuart afin qu'il m'aide, mais il ne me soutint pas. Il haussa plutôt les épaules d'un air penaud et agita sa carte.

— Ce n'est pas vraiment sur ma liste, expliqua-t-il. Mais la Fontaine de Trevi ? Kate, on parle de *La Dolce Vita* et des *Vacances romaines*.

— Il y avait cette scène dans *Lizzie McGuire, le film*, ajouta obligeamment Allie.

— Et *Gidget à Rome*, rempila Stuart.

Cette fois-ci, il n'agitait pas la carte, mais l'un de

ses guides touristiques de poche qu'il avait acheté à San Diablo.

J'avais connu suffisamment de batailles pour savoir quand j'étais vaincue.

— D'accord, dis-je. On va prendre des photos de tout le monde sur les Marches Espagnoles et on partira ensuite dans cette direction.

— On peut manger, d'abord ? demanda Allie. Parce que j'ai vraiment faim et il faut que j'aille aux toilettes.

— C'est ce qui est prévu, répondis-je.

Ce n'était pas comme si je pouvais la contredire, surtout que ma rencontre avec le démon au marché nous avait laissés sans pique-nique. Je jetai un coup d'œil autour de nous, tentant de trouver mes repères.

— Je pensais à ce merveilleux petit café juste à côté de la *Piazza di Spagna*, expliquai-je en montrant vaguement notre droite.

Je lançai un sourire ironique à Stuart.

— Et il y a une fontaine.

— Je jetterai quelques pièces dedans, tu ne me dissuaderas pas.

Il leva son livre.

— Je suis un Touriste. Écoutez-moi rugir.

Allie grogna, comme pour suggérer que ses parents étaient trop embarrassants pour qu'elle les décrive, et elle commença à avancer vers la *Via Di San Sebastianello* dans la direction que j'avais indiquée.

Je pris la poussette des mains de Stuart, ravie que Timmy se soit assoupi en se cramponnant toujours fermement à Bounours. Comme la plupart des routes dans le centre antique de Rome, celle-ci n'était pas lisse et la poussette pliable, avec son poids léger, rebondissait et sautillait. À chaque mouvement, je retenais ma respiration, craignant l'incroyable mauvaise humeur de Tim s'il se réveillait trop tôt de sa sieste.

Cependant, le pauvre petit devait être éreinté, puisqu'en dépit du fait qu'il fut totalement secoué lorsque nous suivîmes la route longeant la place, il ne gigota même pas.

— Waouh, dit Allie.

Nous étions face au sud et la *piazza* s'étirait devant nous. Deux îlots herbeux dominaient la vue. Allie posa un genou à terre, l'appareil photo rivé vers l'amas de palmiers.

— C'est comme si on était de retour en Californie, dit-elle. Enfin, à part si on regarde les vieux bâtiments et qu'on entend tous ceux qui parlent italien.

— À part ça, oui, dis-je en souriant.

À mes côtés, Stuart me prit la main.

— C'est charmant.

— Avant, c'était l'un de mes endroits préférés. Quand on n'était pas totalement débordés, on venait ici et on faisait le tour du périmètre en faisant du lèche-vitrine, puis on allait s'asseoir sur les Marches et on se délectait du soleil.

— Rien qu'observer les bâtiments, c'est suffisant pour moi.

Il se tourna pour scruter les vieilles bâtisses qui s'élevaient autour de nous avec des couleurs variées passant de l'ocre discret au rose vibrant.

Je suivis son regard, tentant de voir cette place à travers ses yeux. J'avais grandi ici et à cette époque, cela avait simplement été mon chez-moi. Désormais, cependant, sa beauté s'en dégageait vraiment. Les bâtiments majestueux. Les distinctions subtiles de texture et de style. L'âge et l'honneur de cette ville prospère qui, pendant si longtemps, n'avait pas simplement été le centre de l'attention de l'église, mais du monde entier.

J'en avais fait partie et cela m'avait paru merveilleux.

À présent, je vivais dans une maison en contre-plaqué, crépi et stratifié, et son cœur ne venait pas de son âge, de sa beauté ou de la somptuosité de son architecture, mais de la famille qui y vivait. Ma famille. Et cela me paraissait également merveilleux.

Je serrai la main de Stuart, les doutes que j'avais eus auparavant s'évanouissant dans une vague de satisfaction. Je hochai la tête en direction d'Allie, puis de Timmy.

— Merci d'être venu avec nous.

Il se pencha pour embrasser le sommet de mon crâne.

— Je ne pourrais être nulle part ailleurs.

Je relâchai sa main afin de glisser mon bras autour de sa taille.

— Tu veux avancer sur ta check-list touristique ?

— Tu me connais si bien.

— Les Marches Espagnoles.

Je désignai une vague direction devant nous, puis vers la gauche.

— On ne peut pas vraiment les voir d'ici, mais c'est pour ça que tout le monde s'attarde juste à côté du magasin de thé. Venez.

Je commençai ensuite à marcher.

— Les Marches, Allie. Allons prendre tes photos.

— J'ai encore *vraiment* besoin d'aller aux toilettes, déclara Allie.

— Pourquoi on ne mangerait pas avant ? suggéra mon mari, toujours si raisonnable. Ensuite, on ira voir les Marches et faire un peu de shopping ici, sur la *piazza*.

Il lança un regard plein de sens à mon adolescente sincèrement ravie.

— Et après ça, on ira à la Fontaine de Trevi, dis-je.

Je traversai la place en diagonale jusqu'à Gusto, un restaurant familial que j'étais heureuse de voir prospérer.

— On peut remettre ça. On doit encore visiter la Forza, cette après-midi, répondit doucement Stuart alors que nous marquions une pause devant le restaurant.

— Oh, répliquai-je.

Je ne voulais toujours pas y emmener ma famille complète et j'aurais aimé avoir le courage de l'annoncer ouvertement.

— C'est vrai, mais je...

— J'emmènerai Tim à l'auberge quand tu t'y rendras avec Allie, ajouta-t-il.

Son regard chaleureux trahissait sa compréhension.

— Je sais que tu veux passer du temps seule avec le Père Corletti.

Il jeta un coup d'œil à Allie.

— Enfin, seule avec notre fille, conclut-il.

Ma gorge se noua à cause des larmes.

— Merci.

— Pas besoin de me remercier. Je comprends qu'il était comme un père, pour toi. C'est la raison pour laquelle je veux le rencontrer. Mais je comprends. Vraiment.

J'acquiesçai, me sentant plus centrée que depuis notre atterrissage à Rome.

La serveuse arriva et nous mena à une table, dehors, juste au bord de la terrasse. Nous étions au premier rang pour nous délecter des beautés touristiques.

— C'est magnifique, dis-je à la serveuse en italien.

Je lui demandai ensuite où se trouvaient les toilettes. Elle montra le côté du bâtiment et Allie bondit. Je lui commandai un coca, choisis un jus pour Timmy, puis une bouteille de vin rouge pour Stuart et moi.

— Tu vis dangereusement, constata-t-il. Étant donné qu'on est tous les deux épuisés, tu reviendras peut-être à la chambre d'hôtes avec moi et on finira par dormir à poings fermés.

Je tendis la main de l'autre côté de la table et lui serrai la main.

— Je peux m'en accommoder.

Dans la poussette, Timmy s'étira avant de bâiller et de cligner des yeux. Je vis la mauvaise humeur commencer à se dessiner sur son visage et je récupérai rapidement un sac de congélation rempli de gâteaux apéritifs dans la poche à l'avant du sac de couches.

Cela sembla faire l'affaire et après un grommellement endormi que j'interprétai comme un « merci », il commença à mettre des poignées de ces petits poissons dans sa bouche.

Puisque la *piazza* était un lieu hautement touristique, je m'attendais à ce que le menu soit à la fois en anglais et en italien, mais apparemment, la famille qui était propriétaire du restaurant préférait la tradition puisque Stuart me donna la carte et déclara simplement :

— Je vais me contenter des pâtes et voir ce qu'on me sert.

Je parcourus rapidement les plats, puis levai les yeux vers lui.

— Tu me fais confiance pour le déjeuner ?

— Ça dépend. Tu cuisines ou tu commandes ?

Je plissai les yeux.

— Fais gaffe, Connor.

Il s'esclaffa.

— Je te fais parfaitement confiance pour commander, annonça-t-il.

Lorsque la serveuse revint avec nos boissons, je m'exécutai et commandai pratiquement tout sur la carte puisque j'étais à la fois affamée et décadente.

Comme je me sentais couverte d'une couche de crasse à cause de notre passage dans le métro, je m'éloignai de la table et laissai Stuart s'occuper du petit. Je suivis les pas d'Allie, contournant la bâtisse jusqu'à trouver la porte en métal terne qui menait à la réserve de *Gusto*. Je trouvai la pancarte indiquant les toilettes des femmes à l'intérieur du bâtiment, derrière les étagères surchargées de sacs de farines et de paniers de légumes.

Je m'attendais à ce que la porte soit verrouillée, mais lorsque j'entrai, je trouvai de jolies toilettes rénovées avec trois cabinets et même un petit banc sur lequel les clients et les employés surmenés pouvaient s'asseoir et se mettre à l'aise.

J'attrapai une serviette en papier, l'humidifiai et commençai à essuyer la crasse urbaine sur mon visage.

— Ne te contente pas des pâtes, dis-je à Allie. Essaie quelque chose de nouveau, d'accord ?

Je m'attendais à une réponse et comme aucune

ne me parvint, je fronçai les sourcils avant de jeter un coup d'œil sous les portes des trois cabinets. Pas de pieds.

La panique me frappa directement entre les côtes, mais je me convainquis que ce n'était rien. Qu'elle était repartie s'asseoir à la table avec Stuart et Timmy. En réalité, je ne l'avais pas vu dans la ruelle ni quand j'avais contourné la bâtisse, mais connaissant Allie, elle avait dû décider de couper par les cuisines, agaçant à la fois les propriétaires, les chefs et les serveurs.

Malgré ce mantra réconfortant, ma panique ne s'atténua pas et je surgis des toilettes pour rejoindre une nouvelle fois la réserve. Je faillis me tourner vers la cuisine, mais je me dis que si elle s'y trouvait, au moins, elle était en sécurité. Ma crainte véritable était qu'elle se soit aventurée dans la ruelle, qu'elle se soit fait aspirer par la fureur de Rome et que je ne revoie plus jamais ma fille.

Céder à la paranoïa, c'est habituel pour moi, surtout quand il s'agit de mes enfants. Et étant donné ce que je savais des cachettes dans les coins sombres, je ne pus m'empêcher de penser que ma paranoïa était justifiée.

Je franchis la sortie en moins de cinq secondes et j'y marquai une pause, regardant autour de moi à la recherche de traces de lutte. Mais tout paraissait normal et je me dis que je dramatisais. Que si je retournais à la table, elle serait là, à engloutir du pain en buvant du soda, tout en levant les yeux au ciel quand je lui ferais encore la leçon et lui intimerais d'être prudente.

C'était ce que je me disais, mais je n'en étais pas convaincue. Tout de même, ce n'était pas parce qu'Allie n'était pas à mes côtés ni à la table que le pire était arrivé. Elle avait quinze ans. Il y avait de grandes chances pour que je la retrouve dans une échoppe non loin. Elle serait punie à vie, mais je pouvais m'en accommoder.

Toutefois, lorsque je sortis mon portable pour lui envoyer un message, je n'eus même pas le temps de chercher son numéro avant d'entendre un cri intense et clair derrière moi.

— *Maman* !

Je revins sur mes pas, me précipitant dans la ruelle, au-delà de la porte de la réserve de Gusto pour entrer dans un passage étroit empli de cageots de fruits en bois et de cartons déchirés. Un vieil homme émacié, nerveux et dont la peau était tannée appuyait un couteau sur la gorge de ma fille.

Je me figeai, mon esprit explorant mes options. Pour être honnête, il n'y en avait pas beaucoup. Chacun de mes mouvements pouvait le mettre en colère et même à quelques mètres de là, je voyais bien que le couteau était aiguisé. Un geste rapide du poignet et ma fille serait morte.

Allie devait également le savoir, et pourtant, elle était parfaitement immobile et semblait calme. Oui, je voyais dans son regard qu'elle était terrorisée. Mais derrière cela, je percevais sa détermination et son esprit calculateur. Pendant ce bref instant de choc, je fus frappée par la vérité brutale, celle que j'avais ignoré autant que je le pouvais : cette existence était tout autant la vocation d'Allie que la mienne.

— Qu'est-ce que tu veux ? demandai-je.

Ma voix était basse et apaisée, tandis que mon regard était posé sur Allie.

— Donne-la sinon la petite pétasse meure, déclara-t-il dans un anglais parfait.

À cet instant, j'aurais pu lui donner plus ou moins n'importe quoi, de mon portefeuille à la clé des enfers. Dommage que je ne sache absolument pas de quoi il parlait.

— Fais-le ! hurla-t-il.

Je levai les mains, comme en signe de reddition.

— D'accord, dis-je. D'accord. Il faut simplement que je la récupère.

Je fis toute une démonstration en tendant la main vers mon sac.

— Accorde-moi une seconde.

J'ignorais peut-être ce qu'il voulait, mais je savais que lorsqu'Allie et moi étions reparties chercher l'appareil photo, j'avais mis mon couteau préféré dans mon sac à main, celui avec lequel je m'étais entraîné au lancer, avec Allie, dans le jardin. Mon savoir-faire en lancer de couteau était probablement à son meilleur niveau depuis quinze ans, mais ça ne signifiait pas que j'étais ravie de le jeter en direction de la tête de ma fille.

Elle avait écarquillé les yeux et j'espérais vraiment qu'elle pouvait lire dans mon esprit.

— Lâche-la, dis-je. Ensuite, je te la lancerai.

— Tu crois que je suis stupide ?

J'espérais qu'il l'était, mais je ne répondis rien.

— Donne-la-moi maintenant et la fille vivra.

Je ne le croyais pas, bien sûr. Même si j'avais l'objet en question, il blesserait Allie. Non seulement parce que les démons étaient ainsi, mais parce qu'il devait savoir que je lui courrais après – sauf si ma fille se vidait de son sang, par terre.

— D'accord, dis-je en jetant un regard appuyé à Allie.

Comprends-moi, pensai-je désespérément. *Travaille en harmonie avec moi, Al.*

Je scrutai son visage et songeai qu'elle avait compris ma supplication silencieuse. Je vis ses yeux s'écarquiller, la manière dont elle se pencha légère-ment en arrière, prête à relâcher la tension dans ses genoux et à tomber à la première occasion.

J'enroulai mes doigts autour de la poignée, igno-rant ma nervosité et ma peur. Ces émotions pouvaient provoquer la mort d'Allie. C'était une question d'entraînement — de combat — et je pouvais le faire. Je *devais* le faire.

Je gardai mes muscles crispés et mon regard rivé sur le démon. Je devais faire confiance à Allie pour bouger quand il le faudrait. Je devais croire que le démon ne la blesserait pas d'abord. Que ce plan allait fonctionner puisque, bon sang, je n'en avais pas d'autres.

Merde.

Je devais simplement me lancer et je sortis brusquement la main de mon sac… avant d'être choquée en voyant quelque chose de large et de cylindrique planer vers le démon depuis le côté de la ruelle. Avant même que j'aie le temps d'assimiler cette bizarrerie, l'objet tomba sur le trottoir à quelques centimètres du démon. Par réflexe, il se détourna d'Allie, lui offrant quelques millisecondes précieuses pour s'éloigner du couteau alors même que je sortais le mien.

Je visai puis jetai, soulagée lorsque la lame lui entailla la joue. J'aurais préféré lui enfoncer dans l'œil pour achever cette créature, mais j'étais prête à accepter tout ce que je pouvais obtenir. Et je ne pense pas avoir déjà entendu un bruit plus satisfaisant que le hurlement de ce démon.

— Allie ! criai-je. Dégage de là !

Mon ordre fut parfaitement inutile. Elle mettait déjà de la distance entre le démon et elle, ce qui n'était pas difficile étant donné que le monstre avait évidemment changé d'avis et se précipitait à présent dans la direction opposée, vers le fond de la ruelle.

Je courus aussi en direction d'Allie, que je fis immédiatement passer derrière moi.

— Maman ?

— Tu vas bien ?

— Oui, mais...

— Nous ne sommes pas seules.

— Oh !

Elle me tenait les épaules et sa poigne se resserra immédiatement. Si le démon ne lui avait pas fait peur, je savais qu'elle l'aurait remarqué elle-même. Je voyais qu'elle était agacée d'avoir négligé un simple détail : quelqu'un d'autre avait jeté la canette.

Et ce quelqu'un d'autre se trouvait toujours dans l'allée.

— Montrez-vous, dis-je.

Je me crispai lorsqu'une adolescente avec de grands yeux insolents et une touffe de cheveux blond foncé sortit de l'ombre et entra dans le rayon de lumière qui illuminait le milieu de l'allée.

Je la reconnus immédiatement : comment en serait-il autrement ? Je l'avais vue quelques heures plus tôt, au marché. La fille qui m'avait rappelé Allie.

— Qui es-tu, bon sang, et pourquoi me suis-tu ?

— Je m'appelle Eliza, annonça-t-elle simplement. Je suis ta cousine.

9

Ma cousine ?

Les mots semblèrent rester en suspens, comme une bulle de bande dessinée absurde.

Ce n'était pas possible. Et pourtant...

Et pourtant, une petite bulle d'espoir grandit en moi. Si elle était ma cousine, cela impliquait une tante. Un oncle. Peut-être même des grands-parents.

J'étais seule depuis que j'avais quatre ans. J'avais été aimée, oui, mais j'étais seule, sans rien savoir de mes origines ou de mon identité.

Cela pouvait-il être réel ? Ou était-ce un autre type d'arme démoniaque, créé pour me tordre le cœur et me désarçonner ?

Je restai figée alors que mon esprit s'activait. Je me maudis ensuite quand Allie me contourna avec une posture rebelle.

Sans quitter Eliza des yeux, elle me dit :

— Bon sang, maman. C'est assez bizarre que tu puisses avoir une cousine puisque, oh, tu n'as pas vraiment de famille.

Elle fit trois grands pas pour s'éloigner de moi et récupéra mon couteau qui était tombé par terre dans un bruit métallique. Elle se tenait devant Eliza, les pieds plantés dans le sol, telle une guerrière de quinze ans.

— Dis-moi qui tu es ou je te jure que ça se terminera avant même de commencer.

Je grimaçai intérieurement. Elle faisait tout ce qu'il fallait et même si cela me rendait fière d'elle, je me dégoûtais J'aurais dû être celle qui gérait la situation. Ça n'aurait pas dû être le rôle de ma fille de quinze ans.

Et pourtant, voilà qu'elle était là, qu'elle avançait pour me permettre de garder mon calme afin que je ne sois pas balayée par de faux espoirs et des rêves inexistants.

Et voilà tout ce dont il s'agissait. Des espoirs. Des rêves.

Ne savais-je donc pas mieux que quiconque que la meilleure façon de survivre dans ce monde était de regarder la réalité en face — et de vous défendre quand elle vous frappait ?

Je redressai les épaules et allai me placer devant Allie.

— Je ne te connais pas, dis-je à Eliza. Et si tu veux

essayer d'utiliser ce genre de conneries, tu devrais vraiment revoir ta copie.

— Je l'ai fait, répondit-elle.

Sa voix était plus faible, à présent. Je devinais qu'elle avait dix-huit ou dix-neuf ans, mais à ce moment-là, elle paraissait aussi jeune qu'Allie. Lorsqu'elle reprit la parole, son menton tremblait légèrement, tout comme celui de ma fille lorsqu'elle retenait ses larmes.

— J'ai justement fait mes devoirs, expliqua-t-elle. Ma mère était la petite sœur de votre mère.

— Non, répliquai-je en secouant lentement la tête.

Ma poitrine semblait lourde et ma gorge, nouée.

— Je peux le prouver, ajouta-t-elle.

— Conneries, répondit Allie.

Lentement — aussi lentement que si j'étais une bombe sur le point d'exploser, la fille tendit la main vers le col de son haut.

— *Bouge pas.*

Les mots d'Allie sortirent sèchement, remplis de promesses sinistres.

— C'est bon, intervins-je.

— Bon ? Elle pourrait avoir une arme cachée dans son soutien-gorge.

Mais j'avais vu la fine chaîne autour de son cou et j'étais certaine qu'elle retenait quelque chose d'important. Quelque chose qui était actuellement dissimulé sous son haut.

— Laisse-la faire, dis-je. Reste sur tes gardes, mais laisse-la faire.

Devant nous, Eliza s'était figée. Elle continua alors, bougeant si lentement que c'en était pénible pour tirer sur la chaîne et révéler un petit médaillon doré.

— Enlève-le, dis-je. Enlève-le et jette-le ici.

— Je ne le jetterai pas. Il est vieux et c'est tout ce qu'il me reste.

Je me dis que j'étais plus maline que ça. Que je ne devrais pas me laisser duper par les larmes. Mais elle me regarda avec des yeux qui ressemblaient à ceux d'Allie, et il me fallut donc tout mon courage pour ne pas tendre les bras et l'étreindre. La réconforter.

Je voulais la croire — et cela m'effrayait terriblement.

— Enlève-le, dis-je en m'obligeant à adopter un ton sec. Pose-le par terre et recule ensuite de cinq pas.

Elle maintint son regard rivé sur le mien, mordillant sa lèvre inférieure. Elle acquiesça ensuite, se contentant de hocher rapidement la tête. Ses mains passèrent sur sa nuque, lentement et aisément, et elle détacha le collier. Elle recula ensuite.

Pendant tout ce temps, Allie resta plantée là, à la regarder, en position de combat et les doigts serrés autour du couteau.

— Va le récupérer, dis-je à Allie en montrant le collier.

Elle se précipita vers l'avant, le saisit et s'approcha de moi pour me le donner.

— Ouvre-le, dis-je.

Elle hésita, mais j'acquiesçai. Peu importait ce qui se trouvait dans ce médaillon, cela nous affecterait toutes les deux.

Alors que je gardais les yeux rivés sur Eliza, Allie glissa son ongle dans le sillon du médaillon. Elle écarta les deux moitiés en forme de cœur et je l'entendis prendre une brusque inspiration.

— Maman, dit-elle.

Sa voix était à peine plus qu'un chuchotement.

Je baissai les yeux avant de sentir mon cœur se tordre à cause des deux photos occupant l'espace disponible dans le médaillon. Deux femmes. L'une d'entre elles ressemblait remarquablement à la fille qui se tenait devant moi. Et l'autre était si familière que j'aurais aussi bien fait de me regarder dans le miroir.

— Où as-tu trouvé ça ? demandai-je.

Ma voix était sèche. À vif. Méconnaissable même à mes oreilles.

— Maman ?

J'ignorai pourtant Allie, faisant plutôt un pas en direction de la fille. C'était le milieu de l'après-midi, mais je me sentais perdue dans l'obscurité. J'étais une adulte. Une mère, une femme. Toutefois, j'avais à nouveau l'impression d'avoir quatre ans.

— *Dis-le-moi*, exigeai-je. Dis-moi où tu as trouvé ça.

Je pouvais à peine parler à travers les larmes qui montaient dans ma gorge et soudain, je me sentis faible. Une colère glaciale me traversa et je ne savais pas vraiment si elle était dirigée vers cette fille, vers la femme sur la photo, vers la *Forza* ou vers l'ironie du sort qui avait fait de moi une orpheline. Tout ce que je savais, c'était que la croûte terrestre avait été arrachée sous mes pieds et que je m'effondrais rapidement dans l'espace.

Je ne me rappelais pas être tombée par terre, mais avant que je m'en rende compte, j'étais à genoux.

J'avais perdu pied et, merci mon Dieu, Allie était là pour prendre la suite.

Je ne sais pas quand elle avait réussi à le faire, mais elle s'était éloignée de moi et se rapprochait d'Eliza. Elle se déplaçait désormais avec une rapidité remarquable et posa finalement son couteau contre le cou de la fille.

— *Allie.*

— Non, répondit-elle férocement. Non, on va la jouer intelligemment.

Elle s'humidifia les lèvres et releva le menton. Je vis son courage et sa détermination. À ce moment-là, elle prenait soin de moi et nous le savions toutes les deux.

— D'accord, dis-je.

— D'accord, répéta-t-elle en acquiesçant sèchement. On retourne à l'auberge. On y retourne et on va démêler tout ça. Et toi...

Elle éloigna le couteau, mais toucha Eliza du bout du doigt.

— ... tu viens avec nous.

J'étais peut-être chancelante, mais je me relevai. Allie s'en sortait très bien, même s'il était hors de question que je la laisse diriger cette affaire. Si Eliza était un danger, je ne voulais pas qu'Allie soit en première ligne, plus qu'elle ne l'était déjà. Et si Eliza faisait vraiment partie de ma famille, eh bien, je voulais assurer mes arrières.

J'agitai les doigts, lui indiquant qu'elle devrait s'approcher. Elle obéit, bien qu'hésitante, et Allie était presque collée à ses baskets.

— Tu es peut-être celle que tu prétends être, reconnus-je. Mais je ne vais prendre aucun risque. Lève les bras.

Lorsqu'elle obéit, je la fouillai. Je trouvai un rasoir dans son soutien-gorge — un point pour Allie — ainsi qu'un couteau à cran d'arrêt coincé dans ses bottes qui remontaient jusqu'à ses chevilles. Autrement, elle n'avait rien.

Je rangeai le couteau à cran d'arrêt dans ma poche et le rasoir dans mon sac à main.

En sortant de la ruelle pour contourner la bâtisse et rejoindre le restaurant — ainsi que Stuart et Timmy — je dis :

— Bon. Allons-y.

— Maman, m'appela Allie.

J'entendis assez ouvertement l'air interrogateur dans sa voix.

— Nous devons lui dire, déclarai-je en guise de réponse. Nous devons tout lui dire.

J'ignorais si Eliza comprenait que je parlais de mon mari ou si elle était même curieuse. Mais pour sa défense, elle resta silencieuse. Lorsque nous arrivâmes au café, Stuart était penché et attachait Timmy dans la poussette.

— Nom de Dieu, Kate.

Son visage trahissait un mélange de soulagement et d'agacement.

— Je m'apprêtais à appeler l'ambassade. Ou bien la...

Il se tut en haussant les épaules, les yeux plissés en direction d'Eliza. Mais ça n'avait pas d'importance, je savais très bien quel mot il avait tu. *Forza*.

— Cette seconde option aurait été la bonne, déclarai-je ironiquement en lançant un regard appuyé à Eliza. Apparemment, ces vacances seront plus studieuses que je ne l'avais imaginé.

— Oh.

Il me quitta des yeux pour regarder Eliza.

— Est-ce qu'elle est une... tu sais ?

C'était une bonne question et, soudain, je me sentis un peu idiote puisque la possibilité qu'Eliza soit un démon ne m'était pas venue plus tôt à l'esprit. Ce n'était qu'un indice de plus prouvant que la déclaration de la fille, selon laquelle elle faisait partie de ma famille, m'avait plus troublée que je ne voulais bien l'admettre.

Je commençai à dire que je ne le pensais pas, mais que je ne pouvais en être sûre jusqu'à ce qu'Allie sorte le pulvérisateur d'eau bénite que je gardais dans le sac de couches de Timmy, et qu'elle asperge le visage d'Eliza.

Tout autour de nous, les clients du restaurant écarquillèrent les yeux et je fus presque certaine d'entendre quelqu'un marmonner « ils sont fous, ces Américains », dans un italien étouffé.

Mais puisque ces fous d'Américains venaient tout le temps aux Marches Espagnoles, nous ne méritions pas plus qu'un coup d'œil sommaire, surtout que la peau d'Eliza ne commença pas à crépiter ni à éclater.

— Waouh, déclara celle-ci d'une voix qui suintait de sarcasme. C'était plutôt rafraîchissant pour une journée si chaude.

Je fronçai les sourcils en observant Stuart.

— Non. Ce n'est pas une tu-sais-quoi. Ce qui est une bonne chose, ajoutai-je. Parce que je pense qu'elle est peut-être ma cousine.

Surpris, il écarquilla les yeux et je me préparai pour... pour quoi ?

Je n'en savais rien, mais je me sentis immédiatement coupable puisque je m'attendais à ce que Stuart m'embrouille et rende une situation déjà tendue encore plus gênante.

Il n'en fit rien, cependant. Il accéléra plutôt les événements.

— Très bien, alors.

Il laissa tomber une liasse d'euros sur la table pour régler l'addition minime.

— Dans ce cas-là, allons quelque part où nous pouvons parler, on va essayer de comprendre ce qu'il se passe, exactement.

— L'auberge, répondit Allie.

— Non, répondîmes Stuart et moi à l'unisson.

J'inclinai la tête et lui souris, sentant que peut-être, rien que peut-être, nous devenions une équipe.

— Euh, pourquoi pas ? s'enquit Allie.

— Si elle n'est pas qui elle prétend, expliqua Stuart, il ne vaut mieux pas qu'elle sache où nous logeons.

— Ce n'est pas comme s'ils n'étaient pas déjà au courant, rétorqua Allie.

Elle grimaça quand Stuart plissa les yeux en me regardant.

— *Ils* ? répéta-t-il.

— Pardon, dit Allie.

— Kate ? demanda mon mari d'une voix rauque.

J'avais aussi un peu l'impression qu'il était blessé.

— J'avais l'intention de te mettre au courant, affirmai-je. Je dois te dire plusieurs choses.

— Je vois.

Je ravalai ma grimace. Oui, il était clairement blessé et furieux.

À sa décharge, il prit sur lui et poursuivit.

— Peut-être qu'*ils* savent. Mais ça ne signifie pas que nous devons afficher notre localisation à tout va.

À côté d'Allie, Eliza laissa échapper un long soupir exaspéré.

— Oh, détendez-vous. On ferait aussi bien d'y retourner. Ce n'est pas comme si je ne le savais pas déjà.

Je plissai les yeux en la regardant.

— Oh, vraiment. Où logeons-nous, alors ?

— Eh bien, c'est évident.

Elle leva les yeux au ciel comme Allie le ferait.

— Vous êtes dans la chambre à côté de la mienne.

Elle laissa tomber cette bombe au moment même où Timmy attrapa la nappe et tira dessus, envoyant toutes les assiettes et les couverts s'écraser par terre.

Honnêtement, ce n'était pas l'un des plus beaux jours de ma vie.

Je jetai un coup d'œil à Stuart, qui paraissait plus en colère contre moi que contre notre fils. Pour être honnête, je ne peux pas dire que j'en étais surprise.

— *Bientôt*, articula-t-il silencieusement.

J'acquiesçai, me sentant à la fois réprimandée, coupable et confuse. La culpabilité venait du fait que je savais simplement qu'il avait raison. La confusion provenait de la prise de conscience soudaine et déplaisante selon laquelle même si je m'étais dit que je voulais et espérais que Stuart serait un participant actif et volontaire dans ma vie inhabituelle, quand cela se concrétisait, je souhaitais plutôt être seule.

Sauf que ce n'était pas vrai non plus. De plus en plus, j'avais envie d'avoir Allie à mes côtés. Et la vérité profonde, sinistre et parfaitement honnête était que malgré tout ce qu'il s'était passé avec Eric, il était le partenaire que je voulais véritablement pour surveiller mes arrières.

Pendant si longtemps, j'avais craint la réaction de Stuart lorsqu'il apprendrait la vérité me concernant. Puisque lorsque je l'avais épousé, j'avais simplement été Kate. Pas Kate la Chasseuse de Démons. Simplement Kate, la mère célibataire, tentant de passer outre son chagrin et de poursuivre sa vie.

Étant donné qu'il était parti, deux fois, j'avais eu raison de m'inquiéter. Mais peut-être que ce n'était pas sur la réaction de Stuart que j'aurais dû me focaliser. Parce que si Kate, la Femme et la Mère, aimait Stuart sans réserve, Kate la Chasseuse de Démons ne serait jamais tombée amoureuse de cet homme. Et depuis que nous étions arrivés à Rome, les souvenirs et les dangers qui guettaient ravivaient cette vérité déplaisante et horrible et me pesaient.

Et oui, je pouvais continuer de fuir, continuer de regarder dans la direction opposée et espérer que cela disparaîtrait. Mais au bout du compte, je savais que j'allais devoir gérer ça et je ne savais pas vraiment comment faire. Je pouvais planter un pic dans l'œil d'un démon pour nous sauver, ma famille et moi. Mais comment pouvais-je sauver une relation ?

Mes pensées vagabondèrent dans ces couloirs sombres alors que nous avancions dans les rues de Rome ensoleillées. Moi, deux adolescentes, mon mari et notre bambin. Si Stuart connaissait ma ligne de pensée, il le cachait bien. Il manœuvrait la poussette en se concentrant et maintenait son regard rivé sur Eliza. Il était alerte et concentré. À cet instant, je crus que peut-être tout finirait bien. Que peut-être, il pouvait être un atout, même s'il n'était pas un véritable partenaire.

Je fronçai les sourcils, me demandant si j'avais découvert la source de mes hésitations. Peut-être que le problème n'était pas que je ne désirais aucunement être Kate la Chasseuse de Démons avec Stuart. Peut-être que j'avais peur de le perdre totalement s'il était entraîné dans cette vie. Le repousser allait peut-être me faire mal, mais en fin de compte, cela lui permettrait peut-être de rester en vie.

Il me jeta un coup d'œil et haussa les sourcils en me surprenant en train de le regarder. Il lança un regard lourd de sens à Eliza.

— Un problème ? chuchota-t-il.

Je secouai la tête.

— Non. Je réfléchis simplement.

Je tendis la main vers la sienne.

— Je t'en parlerai plus tard.

Et alors que je prononçais ses mots, je sus que je les pensais. Mon mari avait le droit de connaître les pensées sombres qui tourbillonnaient dans ma tête au sujet de mon mariage. Peut-être qu'elles seraient blessantes. Peut-être qu'elles nous aideraient. Mais je devais la vérité à cet homme avec qui j'avais échangé des vœux sacrés.

Nous progressâmes en deux rangées. Les filles devant, pour que je puisse surveiller Eliza, tandis que Stuart et moi étions derrière avec Timmy, propulsé sur les roues de la poussette que guidait Stuart.

Malgré mes pensées vagabondes, je gardai un œil sur Allie et sa compagne de marche. Je la surveillai d'assez près pour voir le démon aux cheveux bruns croisé au marché, deux bonnes secondes avant qu'elle tacle Eliza sur le côté et atterrisse sur elle, un couteau appuyé sur son cou, tandis qu'Allie était propulsée sur le sol.

Ces deux secondes sauvèrent la vie d'Eliza. Je bondis vers l'avant avant de donner un coup de pied. Mes Converse confortables interceptèrent le poing de la femme, envoyant valser le couteau tandis que l'assaillante d'Eliza titubait plus loin.

Cette dernière poussa un petit cri et profita de l'opportunité pour crapahuter en arrière, tel un crabe, alors même qu'Allie plongeait sur le couteau.

— Maman ! cria-t-elle en me le jetant.

J'étais déjà sur la poitrine de la femme, mes jambes coinçant ses bras sur le côté. Je relâchai ma prise sur son cou, suffisamment longtemps pour attraper le couteau, et je commençai ensuite à le rabattre en direction de son œil.

— *Kate* !

Le cri de Stuart me surprit, offrant au démon l'opportunité de se relever. Son front entra en contact avec le mien et je me balançai en arrière. Elle libéra ses bras, avant de me pousser.

— Idiote, cracha-t-elle en bondissant sur ses pieds et en détalant.

Allie commença à lui courir après et je me retins de maudire Stuart pour hurler à ma fille de s'arrêter.

— Mais maman ! protesta-t-elle en dérapant.

— Laisse-la partir, déclara Stuart avant que je puisse intervenir.

— Mais à quoi pensais-tu, bon sang ? m'enquis-je.

— Moi ? demanda-t-il.

D'un geste du bras, il balaya la foule qui s'était réunie autour de nous.

— L'idée de payer une caution en Italie ne m'intéresse pas vraiment. Surtout que je ne suis même pas sûr qu'on puisse payer une caution en Italie.

Merde. Il avait raison, bien sûr. J'avais été si concentré sur le moment — l'attaque, la possibilité de perdre Eliza avant de connaître son histoire, tout cela — que j'avais complètement ignoré le fait que nous avions un public.

— D'accord, dis-je.

Je me relevai et tendis une main pour aider Eliza à en faire de même.

— D'accord. Pardon. Tu as raison.

Stuart s'avança et me prit dans ses bras.

— Tout ira bien, chuchota-t-il.

J'inclinai la tête en arrière pour regarder mon mari. J'avais désespérément envie de le croire.

10

— Alors, tu crois que c'est vrai ? me demanda Stuart.

Nous étions de retour dans les chambres d'hôtes et mon mari m'avait attirée dans le couloir juste devant notre chambre. À l'intérieur, Eliza était assise sur le lit et Allie tenait la garde. La porte était entrouverte et je pouvais voir ma fille, attentive et méfiante, avec le couteau serré dans sa main. Timmy était sain et sauf dans la chambre qu'il partageait avec Allie, endormi dans son parc pliable, la télé en fond pour lui tenir compagnie s'il se réveillait.

— Est-ce qu'elle est de ta famille ? insista Stuart.

Je passai une main dans mes cheveux.

— Qu'est-ce que j'en sais, bon sang ? D'ailleurs, comment *puis*-je le savoir ? Je suis censée faire un test ADN ?

Les mots franchirent sèchement mes lèvres et je les regrettai immédiatement.

— Pardon, dis-je d'un air calme alors que j'étais loin de l'être. Ça m'a un peu perturbée.

— Moi aussi, répondit-il.

Il soupira et tendit ensuite les bras. Je me plaçai entre eux, reconnaissante.

— Peu importe ce dont tu as besoin, je suis là, annonça-t-il.

Il me serra fermement contre lui pendant un moment avant de reculer doucement. D'un doigt, il releva mon menton.

— Mais, bientôt. Bientôt, on discutera.

— Je sais. Pour le moment, c'est à elle qu'on doit parler.

Je jetai un coup d'œil dans la chambre et pris une profonde inspiration. Je tendis ensuite la main pour prendre celle de Stuart. Pour avoir son soutien. Pour avoir son amour.

— Tu seras à mes côtés ?

— Toujours, répondit-il.

Nous entrâmes ensemble dans la chambre.

Eliza leva alors les yeux.

— Je comprends que vous ne me croyez pas, déclara-t-elle. Après tout ce que j'ai vu en grandissant, croyez-moi, je comprends. Mais c'est vrai. Et...

Sa voix se brisa et elle détourna le regard. Sa peau devint marbrée. Je reconnaissais ce signe et savais qu'elle s'apprêtait à pleurer. Mais elle se ressaisit, prit une profonde inspiration et commença à parler. Lorsqu'elle le fit, sa voix était remarquablement calme et je sentis presque une fierté maternelle.

— Ce n'est rien, dit Allie.

Elle glissa pour s'asseoir par terre, dos contre le mur. Elle tenait toujours le couteau, mais il apparaissait clairement que, tout comme moi, elle se radoucissait envers cette fille.

— Raconte-nous simplement et on partira de là.

Les mots d'Allie résonnèrent en moi et je jetai un coup d'œil à Stuart. *Je dois simplement lui dire ce que je ressens. Lui dire simplement et on partira de là.*

Mais pas pour l'instant. Pour le moment, nous nous concentrions sur Eliza. Et alors que j'allais m'asseoir par terre, à côté d'Allie, la fille assise sur le lit qui ressemblait tant à ma fille entama son récit.

— Vous ne connaissiez pas vraiment votre mère, n'est-ce pas ? demanda-t-elle en me jetant un coup d'œil.

— Non, admis-je. Je ne me souviens pas du tout d'elle.

Elle acquiesça, comme si elle s'était attendue à cette réponse. Toutefois, il lui fallut un moment avant de reprendre la parole et je dus déployer d'immenses efforts pour ne pas combler le silence. Pour ne pas lui dire que j'avais quatre ans quand on m'avait trouvée errant dans les rues de Rome. Je voulais le raconter, mais je n'en fis rien. Parce que si elle était celle qu'elle prétendait, alors elle devait déjà en connaître une partie.

— Votre mère s'appelait Amanda, expliqua-t-elle. Vous le saviez ?

Je secouai la tête, espérant paraître calme malgré la façon dont mon cœur se tordait.

— C'était la sœur de ma mère. Ma mère s'appelle Deborah, au fait, mais tout le monde l'appelle Debbie.

— Ma tante, dis-je.

Ce mot était si doux que je n'étais pas certaine de l'avoir prononcé à voix haute.

Eliza acquiesça.

— Elles avaient une assez grande différence d'âge. Votre mère avait la vingtaine quand elle est morte. Vingt-quatre ans, je crois. Ma mère en avait seize.

J'acquiesçai, tentant de garder les idées claires.

— Continue.

— Enfin bref, apparemment, notre grand-mère — la vôtre et la mienne, je veux dire — était une Chasseuse de Démons.

J'inclinai la tête. Si c'était vrai, le Père Corletti me l'aurait certainement dit. Il n'avait peut-être pas été au courant de l'identité de mes parents quand j'étais arrivée à la *Forza*, mais il avait appris récemment qu'il y avait un lien entre mes parents et ceux d'Eric. Il aurait certainement appris cela, aussi, non ?

Eliza dut lire dans mes pensées puisqu'elle haussa les épaules.

— Elle ne travaillait pas pour la *Forza* quand votre mère a été tuée. À mon avis, elle ne travaillait plus pour eux depuis longtemps.

— Une solitaire ? m'enquis-je.

De nombreux Chasseurs étaient solitaires. La plupart étaient de simples personnes qui connaissaient la vérité. Elles savaient que les démons marchaient sur Terre et elles se donnaient pour mission de les chasser. Certains étaient vaguement organisés, mais la plupart travaillaient seuls. J'avais cru que mes parents tombaient dans cette catégorie. Qu'ils n'étaient que deux personnes au courant de l'obscurité qui entachait notre monde et qui s'étaient donné pour mission d'intervenir et de se battre.

— Je crois, affirma Eliza. Mais je pense qu'elle était avec la *Forza* quand elle était plus jeune.

— Tu penses ?

Eliza haussa les épaules.

— Elle est morte quand j'étais petite.

— Un démon ? chuchota Allie.

— Non. Cancer. Elle avait arrêté. Elle ne chassait plus ni rien. Du moins, d'après ce que je sais.

— D'accord, dis-je en essayant toujours de digérer tout cela. Alors, notre grand-mère est morte quand tu étais petite. Mais tu la connaissais ?

Eliza acquiesça.

— Oh, oui. On vivait au bout de sa rue à San Diego. Elle préparait des pancakes tous les dimanches.

Je jetai un coup d'œil à Allie et constatai qu'elle se mordait la lèvre. Elle avait des grands-parents, la mère et le père de Stuart. Mais ils n'étaient pas de son sang. Ils l'aimaient, mais je savais qu'elle sentait la différence. La perte.

Je le savais, puisque je la ressentais également.

— Bref, j'imagine que je divague. Ce que je veux dire, c'est qu'elle - mamie, je veux dire - ne chassait plus quand j'étais petite. Elle n'en a jamais parlé, mais je pense que c'est ainsi que mon grand-père est mort. Je ne l'ai jamais connu. À mon avis, ils chassaient ensemble. Il est mort et elle a pris sa retraite. Enfin, ça arrive souvent, n'est-ce pas ?

Elle me regarda, puis posa les yeux sur Stuart avant de se retourner vers moi.

Je n'avais pas pris ma retraite parce qu'Eric était mort en service, mais j'acquiesçai tout de même. Ce qu'elle décrivait n'était pas mon parcours, mais je savais que c'était une chose ordinaire.

— Bref, à l'époque, je crois qu'Amanda s'est retrouvée absorbée par cette histoire de chasse aux démons. Ma mère était beaucoup plus jeune et soit elle n'était pas intéressée, soit elle n'en savait rien, je ne sais pas vraiment. Mais je sais qu'Amanda a rencontré un mec et qu'ils ont eu un enfant. Elle était assez jeune. Elle devait avoir mon âge, je pense. J'ai dix-huit ans, ajouta-t-elle en confirmant ce que j'avais deviné précédemment.

— Je suis l'enfant ? demandai-je, la gorge serrée.

Ou est-ce que j'ai un frère ou une sœur quelque part ?

Rien que songer à cette idée rendait ma poitrine douloureuse. À mes côtés, Allie agrippa mon poignet, mais j'ignorais si c'était pour me réconforter ou pour *se* réconforter.

— Non, il n'y avait que vous. Et quand vous aviez environ quatre ans, Amanda et Todd — c'est mon oncle, votre père, je veux dire — eh bien, ils se sont retrouvés plongés jusqu'au cou dans une affaire démoniaque.

— Todd, répétai-je.

Je laissai ce nom rouler sur ma langue. Le nom de mon père était Todd.

Elle inclina la tête pour me regarder.

— Alors, tout ça est vraiment nouveau pour vous ? Sincèrement ?

— Continue, dis-je en évitant sa question.

Une grande partie de ces informations était nouvelle pour moi, oui. Mais je savais que mes parents étaient au milieu d'une grande affaire obscure impliquant des démons quand ils avaient été tués. Je le savais parce qu'Eric le savait. Parce que mes parents avaient été tués en essayant d'empêcher les siens d'effectuer un rituel pour lier un démon en lui.

Mes parents avaient échoué. Et ce démon s'était libéré quelques mois plus tôt, détruisant presque Eric par la même occasion.

Pendant toutes ces années, mes parents m'avaient

apparemment laissée dans un hôtel miteux pendant qu'ils partaient chasser. J'avais toujours cru que j'avais simplement été une enfant perdue anonyme, déambulant dans les rues de Rome. Désormais, je savais que c'était une histoire que le Père Donnelly (l'un des prêtres suffisamment élevés dans la hiérarchie pour être au courant de l'existence de la *Forza*), avait racontée au Père Corletti qui était à l'époque, comme aujourd'hui, chargé de diriger la *Forza Scura*, la branche secrète du Vatican destinée à chasser, détruire et étudier les forces démoniaques qui se déplacent dans notre monde.

Tout comme moi, le Père Corletti croyait que j'étais simplement une orpheline, peut-être abandonnée par mes parents américains en vacances à Rome. J'avais été élevée dans un orphelinat géré par l'église et j'avais ainsi été endoctrinée par la *Forza* avant même d'atteindre l'âge de la puberté, faisant d'abord des recherches et traquant ensuite les démons sur le terrain avant de les achever.

Je n'avais appris que récemment que mes parents avaient également vécu cette vie. J'avais plutôt passé mon enfance à imaginer qu'ils étaient de simples Américains moyens. Dans mes rêves, ma mère restait à la maison pour s'occuper de moi, me lisant des livres comme *Georges le petit Curieux* et *Bonsoir Lune*. Mon père était propriétaire d'une station-service — je ne sais pas vraiment comment cela était entré dans mon imagination enfantine, mais c'était ainsi — et il rentrait à la maison, accompagné par l'odeur de la graisse et du savon. Il me prenait dans ses bras, m'embrassait et me faisait tournoyer jusqu'à ce que je me perche sur ses épaules. Ils ne m'avaient pas abandonnée, bien évidemment. Dans mon imagination, ils avaient été violemment attaqués par un assaillant infâme, un peu comme l'histoire originelle derrière la transformation de Bruce Wayne en Batman. Lors de son dernier souffle, ma mère m'avait dit de courir et je l'avais fait, pour être sauvée, aux sens littéral et figuré, par l'Église.

C'était un fantasme qui s'était avéré étonnamment réconfortant quand j'étais enfant.

C'était un fantasme qu'il m'était trop difficile d'abandonner, même maintenant que je connaissais la vérité.

— Kate ?

Je jetai un coup d'œil à Stuart, me rendant alors compte qu'il était venu s'asseoir de l'autre côté et que j'étais maintenant en sandwich entre mon mari et ma fille. Il me prit la main, son visage trahissant sa profonde inquiétude.

— Je vais bien, dis-je. Tout ça est un peu... trop.

Eliza serra ses genoux contre sa poitrine, ses pieds nus posés sur la couverture du lit.

— Je suis désolée, affirma-t-elle en serrant fermement ses jambes. Je ne voulais pas...

— Non, l'interrompis-je. Je veux l'entendre. Je suis ravie de l'entendre.

Je pris une inspiration.

— Dis-m'en plus.

Elle humecta ses lèvres, son regard dérivant vers Allie avant qu'elle continue. Elle avait trois ans de plus que ma fille et voyageait toute seule à Rome. Eliza était une adulte, même si elle était une *jeune* adulte. Toutefois, je voyais toujours la petite fille en elle. Et oui, mon cœur fondit légèrement. J'avais beau me dire que je devais être froide, que je devais être prudente, je sentais que j'étais en train de me réchauffer.

Plus important, je sentais que j'étais en train de croire.

— Vraiment, la pressai-je doucement. Je suis ravie que tu sois là. Je suis ravie que tu me racontes cela.

Elle prit une inspiration en resserrant ses genoux contre elle.

— C'est juste que... C'est juste que j'avais tellement envie de vous rencontrer, vous voyez ? Une fois que ma mère m'a dit de vous trouver.

Je croisai le regard d'Allie.

— Ta mère était au courant pour moi ?

Elle acquiesça.

— Ouais, elle...

Eliza s'interrompit.

— C'est plus simple si je raconte toute l'histoire dans l'ordre. D'accord ?

— Bien sûr, confirma Allie avant que je puisse répondre. On veut simplement l'entendre.

— D'accord. OK. Alors, comme je l'ai dit, vos parents étaient ici. Sur la piste d'un quelconque démon. Je ne connais pas les détails. À mon avis, ma mère ne les connaissait pas non plus.

Connaissait. Le mot sembla envahir la pièce et j'eus soudain froid. Je me préparai cependant pour la suite et ne dis rien. Je voulais l'histoire, pas le chagrin ni les explications. Et, oui, je voulais que cette tante inconnue vive dans les paroles d'Eliza aussi long-temps qu'elle le pouvait. Car si elle était morte, cette réalité me frapperait bien assez vite.

— Ta mère était ici, aussi ? Ta grand-mère ? s'enquit Allie.

— Non. Elles étaient toutes les deux à San Diego. Comme je l'ai dit, ma grand-mère n'était plus impli-quée avec les démons et ma mère n'avait que seize ans. Alors elle se contentait d'aller à l'école. Mais ensuite… eh bien, ils ont disparu. Todd et Amanda, je veux dire. Manifestement, ils se sont simplement évaporés de la surface de la Terre, et vous aussi, par la même occasion.

— Est-ce qu'elles ont cherché ? demanda Allie.

Eliza haussa les épaules.

— J'imagine que mamie pensait qu'ils étaient partis se cacher, ou quelque chose comme ça. Honnêtement, les détails sont un peu confus. Peut-être qu'elle a deviné qu'ils avaient été tués — et vous, aussi — ou peut-être qu'elle cherchait et ne trouvait rien. Mais ma mère n'était pas impliquée. Enfin, elle était plus jeune que je ne le suis maintenant et ce n'était pas sa vie. Pas vraiment. Pas à cette époque. Mais lorsque ma mère était à l'université, à San Diego State, elle a découvert toutes ces choses sur la *Forza*, les démons et tout le toutim, quand elle a aidé mamie à trier le bazar dans son garage.

— Elle a posé des questions et elle a ensuite repris les affaires familiales, déclara ironiquement Stuart.

Eliza acquiesça.

— Elle voulait savoir ce qui était arrivé à sa sœur. Et j'imagine que par la même occasion, elle s'est mise à combattre les démons, elle aussi.

Je grimaçai.

— Ça a tendance à arriver. Une fois qu'on voit le mal, il est difficile de ne pas le combattre.

— Je le comprends, répondit Eliza. C'est plus ou moins ce que j'ai toujours fait.

— Qui est ton père ? demanda Stuart.

Elle haussa une épaule.

— Il s'appelait Max. Il était aussi Chasseur. Elle l'a rencontré environ cinq ans après avoir commencé à chasser et elle m'a eue juste avant ses trente ans. J'imagine que mamie l'avait entraînée. Max a pris la suite et ils ont travaillé ensemble. Ils m'ont eue après ça.

Elle haussa une nouvelle fois une épaule.

— Il est mort en service, vous voyez ? Mais ce

n'est pas le genre de boulot dans lequel on vous donne une médaille.

— Non, dis-je. C'est vrai.

Je me levai et allai regarder par la fenêtre. Le ciel était dégagé et j'entendais les rires d'enfants jouant dans la rue ainsi que le vacarme de la circulation alors que les voitures et les camions se déplaçaient d'un endroit à l'autre.

— Pourquoi n'ont-ils pas rejoint la *Forza* ?

— Je n'en suis pas totalement sûre, répondit Eliza. Je ne... Enfin, j'ai travaillé avec ma mère pendant des années, mais elle n'a jamais été du genre à tout partager, vous voyez ?

— Je comprends, dit Allie.

Je quittai la fenêtre des yeux et me tournai vers elle en fronçant les sourcils.

— Excuse-moi ? Tu es beaucoup plus impliquée dans cette histoire que tu ne le devrais.

Allie jeta un coup d'œil à Eliza avant de lever les yeux au ciel, d'un air si sincère et spontané que je faillis éclater de rire.

Vu la tête d'Eliza, je pense que c'était aussi son cas.

— Bref, quand je suis née, elle s'est reconcentrée sur la chasse. On avait une maison, près de celle de mamie, et elle venait me garder quand maman s'en allait... J'ai appris plus tard qu'elle partait chasser. Et j'ai découvert qu'elle vous avait recherchée, ainsi qu'Amanda et Todd pendant des années. Je sais qu'elle a dû tomber sur des informations concrètes puisqu'elle a commencé à planifier un voyage jusqu'ici. Et elle a même contacté la *Forza*. Enfin, elle leur avait parlé avant, donc ce n'était pas un pas de géant. Elle était peut-être solitaire, mais pas cachée, si vous voyez ce que je veux dire.

— Je comprends. Continue.

— C'est plus ou moins tout, conclut Eliza.

Elle humecta à nouveau ses lèvres avant de baisser les yeux vers ses mains, qu'elle tordait sur ses cuisses.

— Et il y a un peu plus d'une semaine, il y a eu… Il y a eu un accident, dit-elle.

Ses yeux brillaient de larmes.

— Un camion a grillé un feu rouge et…

Elle s'interrompit et secoua violemment la tête.

— Bref, elle était à l'hôpital, mais elle était trop amochée. Elle ne s'en est pas sortie.

— Eliza.

Je ne pouvais pas en dire plus. Je voyais déjà la pièce à travers mes yeux pleins de larmes, moi aussi. Je sentis à peine la pression de la main de Stuart se resserrant autour de la mienne.

— Elle était groggy, vous voyez ? Sous médicaments. Mais elle m'a raconté ce truc, ce truc à propos de vous, je veux dire. J'étais déjà au courant pour la chasse. Elle m'entraîne depuis que je suis gamine. Et elle m'a dit de vous trouver.

Ses épaules s'élevèrent avant de s'affaisser. Elle leva ensuite la tête et croisa mon regard.

— Elle m'a dit que je le devais puisque vous êtes la seule famille qu'il me reste. S'il vous plaît, ajouta-t-elle. Vous devez me croire. Je n'ai nulle part où aller.

— Alors, tu la crois ? demanda Stuart en répétant la question qu'il m'avait posée il y a plus d'une heure.

— Et toi ? répliquai-je.

Nous étions dans le couloir – bien loin de la porte fermée pour ne pas être entendus. Et, bien sûr, le simple fait que j'aie laissé Allie dans cette chambre avec Eliza répondait grandement à la question de Stuart.

Il tendit la main et caressa mes cheveux, mais ne me répondit pas. Je savais pourquoi. La réponse nous affectait tous, mais c'était à moi de prendre la première décision et de dire si on devait lui faire confiance ou non.

Quelque part derrière nous, j'entendis un bruissement de pas. Je me retournai avec l'intention de dire à Allie de rester dans la chambre avec Eliza. Mais ce n'était pas ma fille qui approchait, c'était madame Micari.

— *Signora*, dis-je. Re-bonjour.

Elle sourit, mais je me dis que ce sourire était trop large et un peu trop étincelant.

— Aimeriez-vous une collation ? Du vin pour les

parents ? Ou peut-être du café ? Et des *biscottis* pour les plus jeunes ? Je la sers au rez-de-chaussée, maintenant. Je vous en prie, venez vous asseoir avec moi. Parlez-moi de votre journée. Vous avez rencontré Eliza, non ? Je vous ai vus rentrer avec elle.

— Oui, dis-je. Vous la connaissez bien ?

Madame Micari s'esclaffa.

— Pas du tout. Mais je ne peux m'empêcher de me comporter comme une grand-mère avec les jeunes qui voyagent seuls. Je vous en prie, venez. Je sers la collation dans dix minutes ?

J'hésitai avant d'acquiescer. Je ne sais pas vraiment pourquoi j'étais réticente. Tout ce que je savais, c'était que je voulais des réponses et que je ne les obtiendrais pas en buvant du vin et en mangeant des *biscottis*.

— Merci, répondis-je. Je suis sûre que nous aimerions tous une collation.

Elle me lança un sourire radieux avant de se précipiter au rez-de-chaussée. Je la regardai partir, avant de hausser les épaules en direction de Stuart.

— Je ne sais pas toi, mais un verre de vin me ferait du bien.

— J'imagine, répondit-il doucement.

Il n'ajouta rien après cela. Je savais qu'il n'allait pas insister. Mais je savais également qu'il voulait une réponse.

— Oui, dis-je enfin. Oui, je la crois. Je crois l'essentiel, en tout cas.

Il plissa les yeux et je vis les engrenages tourner dans son cerveau. Stuart est avocat et même s'il ne s'occupe pas de criminels, il comprend la tromperie.

— Elle élude les questions, déclara-t-il. Du moins, quelques questions.

— Quelques questions ? rétorquai-je. Elle n'a pas du tout abordé les gros sujets. Comment est-elle venue jusqu'ici ? Comment a-t-elle fini dans mon auberge, exactement ? Et pourquoi ne m'a-t-elle pas parlé dès le début ?

— Tu la crois, remarqua Stuart, mais tu ne lui fais pas confiance.

Je songeai à ce qu'Eric disait : *ne fais confiance à personne.*

— J'en ai envie, admis-je. Mais je ne lui fais pas confiance.

— Tu dois lui poser les questions difficiles, Kate.

Il tendit la main et enroula une mèche de mes cheveux autour de son doigt, sans jamais arrêter de me regarder dans les yeux.

— Tu veux que j'emmène Allie quelque part ? Pour que tu puisses parler à Eliza seule à seule ?

J'y réfléchis un moment avant de secouer la tête.

— Non. Ça nous concerne tous.

Et honnêtement, cela concernait également Eric. Mais je ne pouvais pas m'engager sur ce terrain.

Je soupirai avant de me pencher vers lui et de déposer un léger baiser sur ses lèvres.

— Je suis désolée, dis-je.

Son regard était doux, mais compréhensif.

— Pour quelle raison ?

— Pour ces choses, dans ma tête.

Je pris une inspiration en espérant ne pas me noyer dans ces eaux conjugales. J'inclinai la tête et parlai en regardant le sol.

— Parce que je ne sais pas, dans mon cœur, si tu es assez fort pour gérer tout ça. Parce que je ne crois pas que nous pouvons être une équipe dans cette nouvelle vie que je nous ai tous imposée.

J'humectai mes lèvres avant de m'obliger à croiser son regard.

— J'étais furieuse, Stuart. Peut-être que je ne l'ai pas montré. Ou peut-être que tu m'as simplement laissé assez de place pour respirer. Mais il y a cette colère qui bouillonne au fond.

Il demeura silencieux, sans pour autant paraître sur les nerfs. Il ne semblait même pas blessé. Manifestement, il était plutôt attentif et compréhensif, et cela me donna la force de poursuivre.

— Ça m'a brisée quand tu es partie, et si Allie et moi sommes venues ici, c'était en partie pour guérir. Mais tu t'es ensuite pointée à la maison...

— J'ai gâché tes plans.

— Oui. Non.

J'agitai une main, comme si cela chasserait la confusion d'une façon ou d'une autre.

— Les deux, honnêtement. C'était un miracle que tu sois revenu, et je n'échangerai ce moment pour rien au monde. Mais ça n'efface pas la blessure. Ça ne fait pas si longtemps, je digère encore. Et c'est pour ça...

Je pris une longue et profonde inspiration.

— C'est pour ça que je ne t'ai pas impliqué. Tout ce qu'il s'est passé jusqu'à maintenant — tout ce qui concerne les démons, je veux dire —, je ne t'ai pas impliqué là-dedans parce que je n'étais pas sûre de vouloir que tu y participes, déjà.

Son expression était indéchiffrable. C'était le visage de l'avocat. Du négociateur. C'était un visage qu'il arborait rarement avec moi et je gigotai, mal à l'aise. J'aurais aimé savoir ce qu'il pensait et je craignais le pire.

— Tu n'as pas à t'excuser pour quoi que ce soit, déclara-t-il doucement. Je t'ai donné une raison de ne pas me faire confiance.

— Oui, répondis-je. C'est vrai. Mais je ne suis pas innocente non plus. J'ai attendu bien trop longtemps pour te dire la vérité. J'aurais dû tout te raconter quand ce premier démon a traversé la fenêtre.

— Peut-être. Ou peut-être qu'on devrait laisser tomber la culpabilité et simplement aller de l'avant.

J'acquiesçai.

— J'aimerais bien. Non, me corrigeai-je. Je le *veux*.

— Vraiment ? Parce que tu as dit que tu n'étais pas sûre de vouloir m'impliquer. Ça signifie que tu es sûre, maintenant ?

Je commençai à dire oui, avant de m'obliger à m'interrompre.

— Tu veux une réponse sincère ?

— C'est tout ce que j'ai toujours voulu, Kate.

— Alors la réponse est que je ne sais pas. Je veux en être certaine, ajoutai-je rapidement. Je veux qu'on soit une équipe. Sincèrement. Mais j'ai peur que ça ne...

— Soit jamais comme c'était avec Eric.

— Je sais que ça a l'air horrible, répondis-je. Mais ouais.

— Il ne faut pas nécessairement que ce soit la même chose. Comment cela pourrait-il être le cas ? Vous avez chassé ensemble pendant des années. Je peux à peine jeter un couteau. Mais on peut trouver notre propre rythme, Kate. Bon sang, il *faut* qu'on trouve notre propre rythme. Tu crois que je veux être le clone d'Eric ? s'enquit-il d'une voix suintant d'ironie.

— J'imagine que non, dis-je.

Je me mis sur la pointe des pieds pour l'embrasser à nouveau.

— Et c'est une bonne chose.

— Ah bon ?

J'entendis l'incertitude dans sa voix et mon cœur se serra.

— Oui, affirmai-je. Je l'aimais... Je l'aime toujours. Tu le sais. Mais ça ne veut pas dire que je t'aime moins.

— Juste différemment.

— S'il te plaît, Stuart. Tu sais à quel point c'est difficile.

— Oui, répondit-il. Rien ne trouble plus les humains que la famille.

Sa bouche se recourba dans un sourire ironique.

— Sauf peut-être l'amour.

Je ris.

— N'est-ce pas la vérité ?

Il lança un regard appuyé en direction de la porte fermée de notre chambre et je compris que la conversation changeait de sujet.

— Je suis désolé pour ta tante. Pour tes parents.

— Ça n'a pas d'importance, dis-je.

Je me plaçai entre les bras ouverts de Stuart, les yeux fermés pour repousser les larmes menaçantes.

— Je ne les ai jamais connus. Ils n'ont jamais existé pour moi. Ça ne change rien, franchement.

Mais c'était un mensonge. Cela changeait tout... et nous le savions tous les deux.

11

— Attends, attends, disait Eliza alors que nous retournions dans la chambre. Remontre-moi.

Allie se tenait au milieu de la pièce et portait l'une de mes vestes en cuir préférées.

D'après ce que je constatais, ni l'une ni l'autre n'avait remarqué notre retour. Eliza était plutôt focalisée sur Allie et ma fille était concentrée sur sa démonstration.

Elle avait un bras levé, mais elle le tendit rapidement, ce qui fit glisser sous la manche intérieure le couteau qu'Eric m'avait un jour donné.

— C'est cool, hein ? C'est maman qui l'a créé, mais il y a une veste, dans l'une des boutiques au bout de la rue, et je suis sûre que je peux faire la même chose si... *Maman.*

— Tu peux faire la même chose si... ? insistai-je

en haussant les sourcils. Depuis quand as-tu appris à coudre ?

Elle se mordilla la lèvre inférieure.

— Je pourrais probablement apprendre. Ou tu pourrais le faire pour moi. Enfin, c'est *tellement* pratique. Et un Chasseur de Démons a besoin des outils appropriés, n'est-ce pas ? Tout comme je ne peux pas faire de géométrie sans rapporteur ou de chimie sans tableau périodique.

Je sentis mes lèvres tressaillir, mais je réussis à ne pas sourire.

— C'est vraiment cool, madame Connor, dit Eliza.

— Kate, la corrigeai-je. Je suis peut-être assez vieille pour être ta mère, mais les cousins s'appellent par leur prénom.

— Vous me croyez, dit-elle.

Son corps se détendit visiblement.

— J'imagine que oui. Mais je dois encore savoir certaines choses.

Je fis un signe de tête en direction du lit.

— Assieds-toi.

Elle obéit et je me tournai vers Allie.

— Eh bien ?

Elle fronça les sourcils.

— Euh... quoi ?

— Et toi ? Tu la crois ?

Elle inclina la tête, nous regardant tour à tour, Eliza et moi.

— C'est un test ?

— Peut-être.

Elle leva les yeux au ciel, mais se redressa.

— D'accord. C'est bon. Ouais. Je la crois.

Elle me quitta des yeux pour scruter Eliza.

— Sauf que...

Elle se tut en haussant les épaules, puis elle pivota à nouveau vers moi.

— Sauf que quoi ? s'enquit Eliza avant que j'en aie l'occasion.

À l'autre bout de la chambre, Stuart s'installa dans le joli fauteuil tapissé, le regard rivé sur Allie.

— Sauf que tout ne colle pas parfaitement, ajouta ma fille.

Puisque personne ne l'interrompit, elle poursuivit :

— Je veux dire, on est à Rome. Ce n'est pas comme si on vivait ici. Alors, comment nous as-tu trouvés ? Ça ne pouvait pas être une coïncidence, n'est-ce pas, maman ?

Quand je hochai la tête, elle poursuivit.

— Et tu as dit que tu nous cherchais, que tu cherchais ma mère, mais tu es arrivée avant nous. Pourtant, tu n'as rien dit quand on est arrivés ? Tu n'as même pas dit à madame Micari que tu voulais nous rencontrer. Alors, franchement, c'est quoi cette histoire ?

Elle se retourna vers moi.

— Enfin, voilà. Tout est un peu bancal.

— Elle a raison, confirmai-je en regardant Eliza. Et pour qu'on soit claires, je te crois. Tu ne peux pas inventer une ressemblance familiale comme celle que nous partageons. Nous sommes de la même famille. Mais te croire et te faire confiance sont deux choses différentes. Et nous n'en sommes pas encore à la confiance.

— Vous m'avez laissée seule avec Allie, déclara-t-elle avec le genre de défiance adolescente à laquelle je m'habituais de plus en plus alors que ma fille grandissait.

— Ne m'oblige pas à le regretter, répondis-je fermement.

Je radoucis ensuite mon ton pour ajouter :

— En plus, nous savons toutes les deux qu'il existe différentes formes de confiance. Si tu voulais tuer l'une de nous, tu aurais eu largement le temps de le faire. Bon sang, ce démon dans cette ruelle derrière le restaurant l'aurait fait pour toi.

— Peut-être que je travaille avec lui, déclara-t-elle. Peut-être que lui et moi, on avait tout prévu pour que je gagne votre confiance.

— Peut-être, admis-je.

J'avançai vers le lit et m'assis à côté d'elle, mon corps légèrement tourné afin de lui faire face. J'avais également une bonne vue sur Stuart et je vis l'agacement sur son visage. Il n'avait pas encore entendu parler du vieil homme dans la ruelle et j'ajoutai cela à ma liste mentale d'aveux à faire.

Cependant, pour le moment, j'étais concentrée sur la fille.

— Tu veux nous raconter le reste de l'histoire ? Ou tu veux entretenir ta vexation parce que je ne te prends pas dans mes bras et que je ne jure pas que tout ce que tu dis est merveilleux ?

— J'ai appelé le Père Donnelly, expliqua-t-elle en regardant les mains posées sur ses cuisses.

Elle parlait doucement. Les mots me heurtèrent tout de même avec la même force qu'une claque.

— Il *était au courant* ? Il sait que je suis de la même famille que ta mère ?

— Non !

Sa réponse fut si rapide et brutale que je la crus.

— Du moins... du moins, je ne pense pas qu'il le savait.

Le Père Donnelly était l'un des prêtres travaillant au sein de la *Forza*. En réalité, il était le favori probable pour prendre la suite quand le Père Corletti prendrait sa retraite, un jour que je n'avais pas hâte de vivre.

Il était difficile pour moi de ne pas faire confiance à un prêtre, mais le Père Donnelly me hérissait le poil et il l'avait toujours fait. Cela n'avait fait qu'empirer depuis que j'avais appris qu'il était l'*alimentatore* travaillant avec les parents d'Eric. L'homme de la *Forza* qui avait aidé à piéger un démon en lui dans l'espoir de créer un Chasseur avec des capacités et une perspicacité unique.

Dire que ce petit plan avait horriblement mal tourné aurait été un euphémisme. Et peu importait si les intentions du Père Donnelly avaient été bonnes, il était impossible de digérer le fait que ces jeux imprudents dignes de Frankenstein, avec l'homme qui deviendrait ensuite mon mari, avaient également provoqué la mort de mes parents. Puisque c'était Amanda et Todd qui avaient pourchassé les parents d'Eric, bien que leur tentative d'interruption de la cérémonie ait été avortée. Et lorsque tout avait été fini, Eric et moi étions tous les deux devenus orphelins.

Alors, non. Je n'étais pas une grande fan du Père Donnelly. Et à ce moment-là, je ne pouvais m'empêcher de me demander ce qu'il avait dit à Eliza et pourquoi.

— Crache le morceau, dit Allie à Eliza même si elle me regardait.

— Je l'ai simplement rencontré avant. Je vous ai dit que maman m'avait entraînée. Et même si elle était solitaire, elle avait discuté avec la *Forza* dans le but de travailler pour eux. Donc, quand maman est morte, je l'ai appelé. Je lui ai dit ce que j'avais appris en rangeant les affaires de maman. Et je lui ai dit qu'elle m'avait conseillé de vous trouver.

— De me trouver ? Avec tout ça, elle ne savait pas où j'étais ?

— Elle le savait probablement, mais je n'ai trouvé l'information nulle part, répondit Eliza. Le Père

Donnelly m'a expliqué que vous viviez à San Diablo, mais que vous veniez à Rome et que vous logeriez ici. C'est tout.

Sa lèvre inférieure tremblait.

— C'est tout ce qu'il s'est passé, Kate. J'ai été... eh bien, j'ai été un peu déboussolée, vous voyez ?

— D'accord, lui dis-je plus gentiment. Mais pourquoi ne t'es-tu pas manifestée directement ?

Elle s'humidifia les lèvres avant de regarder ses mains.

— À cause des notes que maman avait prises. À cause de ce qu'elle a écrit sur votre mari. Elle n'était pas certaine de lui faire confiance, donc je n'étais pas sûre de devoir *vous* faire confiance.

Je jetai un coup d'œil à Stuart, mais ce n'était que par réflexe. Je savais qu'Eliza parlait d'Eric. Si Debbie avait enquêté sur mes parents, il était logique qu'elle ait appris ce qu'il s'était produit quand Eric était gamin. Et si elle avait des taupes au sein de la *Forza*, il était également logique qu'elle ait appris qu'Eric était bel et bien vivant, dans le corps d'un autre homme et qu'il avait passé quelques mois horribles à lutter contre le démon en lui.

— Ferme-la, dit Allie.

Son chuchotement avait été à la fois discret et agressif.

— Tu la fermes et tu retires ce que tu viens de dire. Ce sont *eux* qui ont merdé avec mon père. Une faction stupide dans la *Forza*. Il s'est battu et il a gagné. Alors tu la fermes, bordel !

Elle avait les larmes aux yeux. Je m'approchai d'elle et la pris dans mes bras.

— Elle a raison, dis-je à Eliza. Pendant toute sa vie, Eric n'a rien fait d'autre que de combattre les démons.

Je lui lançai un regard sévère, la mettant silencieusement au défi de me contredire.

— Je suis désolée, répondit-elle doucement. Mais comment aurais-je pu le savoir ?

— Si ta mère a fait autant de recherches que tu le dis, elle aurait dû le savoir, répliqua Allie.

J'appuyai doucement ma main sur les siennes. Je voulais être d'accord avec elle, mais en réalité, si Debbie avait surveillé Eric, elle avait pu voir le démon sortir. En fin de compte, Eric avait gagné, oui. Mais quelqu'un qui le découvrait grâce à quelques arrêts sur image dans le temps aurait pu ne pas s'en rendre compte.

Ou ne pas le croire.

— Ce n'est rien, dis-je doucement à Eliza. Tu me fais confiance, maintenant ?

Elle hocha la tête, avant de nous regarder tour à tour, Allie et moi.

— Je suis vraiment désolée.

À sa décharge, Allie haussa une épaule.

— Un Chasseur doit être prudent, j'imagine.

Le sourire d'Eliza s'élargit, ce qui la faisait encore plus ressembler à Allie.

— C'est vrai, répondit-elle.

Je tendis la main vers ma poche et sortis son médaillon. Je le lui donnai, la chaîne fragile pendant au bout de mes doigts. Elle le saisit impatiemment avant de l'attacher autour de son cou.

— Merci. Je ne veux vraiment pas le perdre.

— Je sais, dis-je.

J'inclinai la tête pour lui montrer la porte.

— Madame Micari nous prépare un festin au rez-de-chaussée. Pourquoi n'iriez-vous pas commencer à manger en bas, les filles ? Stuart et moi, on vous rejoint dans un moment.

— Ils veulent discuter, expliqua Allie à Eliza.

— Oui, admis-je. Et on veut aller voir comment va ton frère. Allez-y.

Je les chassai vers la porte.

— Et si madame Micari pose la question, j'adorerais un café. Le décalage horaire me rattrape.

— Rien que le décalage horaire ? demanda Stuart une fois que les filles eurent quitté la chambre.

— Tout, avouai-je. Je suis lessivée.

Je m'effondrai au bord du lit.

— Je veux me blottir contre mon mari et dormir un millier d'années.

— Désolé, Belle au Bois Dormant. Je ne peux t'aider qu'en partie.

Il vint s'asseoir à côté de moi.

— Alors, on ne va pas à la *Forza*, ce soir ?

— Non. Je suis vraiment fatiguée. Et je veux digérer tout ce qu'Eliza nous a dit avant d'aller voir le Père Corletti. Ou le Père Donnelly, d'ailleurs.

— Tu ne lui fais pas confiance, constata Stuart.

— Avant, si. Ensuite, Eddie a dit qu'il ne lui faisait pas confiance.

Eddie était un Chasseur de Démons à la retraite qui, à cause d'un enchaînement de mésaventures démentes, vivait désormais avec nous sous prétexte qu'il était le grand-père d'Eric. Ce rôle résultait du fait que j'avais raconté un petit mensonge et qu'il avait tenu. L'homme avait dépassé le cap des quatre-vingts ans, il était aussi ronchon que possible, et je l'aimais à mourir.

— Il n'a pas dit pourquoi ?

— Non, admis-je. Mais je fais confiance aux instincts d'Eddie. Et comme j'ai découvert ensuite que le Père Donnelly avait travaillé avec les parents d'Eric sur tout ce plan de Création-du-Super-Chasseur-de-Démons...

— Ouais, répondit Stuart. Je comprends.

— Cette première journée à Rome a été assez merdique pour toi. Je suis désolée.

— Tu n'as pas à être désolée de quoi que ce soit. C'est ce que tu es. Et me retrouver ici m'aide à le comprendre un peu mieux. En plus, ajouta-t-il avec enthousiasme, j'ai vu les Marches Espagnoles, pris le métro et rencontré un gitan. Ça m'a l'air d'une journée assez bien remplie.

— Eh bien, quand tu le formules ainsi, dis-je avant de me pencher pour embrasser mon mari.

— Est-ce qu'on devrait aller dîner ? s'enquit-il lorsque nous cessâmes de nous embrasser. On pourrait demander à Allie de rester ici pour surveiller Timmy. À supposer que tu fais suffisamment confiance à Eliza.

— C'est le cas, admis-je.

Néanmoins, l'avertissement d'Eric selon lequel je ne devrais faire confiance à personne me rongeait toujours.

— Et j'ai confiance en Allie pour surveiller ses arrières et celles de son frère. Mais est-ce qu'on peut reporter ?

— Tu es trop fatiguée ? demanda-t-il.

— Oui, répondis-je bien que ce ne soit qu'une demi-vérité.

— Qu'y a-t-il ? s'enquit mon mari en scrutant mon visage.

Apparemment, la fatigue ou la culpabilité effritait ma propension à bluffer.

— Je dois simplement passer un coup de fil aux États-Unis. Je devrais prendre des nouvelles de Laura. Et d'Eddie. Et...

— Tu veux parler à Eric.

Je baissai les yeux.

— Je suis désolée, dis-je.

Je n'étais pourtant pas vraiment sûre de savoir pourquoi je m'excusais.

— Ce n'est rien, Kate. Je croyais que nous avions réglé cela en partie, tout à l'heure. Je comprends. Vraiment. Je comprends qu'Eric fasse partie de ça. Que ça me plaise ou non. Que ça *te* plaise ou non.

J'acquiesçai avant de m'obliger à sourire.

— Des vacances, hein ? D'abord, des démons. Ensuite, un membre de ma famille. Je me demande ce qui arrivera ensuite.

— On est ensemble. Peu importe ce qu'il se passe ensuite, c'est vraiment tout ce qui compte.

Pendant que Stuart allait voir Timmy avant de se joindre aux filles, j'avançai vers la fenêtre où le réseau était meilleur et composai le numéro d'Eric.

Ma peau sembla se comprimer à chaque sonnerie. Je voulais lui parler, lui raconter ce qui était arrivé. Évoquer avec lui les attaques de démon. L'arrivée d'Eliza. Mes parents.

J'avais apprécié d'avoir Stuart à mes côtés pendant toute cette journée, mais je ne pouvais me mentir. Malgré l'horreur et l'enfer qui s'étaient abattus sur nous ces derniers mois, à cet instant, alors que mon passé s'effondrait autour de moi, c'était la voix d'Eric que j'avais besoin d'entendre.

Cependant, ça n'arriverait pas. Le téléphone sonna simplement, encore et encore, jusqu'à ce que son répondeur prenne finalement le relais.

Je fronçai les sourcils en regardant le portable, puis raccrochai sans laisser de message. Où pouvait-il être ? Si j'étais le parent resté à la maison pendant que mon adolescente vadrouillait en Italie, je serais collée à mon téléphone. Alors pourquoi Eric ne l'était-il pas ?

Cette pensée m'envahit, même si je me disais que je m'inquiétais pour rien. Sa batterie était probablement à plat. Ou bien il avait chassé tard et il n'avait simplement pas entendu l'appel.

Il y avait une explication. Il devait y en avoir une.

Et, en me disant cela, je chassai fermement de mon esprit les pensées concernant Eric.

J'envisageai de descendre pour les *biscottis* et le café promis. À ce moment-là, je désirais ardemment boire de la caféine et engloutir des glucides. Mais j'avais encore du boulot et je composai donc le prochain numéro sur ma liste. Il serait tôt à Los Angeles, environ sept heures du matin, et même si je me sentais légèrement coupable à l'idée de réveiller Laura, au moins, je savais qu'elle serait chez elle.

Sauf que je n'arrivai pas à la joindre et cela m'inquiéta également. Non seulement elle ne m'avait pas rappelée, mais elle ne décrochait pas son téléphone. Et Eric ne répondait pas non plus à son portable.

S'était-il produit quelque chose ? Les démons

étaient-ils en train de tout saccager en Californie du Sud ? Ma famille et mes amis avaient-ils été balayés par un cauchemar horrible et infernal ?

Je pris une inspiration et m'intimai de rester calme. Le décalage horaire et l'épuisement jouaient avec mon imagination. Ma meilleure amie allait bien. Eric allait bien. Et si San Diablo avait été aspiré dans un portail de l'enfer, je suis certaine que cela serait passé au journal italien.

Ces idées m'apaisèrent, mais je composai tout de même un dernier numéro avant de soupirer de soulagement lorsqu'Eddie décrocha immédiatement.

— Résidence Connor. Soyez bref, j'ai du pop-corn dans le micro-ondes.

— Merci, Eddie, déclarai-je impassiblement. C'est exactement ainsi que je veux qu'on réponde à mon téléphone.

— Plains-toi, plains-toi, plains-toi, dit-il.

Toutefois, j'entendis le plaisir dans sa voix.

— Tu es bien installée à Rome ? Notre petite a déjà fait chauffer ta carte bleue ? Attends, ajouta-t-il avant que je puisse répondre. Ce maudit appareil bipe, maintenant.

J'attendis impatiemment pendant qu'il posait le téléphone. J'entendis le cliquètement de la vaisselle et l'imaginai en train de verser du pop-corn dans l'un de mes beaux plats en céramique.

— Du pop-corn plutôt qu'un repas ?

Il grogna et je visualisai ses sourcils, telles des

chenilles, former un V comme s'il avait été là à me regarder.

— Tu appelles uniquement pour me faire la leçon ? Ou est-ce que tu t'assures que je n'aie pas fait brûler la maison ?

— J'ai une totale confiance en vous, dis-je. Et ce n'est ni l'un ni l'autre.

— Eh bien, bon sang, ma fille. Ça veut dire que tu as des ennuis.

Je me renfrognai.

— Peut-être que j'ai simplement appelé pour vous dire que nous sommes bien arrivés.

Il émit un bruit rauque qui aurait pu ressembler à un ricanement.

— Quelques ennuis, admis-je en étant incapable de retenir mon sourire.

— Ah !

— Mais je déteste l'admettre parce que ça ne vous rend que plus fier.

— Pas fier, dit-il. Brillant. Intuitif. Malin comme un singe. Et sacrément sexy, aussi.

— Vous êtes tout cela, confirmai-je.

— Alors quelle crise t'oblige à payer un appel à l'international ? Des démons ? Ou est-ce qu'on navigue plutôt dans le monde banal du bagage perdu ?

— J'aimerais bien. Et ce ne sont pas les démons non plus, même si nous en avons rencontré quelques-uns, dis-je mystérieusement. J'appelle surtout parce qu'il s'avère que j'ai une cousine.

Je pus constater, à son manque de réplique sarcastique, que j'avais attiré son attention.

— D'accord, répondit-il enfin. Je suis tout ouïe.

Je lui fis un rapide résumé grossier.

— Alors, tu veux mon avis sur la petite ? Ou tu veux que je recherche ta copine et ton petit sucre d'orge ?

— Si vous avez un avis sur la petite, j'adorerais l'entendre. Et oui, je veux retrouver Laura et Eric.

Dans l'intérêt de la paix et de ma santé mentale, je décidai d'ignorer son commentaire sur le « sucre d'orge ».

— Je ne suis au courant de rien, pour ton homme, mais Laura est sortie pour faire du pied à ton *sensei*.

— Oh, vraiment ?

Je haussai les sourcils avec intérêt. Laura sortait avec Cutter — aussi connu sous le nom de Sean, aussi connu comme mon coach en arts martiaux — depuis un moment maintenant.

— Et où sont-ils exactement ?

— Exactement ? Je ne sais pas. Mais je devine qu'ils sont sous la couette dans un hôtel luxueux. Ils sont partis vers dix-huit heures, hier soir. Et ta copine n'est toujours pas rentrée chez elle.

— Et comment le savez-vous ?

— Parce que je garde la môme. Quoi ? Allie ne te l'a pas dit ?

— J'ai demandé à Allie d'arrêter d'envoyer des SMS, dis-je. Donc si Mindy lui a envoyé des ragots, elle ne les partagerait pas avec moi puisque je saurais alors qu'elle a enfreint la règle. En plus, on a été assez occupées à se battre contre les forces du mal et à rencontrer un nouveau membre de notre famille.

Il soupira fortement et ce bruit me rappela un cheval en train de renâcler.

— Surveille tes arrières avec elle.

— Je sais.

Pourtant, je dus bien admettre silencieusement que je n'avais pas agi comme si je le savais. Au lieu de ça, j'avais agi comme si elle était ma seconde fille. Enfin, peut-être que je n'étais pas *aussi* imprudente, mais j'avais clairement baissé la garde.

— Je ne te parle pas simplement de bon sens, ma grande, ajouta-t-il.

Sa voix avait pris un ton plus sérieux.

— Si elle appelle le Père Donnelly, alors je ne lui fais pas confiance.

— Elle a contacté la seule personne à qui elle pouvait passer un coup de fil, dis-je.

Eddie se contenta de ricaner.

Je soupirai. Il avait raison. Je trouvais des excuses pour cette fille et je ne la connaissais même pas. Elle partageait peut-être mon sang, mais finalement, ça ne comptait pas pour grand-chose.

— Surveille-la, dit Eddie. Surtout qu'elle était dans les parages à deux reprises, au moins, quand les démons t'ont abordée.

— Vous croyez qu'il y a un lien ? demandai-je.

— Quoi ? Tu es née de la dernière pluie ? Évidemment qu'il y a un lien.

— Je ne vous contredis pas, dis-je. Mais je ne sais pas ce que c'est.

— C'est parce que tu ne sais pas ce qu'est *le truc* en question, répondit Eddie. Tu as demandé à la fille ? J'imagine qu'elle saura tout de ce mystérieux objet que tes copains démons recherchent.

Mon estomac se serra, mais je savais qu'il avait probablement raison. Il y avait simplement trop de coïncidences. Qu'Eliza se manifeste ici et maintenant. Qu'elle soit au marché, puis dans la ruelle. Sans parler du démon qui l'avait attaquée près de la station de métro.

Les démons pensaient-ils qu'elle avait le mystérieux objet ? Ou étais-je en train de passer à côté d'une pièce du puzzle encore plus grande ?

— Surveille-la, répéta Eddie. Mais ne lui fais pas confiance.

— Ne vous inquiétez pas, répondis-je savamment. Ce n'est pas mon premier jour de boulot.

— Non, c'est vrai, dit-il. Mais même un Chasseur chevronné peut se montrer stupide. Ne sois pas stupide, Kate. Si tu l'es, ça te tuera. Et je ne veux pas manger des plats préparés au micro-ondes pour le reste de mes jours. Ta cuisine n'est peut-être pas géniale, mais c'est déjà un peu mieux.

— Merci beaucoup.

Je m'affalai sur le lit, mon esprit s'activant.

— Peut-être que Debbie a appris quelque chose avant de mourir. Peut-être que mes parents m'ont légué quelque chose ou m'ont dit quelque chose. Peut-être qu'elle l'a raconté à Eliza et qu'une infirmière a entendu, donc les démons l'ont découvert et...

— Tu extrapoles, remarqua Eddie alors que je retenais un immense bâillement.

— Je sais, admis-je. Dites à Laura de faire des recherches sur Duvall, d'accord ? Et si vous pouvez faire quoi que ce soit...

— Pour qui tu me prends ? Ton larbin ?

— Vous êtes censé être mon *alimentatore*, déclarai-je malicieusement.

Il avait récemment adopté le rôle de mentor/entraîneur et même si j'étais ravie de la tournure des événements, nous étions toujours novices quand il s'agissait de nous entraider.

— Je pensais que j'aurais quelques jours de tranquillité quand tu partirais à Rome, grommela-t-il. Mais, ouais, ouais. Je vais y réfléchir pour toi.

— Comme c'est généreux de votre part.

— Il y a d'autres crises ? Parce que mon pop-corn devient rassis.

— Régalez-vous, dis-je.

Je fermai ensuite les yeux en raccrochant.

Rien qu'une minute, pensai-je. Rien qu'une minute pour me détendre, réfléchir, puis je…

— *Mamanmamanmaman* !

Je me relevai brusquement, ce qui fut une erreur puisque je commençai à avoir des vertiges. J'étais sous une couverture et le soleil filtrait par la fenêtre, créant des contrastes entre l'ombre et la lumière dans la chambre.

Timmy bondissait sur le lit, apparaissant et disparaissant dans le rayon de lumière et gloussant comme un fou chaque fois que sa main était éclairée.

Je remuai, battant des paupières avant de jeter un coup d'œil à mon mari qui se tenait dans l'embrasure de la porte et portait un jean ainsi qu'un T-shirt blanc orné d'un drapeau italien, digne d'un magasin de souvenirs. Je reculai pour m'appuyer contre la tête de lit.

— Quand as-tu acheté ça ?

— Hier soir, répondit-il. Je suis sorti avec les filles. J'ai marqué beaucoup de bons points en faisant du shopping, non pas avec une, mais deux adolescentes.

— Hier soir, répétai-je bêtement. Tu veux dire que je…

— Tu as eu une très bonne nuit de sommeil, répondit-il.

— Oh. Waouh.

Je fonçai les sourcils.

— Tu aurais dû me réveiller.

— Non, dit-il en attrapant Timmy par la taille et en le tenant la tête à l'envers. Tu en avais besoin.

Il laissa tomber le garçon sur le lit avant de s'asseoir au bord. Il se pencha ensuite pour m'embrasser.

— C'est une nouvelle journée, annonça-t-il. Et après celle que tu as eue hier, et celle que tu auras probablement aujourd'hui, je pense pouvoir dire sans me tromper que tu avais besoin de tout le repos qu'on pouvait t'accorder.

Je ne pouvais qu'être d'accord.

12

Lorsque je me fus douchée et habillée, je me sentis suffisamment humaine pour descendre. Après avoir bu deux tasses du cappuccino spectaculaire de la *Signora* Micari et avoir mangé un beignet gigantesque, j'étais certaine que je pouvais conquérir Rome, voire même le monde.

Même Timmy était heureux. Il jouait avec un croissant garni de confiture et rendait la table toute poisseuse, ce dont je m'excusai à maintes reprises auprès de la *Signora* qui me répétait de ne pas m'inquiéter, qu'elle était heureuse de lui donner à manger et de le surveiller si je voulais prendre mon petit déjeuner dehors. Je la pris finalement au mot, me servis une autre tasse de cette caféine divine, puis déambulai dans le jardin où je trouvai Stuart penché au-dessus d'une carte de la ville et les filles qui rentraient dans l'auberge.

— Ai-je gâché la fête ? demandai-je.

— Il fait déjà chaud, répondit Allie. On va enfiler un short. Stuart nous fait tout visiter à pied. Enfin, pourquoi les taxis existent-ils si personne ne les prend ?

— C'est l'une des plus grandes questions de l'univers, déclarai-je en tapotant ma montre. Dix minutes.

Les filles acquiescèrent avant de disparaître à l'intérieur. Je rejoignis la table que Stuart s'était appropriée, et il se décala quand je m'approchai, tapotant de l'index l'image de la Basique Saint-Pierre en deux dimensions.

— Si nous y allons tous ensemble, on peut jouer aux touristes avec Timmy pendant que toutes les trois, vous allez voir le Père Corletti, expliqua-t-il. Et si on suit cette route...

Il glissa son doigt le long de la carte.

— ... alors on peut réussir à faire du shopping en chemin. Je suis presque sûr que ça me fera gagner le prix du Père de l'Année.

— Tu es clairement en lice, répondis-je.

Je me penchai pour étudier la carte.

— Mais puis-je te faire une suggestion ?

Je tapotai du doigt le *Castel Sant'Angelo* non loin.

— On va d'abord ici. On ira au Vatican après le déjeuner.

Il inclina la tête pour me regarder directement avant de siroter longuement son café et de dire quoi que ce soit.

— Le Père Corletti n'est pas là ce matin ?

— Il est probablement là, répondis-je. Mais je suis certaine qu'il sera là cette après-midi, aussi. Et je sais que tu veux voir ce monument.

— Je doute que l'un des sites antiques de la ville disparaisse si nous n'allons pas le voir tout de suite.

— On ne sait jamais, répondis-je avec un petit sourire. Mais sérieusement, la journée d'hier n'était clairement pas consacrée à Stuart. Considère que c'est ta récompense pour avoir emmené deux filles faire du shopping. En plus...

Après avoir bu la dernière gorgée de mon cappuccino, j'ajoutai :

— Je devrais passer plus de temps à me forger une opinion sur Eliza avant de la présenter au Père Corletti.

Stuart inclina la tête.

— Qu'est-ce qui ne va pas ? demanda-t-il à voix basse.

— Rien, dis-je. Mais j'ai parlé à Eddie, hier soir. Il m'a rappelé d'être maline. Je me suis dit que je ne pouvais être maline qu'en me préparant. Et, honnête-ment, j'adore le *Castel Sant'Angelo*. Je ne vois pas de meilleure façon d'officialiser le début de nos vacances qu'en nous rendant là-bas en premier.

— Le mariage, remarqua sèchement Stuart. Ce n'est qu'une histoire de compromis.

— Je suis ravie que tu t'en rendes compte.

J'éloignai ma chaise de la table.

— Parce que c'est toi qui seras chargé de manœuvrer la poussette.

— J'en ai, de la chance, répondit-il en se levant également. Et pour Eric ? Il a quelque chose de pertinent à ajouter ?

— Il n'a pas répondu, expliquai-je. Je lui parlerai quand je le pourrai.

J'adoptai un ton léger et espérai que Stuart n'y décelait aucune inquiétude. Au cas où, je me dépêchai d'ajouter :

— Je n'ai pas pu joindre Laura non plus. Apparemment, Cutter et elle ont eu un rencard torride.

— Eh bien, ça paraît logique.

Je fronçai les sourcils.

— Hein ?

— On quitte la ville et on loupe tous les derniers ragots.

— C'est mieux que d'être le sujet des derniers ragots, répondis-je.

Je regrettai immédiatement mes mots.

— Pardon, je ne voulais pas...

— Non, ce n'est rien. J'imagine qu'on *a été* le sujet de conversation pendant un moment.

Il me prit la main.

— Et j'en suis vraiment désolé. Peut-être qu'on devrait organiser une fête à la maison quand on rentrera, simplement pour que les voisins voient qu'on est à nouveau unis.

— Et moi qui pensais que tu m'aimais, rétorquai-je.

Stuart s'esclaffa puisqu'il savait très bien que je préférerais être torturée par des démons que de jouer à l'hôtesse.

Nous trouvâmes les filles dans le vestibule avec madame Micari qui, d'après ce que j'entendis quand nous nous approchâmes, leur disait où trouver les meilleurs magasins hors des sentiers touristiques.

— On peut y aller, maman ? La *signora* dit qu'il y a toutes sortes de choses au marché. Ça ressemble aux puces de Rose Bowl. Ça pourrait être si cool.

— Tu connais, non ? me demanda madame Micari après avoir expliqué comment y aller.

Je secouai la tête.

— Non, mais c'est sur notre chemin. Je ne vois pas pourquoi on n'y ferait pas un saut.

Il fallait que je trouve des cadeaux pour Laura et Eddie, ainsi que certains des voisins. Selon moi, un marché ressemblant à un vide-grenier était un début comme un autre.

— Vous allez beaucoup aimer, je pense, affirma madame Micari en lançant un sourire radieux aux filles.

Le *Signor* Tagelli, le vieil homme assis dans le salon la veille marqua une pause en partant vers les escaliers. Il observa les filles, puis moi. Il se tourna ensuite vers madame Micari.

Il ne dit pas un mot, mais le sourire de cette dernière sembla faiblir et, pendant un instant, je me demandai si j'avais mal interprété la situation. J'avais supposé qu'il logeait dans l'une des chambres ou qu'il était un habitué qui venait prendre le petit déjeuner ou le déjeuner. Désormais, je me demandais s'il ne se passait pas quelque chose de plus intime, puisqu'à cet instant, je ressentais le genre de tension qui n'apparaissait pas entre de quelconques inconnus.

Mais, après tout, si madame Micari avait une liaison torride, ou même une liaison insipide, ça ne me regardait pas vraiment.

Stuart était parti chercher le sac de couches ainsi que la poussette pliable à l'étage, et il était maintenant en train de redescendre. Mes pensées abandonnèrent le feuilleton de madame Micari avec son *Signor* pour me focaliser sur une question plus pratique : comment garder ma petite troupe groupée alors que nous affrontions les rues sauvages de Rome.

Je décidai surtout d'improviser.

Je me convainquis que je n'étais pas paresseuse. Je voulais plutôt surveiller Eliza. Me faire une idée de qui elle était sans interrogatoire formel. Tout cela était vrai. Toutefois, je voulais principalement éviter les esclandres, aujourd'hui.

Je plaçais beaucoup d'espoir dans cette journée, je sais, mais j'étais constamment optimiste.

Dehors, le soleil étincelait. Les vieux bâtiments conféraient à tout ce quartier un charme plaisant, et les voitures luisantes ainsi que les vélos ajoutaient un éclat brillant qui ne pouvait que souligner l'impression générale que lors d'une journée comme celle-ci, rien ne pouvait dégénérer.

— Oh, bon sang, maman ! Tu sens ça ?

Comment pouvais-je ne pas le sentir ? L'odeur de beurre et de sucre qui nous parvenait d'une boulangerie au bout de la rue suffisait à me mettre l'eau à la bouche en dépit du fait que mon estomac était toujours plein après le petit déjeuner.

— On peut ? On peut, s'il te plaît ?

Je la regardai, puis scrutai Eliza qui ne me supplia pas avec des mots, mais qui arborait un air de chien battu douloureusement familier.

— D'accord, dis-je. On va grignoter un peu partout à Rome.

Les filles se tapèrent dans la main, avant de partir dans cette direction. Stuart et moi avançâmes plus nonchalamment et j'étais déterminée à ne pas m'empiffrer d'une autre pâtisserie pleine de glucides.

Mon plan partit en fumée quand les filles ressortirent avec des cupcakes. Après tout, une femme ne peut pas résister à toutes les tentations et quand il s'agit de sucre, je suis plus faible que jamais.

Ce n'était pas ma seule faiblesse, puisqu'en deux heures, j'achetai deux paires de boucles d'oreille ainsi qu'un bracelet assorti en argent et en cuir à un vendeur de rue, au marché. Cependant, ce n'était rien, comparé aux filles. Sur le même laps de temps, elles réussirent à acheter cinq T-shirts, quatre colliers, deux sacs à main, un sac à dos, trois affiches rétro avec le drapeau italien, trois plaquettes de chocolat et un yoyo en bois. Ce dernier achat était pour Timmy et valut quelques points à Allie au classement de la meilleure grande sœur.

Stuart ne s'en sortit pas trop mal non plus, réussissant à négocier quarante dollars américains sur le prix d'un magnifique attaché-case en cuir.

Dans l'ensemble, ce fut une matinée charmante, surtout parce qu'elle paraissait si incroyablement banale. Nous nous entendions bien et même bavarder avec Eliza était plaisant. Elle parlait un peu italien. Elle me dit que c'était grâce aux cours dans son lycée et non à un lien quelconque avec la *Forza*. Elle nous raconta des histoires sur San Diego et captiva Allie avec la possibilité d'apprendre à faire de la plongée sous-marine.

Allie lui parla de son entraînement de pom-pom girl, avant sa vie de Chasseuse, de sa meilleure amie Mindy et du fait qu'elle aurait bientôt son permis. Cette dernière déclaration fut faite avec un coup d'œil significatif dans ma direction que je choisis d'ignorer.

Même Timmy fut un ange, chantonnant dans sa barbe, mâchonnant le yoyo ou suppliant Stuart de lui faire une autre blague « toc toc ». J'avais été stressée à l'idée de le faire sortir sans Bounours, mais jusqu'ici, il s'en sortait très bien. Et je n'avais pas à rester constamment vigilante pour éviter l'horrible perte d'un doudou.

La journée se passait si bien, en fait, que lorsque nous nous assîmes pour déjeuner, je suggérai presque de zapper totalement la *Forza*. Franchement, une journée sans démon était si rare que même si cela signifiait que je devais attendre vingt-quatre heures de plus pour voir le Père Corletti, j'étais cruellement tentée.

Cependant, ce n'était pas ainsi qu'agissaient les Chasseurs de Démons Responsables. Et que ça me plaise ou non, Chasseur de Démons Responsable était tout autant mon titre que Maman, ces derniers jours.

— Alors, on a tous fini nos achats ? demandai-je alors que nous nous arrêtions près d'une jolie petite fontaine sur une minuscule place pavée.

Il était à peine midi, et nous avions eu beau nous empiffrer toute la matinée, nous mourions tous de faim. Nous avions acheté des sandwichs, des salades légères et des cookies que Stuart se chargea de distribuer. J'étais perchée au bord de la fontaine et les filles étaient assises sur les pierres chaudes devant nous. Stuart était debout et Timmy était le vrai roi puisqu'il était le seul à avoir son propre trône.

— Tu es arrivée deux jours avant nous ? demandai-je à Eliza. Qu'est-ce que tu as fait ?

— Je...

Elle commença à répondre avant de s'interrompre et de froncer les sourcils en regardant par-dessus mon épaule.

Je commençai à me tourner, mais quand j'entendis Allie pousser un petit cri, mon mouvement lent accéléra brutalement. Je me relevai immédiatement et regardai derrière le jet d'eau.

— La démone, chuchota Allie.

Le commentaire était cependant inutile. Je connaissais bien cette femme. Après tout, je l'avais déjà vue à deux reprises — au marché où elle avait menacé de tuer mon fils si je ne protégeais pas le mystérieux objet. Et à nouveau au métro lorsqu'elle avait tenté de tuer Eliza.

Elle fixait directement cette dernière. Elle pivota ensuite dans ma direction avant de détourner son attention et de faire brusquement volte-face pour se mêler à la foule.

— Restez ici, dis-je aux autres.

— Maman ! protesta Allie.

— Kate ! intervinrent en même temps Stuart et Eliza.

— Je suis sérieuse, hurlai-je par-dessus mon épaule en courant après la femme.

Je faisais confiance à Stuart pour maîtriser Allie. Et Eliza aussi, avec un peu de chance.

Malheureusement, la démone avait de l'avance sur moi et je la perdis dans la foule. Je jurai à voix haute et pivotai pour explorer la zone lorsque la sonnerie tonitruante de mon téléphone me fit sursauter.

Je le sortis promptement de mon sac à main, vis qu'il s'agissait de Laura et décrochai. Ma recherche pouvait attendre. À ce moment-là, je devais m'occuper du feuilleton dans lequel ma meilleure amie avait le rôle principal.

— Un rencard torride ? dis-je du but en blanc.

Je continuai de tourner sur moi-même, survolant du regard chaque visage dans cet attroupement, mais je ne pouvais échapper à l'impression pesante d'être passée à côté de l'occasion de l'attraper.

— Plus chaud que l'enfer, répondit Laura en soupirant. Puis-je simplement dire que Sean est en bien meilleure forme que Paul ? Un milliard de fois meilleure ? Enfin, cet homme avait des poignées d'amour même quand on a commencé à se fréquenter. Sean est tout en muscles, mais je te promets qu'il y a encore assez d'amour à empoigner.

Elle gloussa à cause de sa propre plaisanterie et je m'obligeai à avoir l'air plus sévère qu'amusée.

— Je crois qu'on vient de passer la limite de

l'excès d'informations partagées, déclarai-je. Tu es en train de parler de mon entraîneur.

— Oh, s'il te plaît. Comme si tu ne savais pas qu'il était canon.

Elle marquait un point.

— Depuis quand as-tu commencé à l'appeler Sean ?

Laura refusa de répondre. Elle se contenta de fredonner légèrement et cette fois, j'éclatai de rire.

— On dirait que les choses se passent bien de ton côté aussi, dit-elle. Même avec toute cette histoire de démon mort à l'aéroport.

— Alors, tu as eu mon message ?

— Désolée qu'il soit resté sur ma boîte vocale pendant si longtemps. Ça fait un bail qu'on ne m'a pas emmenée en week-end romantique. Et étant donné que tu es à environ cinq mille kilomètres, je ne m'attendais pas à ce que tu me demandes d'effectuer des recherches.

— Tu es totalement pardonnée, dis-je. Mais si tu peux faire une pause de quelques heures dans tes fantasmes sexuels, j'aurais vraiment besoin de ton aide.

— Je suis déjà dessus, répondit-elle. Duvall vient d'une famille riche et ça rend la recherche plus facile. Apparemment, il était du genre beau garçon et fonds de placement. Le genre de mec qui sort avec des célébrités et qui s'attire des ennuis. De nombreux articles dans les journaux au fil des années évoquent plusieurs problèmes avec la loi, ce genre de choses. Ensuite, il est visiblement devenu sérieux à l'école, probablement parce que papa lui a dit que s'il ne se bougeait pas, il lui couperait les vivres.

— On dirait bien, constatai-je.

— Il a eu un accident de voiture il y a environ deux mois. Un accident grave. L'un de ceux dont personne ne sort vivant, mais lui, si. Tu connais la chanson.

— Effectivement, affirmai-je.

Alors que je parlais, la sympathique démone du quartier passa en diagonale devant moi. Sa démarche était déterminée. Et, tout aussi déterminée, je lui emboîtai le pas.

— Continue, dis-je.

Ma voix n'était désormais plus qu'un chuchotement.

— Que se passe-t-il ? s'enquit Laura, qui avait évidemment remarqué le changement dans mon ton.

Je lui fis un rapide résumé grossier. Mes rencontres démoniaques. Ma rencontre familiale. Tout le tremblement ne fut réduit qu'à quelques extraits donnés à la volée. Heureusement, Laura et moi nous connaissions suffisamment pour qu'elle puisse interpréter à la fois mes mots et mes émotions.

— Nom de Dieu, Kate, tu dois être épuisée.

— Quelque chose dans ce genre-là, confirmai-je.

Je marquai une pause à côté d'un étal vendant

des noisettes grillées et observai ma proie s'attarder devant la vitrine d'une boutique.

— C'est vraiment ta cousine ?

— Je crois. Et je pense que je lui fais confiance. Mais...

— Mais tu fais encore plus confiance à Eric et il t'a dit de ne te fier à personne.

— Tu as tout compris.

— Je suis du côté d'Eric. Surveille tes arrières, Kate. Je m'inquiète pour toi. J'aurais aimé qu'on puisse venir aussi, dit-elle. Mais notre budget est serré.

— Je sais, répondis-je. Et ça ne sera pas vraiment des vacances de rêves si je passe mes journées à pourchasser des démons.

— Je veux t'aider.

— Tu peux. Trouve-moi des réponses.

Ma proie recommença à bouger.

— Écoute, je dois y aller.

— Attends...

Je n'en fis rien. Le démon aux cheveux bruns avait brusquement tourné sur sa gauche et avait ensuite disparu dans une ruelle sombre. Puisque je n'étais pas prête à la perdre à nouveau, je la suivis, récupérant mon couteau dans mon sac par la même occasion. On me lança quelques regards interrogateurs — la plupart des touristes ne se baladent pas avec une arme à la main —, mais personne n'essaya de m'arrêter. On ne me suivit pas non plus et j'entrai dans la ruelle, seule.

La puanteur me frappa immédiatement. L'odeur douceâtre de fruit pourri était mêlée à celle de la viande avariée et à celle d'autres mets loin d'être succulents.

J'eus un haut-le-cœur, reculai et fus immédiatement poussée en avant par deux mains appuyées fermement contre mes fesses.

Je tombai en avant, atterrissant violemment sur les genoux et hurlant de douleur alors même que mon assaillant me donnait un autre coup entre les omoplates. Je soufflai difficilement avant de me figer quand je sentis une main sur ma nuque ainsi qu'une lame de couteau.

Je me maudis. J'avais été si occupée à pourchasser la femme que j'avais totalement ignoré la possibilité qu'elle ne travaille pas seule.

Mon esprit tourbillonnait à cause de toutes ces possibilités, mais malheureusement, aucune ne m'assurait que j'allais sortir de ce bazar sans que ma jugulaire soit tranchée.

Je m'apprêtais tout de même à me lancer — à donner un grand coup de tête en arrière et à tenter de me retourner avant qu'il puisse repositionner le couteau — lorsque j'entendis un sifflement aigu et sentis une bourrasque effleurer ma joue et emmêler mes cheveux.

Presque simultanément, la pression sur ma

nuque diminua et le couteau tomba ensuite à terre. Je restai figée un moment, trop perplexe pour bouger, et je levai ensuite les yeux.

La démone aux cheveux bruns, la femme du marché, se tenait devant moi avec une expression sérieuse.

Et juste derrière moi se trouvait le corps du démon qui m'avait attaquée — le corps enfantin du démon qui avait volé le sac à dos d'Allie à notre arrivée et qui avait probablement mis notre chambre sens dessus dessous. Un couteau dépassait désormais de son œil.

13

— Je t'interdis de bouger, déclarai-je en me
relevant.

J'avais le couteau du jeune démon dans
une main et ma propre lame dans l'autre.

La démone aux cheveux bruns se tenait droite,
ses pieds étaient légèrement écartés, ses mains étaient
sur ses flancs.

— Je ne suis pas armée, tu vois. Et il est l'heure de
parler.

— De parler ? répétai-je. Et selon toi, de quoi
dois-je te parler, bon sang ?

— De la clé, répondit-elle. Tu dois...

Elle ne finit pas sa phrase. Ses mots — ainsi que
sa vie charnelle — furent interrompus par le couteau
qui fendit l'air pour aller se loger précisément dans
son œil.

Tout arriva en l'espace d'une seconde. La larme

argentée. L'éclat de l'essence démoniaque qui s'échappait de son corps. Puis le tambourinement des pas qui approchaient derrière moi.

Je me retournai, armée et prête, alors qu'Eliza se précipitait vers l'avant, suivie d'Allie et de Stuart, qui serrait fermement Timmy dans ses bras.

— Nom de Dieu, Kate ! cria mon mari.

— Dégagez, dis-je. Il faut qu'on parte d'ici tout de suite.

Jusqu'ici, personne d'autre ne s'était aventuré dans cette ruelle sombre et puante. Mais je ne voulais vraiment pas qu'on se fasse harceler par la police italienne. La *Forza* avait auparavant quelques employés dans les différents commissariats et je n'avais aucune raison de douter que ce n'était plus le cas. Mais tout de même, je n'avais pas vraiment besoin de subir cela.

J'encourageai plutôt tout le monde à se précipiter hors de la ruelle. Je les fis ensuite traverser le marché et descendre une rue. Lorsque nous atteignîmes une fontaine sur une autre place, je regroupai ma famille, m'assis et pris ma première grande goulée d'air.

— Kate, m'appela Stuart.

Je perçus évidemment le sentiment d'urgence dans sa voix.

— Tu vas bien ?

— Ce démon...

Eliza se tut en secouant la tête.

— Mon Dieu, entre les deux, vous avez failli...

— Non, répondis-je en secouant la tête. Non, je ne crois pas.

Allie fronça les sourcils.

— Qu'est-ce que tu veux dire ?

— Elle a tué le petit démon. Et elle a ensuite dit qu'elle devait me parler. À propos de la clé, ajoutai-je.

— Oh, dit Allie en hochant la tête d'un air entendu.

— La clé ? répéta Stuart. Quelle clé ?

— Attendez, intervint Eliza. Vous dites qu'elle a tué un autre démon ? Pourquoi ferait-elle ça ? Et est-ce que ça veut dire que j'ai merdé ? Enfin, je ne sais pas. C'est un démon, non ? Et elle a déjà essayé de me tuer. Et elle était juste devant vous, il y avait des couteaux, et un combat et...

Je levai une main pour apaiser son hystérie grandissante.

— Tu as fait exactement ce qu'il fallait, lui dis-je. Sauf que je vous ai tous demandé de ne pas bouger.

Je lançai à chacun mon regard de Maman Sévère.

— Kate, dit Stuart. Tu as été attaquée. Je pense que c'est une grande chance qu'Eliza ait été là.

J'étais d'accord, même si je ne pouvais nier que j'aurais aimé qu'elle arrive quinze ou vingt secondes plus tard. Peu importait ce que ce démon voulait de moi, elle avait des informations sur ce mystérieux objet que je possédais, d'après chaque démon en ville.

Mais au moins, désormais, je savais que c'était

une clé. Elle avait au moins réussi à me le dire avant qu'Eliza la tue.

Eliza.

Je reportai mon attention sur elle, passant de Chasseuse à Maman quand je remarquai à quel point elle semblait abattue. Elle était peut-être légalement adulte, mais dix-huit ans, ce n'était que trois ans de plus qu'Allie et la jeune femme que je voyais avait encore l'éclat de la jeunesse — et le regard hanté de quelqu'un qui avait récemment perdu un parent.

— Tu t'en es très bien sortie, lui répétai-je.

Je gardai une voix calme, apaisante et extrêmement digne d'une mère.

— Merci d'avoir surveillé mes arrières.

Je la vis déglutir, puis me sourire. Ses yeux brillaient à cause des larmes retenues.

— Merci.

Elle frotta ses paumes sur son visage.

— Je suis vraiment ravie de vous avoir trouvée, continua-t-elle.

Elle gigota afin de regarder Stuart et Allie, avant de tendre la main vers Timmy, qui y posa ses doigts couverts de chocolat.

— De tous vous avoir trouvés.

— Nous aussi, répondis-je.

Ce n'était pas le moment de faire la leçon au membre de ma famille qui avait décidé que c'était une bonne idée de donner du chocolat à mon bambin. Puis, comme je pensais qu'elle en avait besoin et que je savais que c'était *mon* cas, je l'attirai dans une étreinte.

Elle me serra contre elle et, avant de s'éloigner, chuchota doucement :

— Je suis désolée.

— Tu n'as pas à être désolée de quoi que ce soit, déclarai-je.

Elle se contenta de regarder le sol et de hausser les épaules.

Je n'allais pas insister. J'avais appris une chose ou deux sur la gestion des adolescents, ces dernières années. Je m'agenouillai plutôt à côté de Timmy.

— Laissez-moi le nettoyer avant qu'il étale du chocolat sur toute la poussette et qu'on attire toutes les fourmis et les mouches du quartier.

Je trouvai la boîte en plastique contenant les lingettes pour bébé au fond du sac de couches, puis je nettoyai mon petit garçon, qui commençait à montrer sa mauvaise humeur. Je priai silencieusement en direction de Saint-Pierre et espérai que nous survivrions une journée de plus avec ce comportement enfantin extraordinaire. Après tout, jusqu'ici, il avait vraiment agi comme un ange.

Peut-être que la sainteté de la ville déteignait sur lui.

Dès qu'il fut aussi propre et étincelant que possible, je sortis davantage de lingettes et les utilisai pour soigner mes mains. Elles étaient égratignées à cause de ma chute dans la rue aux pavés rêches et sales. Je grimaçai en les frottant.

La main de Stuart se resserra autour de mon épaule.

— Cela aurait pu être bien pire.

J'acquiesçai. Il avait raison.

Je m'agenouillai.

— Je déteste faire ça, mais il faut que je change nos plans. Il faut que je me rende à la *Forza* maintenant. J'ai besoin de savoir si le Père Corletti a une idée de ce qu'il se passe.

Je jetai un coup d'œil vers la ruelle.

— Et il faut que j'envoie quelqu'un là-bas pour s'occuper de ça.

— Je sais, dit-il. Ce n'est rien. Les mystères démoniaques et les potentielles apocalypses sont prioritaires. On jouera aux touristes quand on aura empêché la fin du monde.

— L'apocalypse ? demanda Allie dans un couinement. Qui a parlé de la fin du monde ?

— Stuart plaisante, dis-je avant de froncer les sourcils en regardant mon mari. Du moins, il essaie.

Il haussa les épaules.

— Espérons que ce ne soit qu'une blague. Mais quand un démon mentionne une clé, je pense aux *enfers*. Ou alors, je me trompe ?

Il ne se trompait pas, évidemment. Mais plutôt que de répondre, je sortis mon portable et appelai le Père Corletti.

— Ah, *mia cara*, dit-il une fois que j'eus expliqué la situation.

Je résumai rapidement et grossièrement les différents événements relatifs aux démons qui s'étaient produits depuis notre arrivée.

— Ce n'est pas ainsi que j'imaginais ton premier voyage à Rome depuis tant d'années.

— Ce n'était pas mon itinéraire idéal non plus, admis-je. Vous enverrez une équipe de ramassage ?

Bien que je sois plus ou moins seule à San Diablo quand il s'agissait de se débarrasser des corps, je supposais que Rome avait toujours un service complet et opérationnel. Heureusement, le Père Corletti me confirma que c'était le cas. Il promit qu'il enverrait une équipe immédiatement et qu'il avait hâte d'entendre tous les détails dès que ma famille et moi arriverions dans son bureau.

Je regardai Stuart, qui fronçait les sourcils dans ma direction.

— Tu as été bien occupée, remarqua-t-il.

Pendant un instant, je ne compris pas la tension que je percevais dans sa voix. Je me souvins ensuite que je ne lui avais pas raconté mes différentes rencontres avec des démons.

— Je suis désolée. Vraiment. J'allais tout te raconter hier soir. Mais j'ai été distraite quand je me suis effondrée sous le coup de l'épuisement.

— Je sais. Sincèrement, répondit-il, comme pour balayer mes protestations.

Il passa ses doigts dans ses cheveux.

— Je te l'ai dit avant, je comprends, et j'étais sérieux. Mais ça ne veut pas dire que c'est facile. Ça signifie simplement que je veux qu'on s'en sorte.

— Alors, laisse-moi te le raconter maintenant. Allons à la *Forza*. Tu peux rencontrer le Père Corletti. Tu peux entendre toute l'histoire. Tu peux voir les dortoirs, la zone d'entraînement. Ensuite, Tim et toi, vous pouvez aller vous balader pendant que j'offre aux filles une visite plus poussée, ou bien vous pouvez vous joindre à nous. Tout sera révélé, dis-je en écartant les bras. Franchement, Stuart. J'en ai assez de garder des secrets. Ça me prendra peut-être un moment pour m'habituer à ne plus en garder, mais s'il te plaît, crois-moi quand je dis que je veux essayer.

— D'accord, dit-il en tendant la main pour me caresser la joue. Allons-y.

Je lui pris la main et pivotai pour reprendre mes repères. Lorsque ce fut le cas, je croisai le regard d'Allie et y vis un soupçon d'inquiétude. Toutefois, j'ignorais si c'était parce qu'elle ne voulait pas partager tous nos secrets ou parce qu'elle avait peur de ce qui se produirait quand tous ces secrets seraient dévoilés.

Elle avait effectivement raison d'être méfiante. Stuart pensait peut-être vouloir la vérité. Il pensait peut-être même pouvoir gérer une apocalypse imminente, mais en vérité, je ne savais toujours pas s'il était prêt.

Et je savais que cela deviendrait un problème.

Nous déambulions dans les couloirs silencieux et sérieux des bureaux du Vatican.

— Waouh. Je veux dire, sérieux, waouh.

À côté d'elle, Stuart et Eliza observaient leur environnement avec tout autant d'émerveillement et d'admiration. Quant à moi ? Eh bien, je progressais dans ces couloirs familiers avec une certaine fierté. Je n'étais peut-être pas capable de garder une maison propre, mais j'avais grandi au sein d'une beauté pure et immaculée.

Bien sûr, ce n'était pas parfaitement vrai. J'avais vécu une grande partie de mon existence dans les salles d'entraînement et les dortoirs de la *Forza* qui étaient clairement moins somptueux. Visiter les véritables couloirs et les corridors du Vatican avait été rare, surtout parce que la *Forza* était l'arme secrète du Vatican. Elle était secrète à la fois pour le public et pour la plupart des prêtres, des cardinaux et des employés qui vivaient et travaillaient dans cet endroit sanctifié.

Aujourd'hui, cependant, je venais en tant qu'amie du Père Corletti et on nous offrait donc le service complet, y compris l'escorte par deux membres de la Garde Suisse en uniforme.

— J'imagine que ce n'est pas là que tu passais le plus clair de ton temps, remarqua Stuart alors que le plus grand des deux gardes nous faisait entrer dans la réception du bureau du Père Corletti.

— Tu as raison, dis-je. Je vous montrerai l'entrée des dortoirs. C'est beaucoup moins formel. Au point où on aura même de la chance si les lumières au mur fonctionnent.

Un bureau en bois gigantesque dominait l'extrémité de la pièce immense et derrière, un jeune homme en robe de prêtre traditionnelle se leva pour nous saluer.

— Je suis Katherine Connor, dis-je. Ma famille et moi avons rendez-vous avec le Père Corletti.

Il acquiesça.

— Bien sûr.

Il parlait avec un accent britannique distinctif et je me rappelai qu'être le secrétaire d'un homme occupant la place du Père Corletti était un poste convoité dans la hiérarchie de l'église.

— Je suis le Père Caleb. Nous sommes ravis de vous recevoir aujourd'hui.

— Vous êtes nouveau ? demandai-je. J'ai parlé à plusieurs reprises au Père Gregory au téléphone, mais ça fait plusieurs mois.

Le Père Caleb acquiesça.

— Il travaille aux États-Unis, à présent, à l'Archi-diocèse de Los Angeles.

— Oh.

Même si San Diablo était à plus d'une heure de Los Angeles, la ville tombait tout de même sous l'autorité de cet archidiocèse.

— Je n'en avais pas entendu parler. Je devrais le contacter en rentrant à la maison.

C'était probablement mon imagination, mais je crus voir les yeux du Père Caleb scintiller d'amusement.

— Je suis certain qu'il adorerait, répondit-il.

Il reporta son attention sur Stuart, les filles et Timmy.

— Le Père Corletti a hâte de passer du temps avec votre famille également. Je vous en prie, ajouta-t-il en faisant un geste vers l'immense et lourde porte qui menait au bureau du Père Corletti.

Nous le suivîmes et découvrîmes que le Père Corletti était déjà debout et s'avançait vers nous. Il paraissait plus petit que la dernière fois que je l'avais vu, comme si ses robes de prêtre étaient un peu trop grandes. Ses cheveux étaient blancs et lisses, comme s'il imitait l'image du paradis dans une bande dessi-née. Il avançait aussi un peu plus lentement, et je ne pus chasser cette sensation de perte qui me traversa prématurément. Cet homme que j'aimais devenait âgé. Et même si son regard était aussi vif et brillant qu'auparavant, je savais qu'un jour, peut-être bientôt, j'allais le perdre.

— La chair n'a d'autres choix que de vieillir, me dit-il en italien.

— Vous avez toujours su à quoi je pensais, répondis-je bien que mes mots et mon langage semblent un peu lourds puisque je ne les utilisais plus.

— C'est le cycle de la vie, Katherine.

Il se décala juste assez pour jeter un coup d'œil à Timmy.

— Personne n'y échappe. Nous ne pouvons que chercher à la prolonger, à la protéger et la quitter dans la dignité et avec une foi intacte.

Il me prit les mains avant de me regarder avec cette expression qui m'était familière puisque je l'arborais moi-même quand je regardais mes enfants. C'était de la fierté. J'étais à la fois touchée et honorée d'avoir été à la hauteur.

Il m'attira contre lui, me serra fermement et recula ensuite pour pouvoir jeter un coup d'œil à ma famille à travers ses épaisses lunettes rondes.

— Mais j'ai oublié mes bonnes manières, déclarat-il désormais en anglais. C'est si bon de vous voir. De tous vous voir.

Il sourit à Eliza.

— Le Père Donnelly m'a informé du décès de ta mère. Elle est avec Dieu, désormais, mais bien sûr, ce baume est insuffisant pour ceux qui restent. Surtout quand ceux qui font leur deuil sont si jeunes.

— Je vais bien, répondit Eliza.

À cet instant, cependant, elle n'allait manifestement pas bien du tout.

À ma grande surprise, et à celle d'Eliza, le Père l'attira contre lui et l'étreignit fermement, ce geste m'inondant du souvenir de toutes les fois où le Père m'avait réconfortée quand j'avais été jeune, triste et perdue.

Je soupirai avant de m'appuyer contre Stuart, réconfortée simplement par la façon dont son bras s'enroula autour de mes épaules.

Le Père Corletti s'agenouilla ensuite pour être à la hauteur de Timmy.

— Ah, l'éclat de la jeunesse. Il a considérablement grandi depuis la dernière fois que je l'ai vu. Tout comme toi, ajouta-t-il.

Il se leva et attira Allie dans une étreinte. Finalement, il se tourna vers Stuart.

— Je crois que c'est vous que je suis le plus heureux de voir. C'est une bonne chose que les secrets qui traînaient entre Katherine et vous aient été balayés, non ?

— Je le crois, répondit mon mari. J'espère que c'est aussi le cas de Kate.

— C'est le cas, répondis-je fermement.

— Mais venez, poursuivit le Père Corletti. Nous boirons du thé en discutant et nous visiterons ensuite ton ancien chez-toi. Et après ça…

Il se tourna vers Allie avec un éclat malicieux

dans le regard.

— Eh bien, peut-être qu'après ça, on pourra te donner un avant-goût de l'entraînement que ta mère a suivi, il y a tant d'années.

— Ce serait fabuleux, répondit Allie. Eliza aussi ?

— Si elle le souhaite.

— J'adorerais, dit Eliza.

Allie et elle commencèrent à parler entre elles, tout excitées, alors que nous quittions le bureau du Père pour rejoindre l'un des salons formels.

Pendant les premières minutes, la conversation fut aussi sérieuse et guindée que la pièce, mais je ne pus rester réservée très longtemps. J'étais trop heureuse d'être là, de le revoir. Et bientôt, nous discutions aisément de San Diablo et de nos vieilles aventures, ainsi que des nouvelles péripéties s'étant produites depuis que nous étions arrivés à Rome.

Allie et Eliza s'étaient assises sur l'un des petits canapés et discutaient d'armes, mais dès que je commençai à décrire tout ce qui s'était passé depuis que nous avions atterri à Rome, je me rendis compte qu'elles s'étaient tues. Sûrement pour espionner la conversation, comme je le supposai.

En fait, Timmy était le seul à ne pas s'être assis. Il frappait plutôt bruyamment sa cuillère contre sa tasse de thé et fredonnait par-dessus la musique qu'il créait.

— Pourquoi ne l'emmènerais-je pas dehors ? s'enquit Stuart. On ira explorer le Vatican.

— Tu es sûr ? demandai-je.

Mon mari n'avait pas participé à toutes mes aventures depuis que nous étions arrivés et j'avais l'intention de l'informer de tout, en même temps que le Père Corletti.

— Fais-moi confiance, déclara Stuart en remettant Tim dans la poussette. C'est pour le mieux.

Il se tourna vers le Père Corletti.

— Nous restons plus d'une semaine. Je suppose que ce ne sera pas notre ultime visite. J'adorerais voir où Kate a passé sa jeunesse. Peut-être que la prochaine fois, je pourrais vous supplier de m'accorder une visite privée ?

— Je vous guiderai moi-même, répondit le Père Corletti. Je suis sûr que nous aurons de nombreux sujets de conversation.

Stuart me jeta un coup d'œil en biais.

— J'en suis certain.

Le Père Corletti passa un coup de fil pour qu'on raccompagne Stuart et j'embrassai mon mari ainsi que Timmy pour leur dire au revoir avant qu'ils s'en aillent vivre leurs propres aventures. Les filles et moi restâmes alors avec le Père et je finis de lui raconter quelques-unes de mes aventures.

— Et toi ? demanda le prêtre à Eliza une fois que je l'eus mis au courant. Est-ce que tu as également été tourmentée par les démons ?

Elle secoua la tête.

— Seulement cette fois, près de la station de métro. Mais Kate vous l'a déjà racontée.

— Et la ruelle ? demanda-t-il. Celle dans laquelle tu as jeté la canette et où tu as aidé Kate à s'échapper ? Que faisais-tu là-bas ?

Elle gigota avant de hausser les épaules.

— Je suivais Kate, répondit-elle. Ensuite, j'ai suivi Allie jusqu'aux toilettes et j'ai vu Kate avec le démon et, eh bien, j'ai cru que jeter cette canette était une bonne idée, sur le coup.

— Une très bonne idée, confirmai-je.

Après environ une demi-heure de conversation décousue, il fut clair que les filles ne le supporteraient pas plus longtemps.

— Devrions-nous les faire passer par le portail des apprentis ? me demanda le Père Corletti avec un sourire de conspirateur.

— Absolument, affirmai-je.

Je regardai ensuite avec délice Eliza et ma fille passer de l'enthousiasme à l'appréhension quand nous les emmenâmes à l'extérieur, de l'autre côté de la place Saint-Pierre, puis au cœur de Rome.

— Euh, maman ? Tu m'as dit que tu t'entraînais au Vatican ?

— Et c'était le cas, répondis-je. Aie confiance et suis-nous.

Elle s'exécuta sans se faire prier. Le Père Corletti et moi, nous guidâmes les filles vers une petite épicerie à trois pâtés de maisons, à l'est. Nous entrâmes, nous dirigeâmes vers l'arrière-boutique, puis nous engageâmes dans la chambre froide pour pénétrer dans un long couloir souterrain menant directement au Palais Pontifical. Ou plutôt, au centre d'entraînement et aux dortoirs qui étaient bâtis bien en dessous de cette grande et célèbre résidence.

— Sérieusement ? s'enquit Allie en soufflant alors que nous marchions. Vous traversiez ça tous les jours ?

— Non, répondis-je. La plupart du temps, on restait dans les dortoirs. Ou alors on prenait un escalier intérieur jusqu'au toit si on avait envie de voir le soleil ou le ciel. Mais si on devait sortir ou revenir, on était condamnés à prendre ce couloir.

— J'imagine que ça faisait partie de l'entraînement, constata Allie. Ça, c'est de l'exercice. Ça fait quoi, genre, douze kilomètres ?

— Loin de là, répondis-je. Et tu vois ? On y est.

Le code de l'entrée avait changé depuis mon époque, évidemment, et je me décalai quand le Père Corletti entra la combinaison de la lourde porte en fer qui gardait ces tunnels depuis des siècles.

Une fois à l'intérieur, je marquai une pause et pris une profonde inspiration. L'air sentait le renfermé, mais il y avait un effluve d'épices et de musc, de sueur et d'excitation. L'atmosphère était riche, lourde, vivante. Les souvenirs me submergèrent.

— Vous aimiez venir ici, me dit Eliza.

Je me rendis compte que j'étais en train de sourire.

— Oui. C'était chez moi.

Je fis un signe de tête vers les couloirs qui se déployaient devant nous.

— Les dortoirs ne sont pas si intéressants que ça. Allons y jeter un coup d'œil, puis on leur montrera le gymnase.

Les dortoirs avaient auparavant été des cellules pour les moines et chaque chambre minuscule était meublée de quatre lits de camp. Je pus montrer à Eliza et Allie quelle avait été ma chambre et j'effleurai du bout des doigts la gravure qu'Eric avait faite dans la pierre, utilisant le couteau qu'il m'avait donné pour écrire KA et EC.

— Papa ? s'enquit Allie en jetant un coup d'œil à la gravure creuse.

— Oui, dis-je.

Cependant, je n'étais pas sûre de savoir comment j'avais réussi à faire passer ce mot au-delà des larmes qui nouaient ma gorge.

— Ton père a souvent enfreint les règles, expliqua le Père Corletti. Je pense que savoir quand et comment enfreindre les règles était une des raisons pour lesquelles il était un Chasseur si exceptionnel.

Si j'en croyais la fierté et le plaisir sur le visage d'Allie, je savais qu'il avait dit exactement ce qu'il fallait.

— Où sont les Chasseurs ? demandai-je.

Même si elles étaient jeunes et encore en plein entraînement, les filles qui occupaient ce dortoir étaient déjà des Chasseuses de Démons accomplies, quoi que nouvelles. Une fois qu'elles auraient dix-huit ans, elles auraient le choix entre devenir membre du personnel et travailler avec les recrues, passer à l'entraînement d'*alimentatore* ou assurer une mission, dans le méchant monde extérieur.

Eric et moi avions choisi cette dernière option, travaillant d'abord à Rome puis à divers endroits sur le globe avant de prendre notre retraite et de déménager en Californie.

— En opération d'entraînement, répondit le Père Corletti. L'un de nos Chasseurs à Berlin a trouvé un nid de vampires. Puisque c'est rare et qu'il s'agit en même temps d'une opportunité, nous avons envoyé une dizaine de nos jeunes Chasseurs pour le ramassage.

— Charmant, remarqua Allie.

Eliza hocha la tête pour montrer son approbation.

Les deux filles étaient assises sur des lits de camp inoccupés. Elles avaient toutes les deux l'air satisfaites et se sentaient visiblement chez elles. C'était déconcertant, en réalité, de voir à quel point Allie était à l'aise dans cette chambre, assise à l'endroit même où je dormais auparavant.

Je songeai à Cami, mon amie et colocataire qui avait été tuée par un démon lors d'une opération pendant notre formation. Je pensai à tous les risques que j'avais pris et, oui, je pensai également à l'excitation et à mon sens du devoir et de l'honneur. La sensation de faire partie de quelque chose de plus grand que moi.

C'était ce que je voulais pour Allie, cette idée de but et d'identité. Et pourtant, j'étais terrifiée en songeant au prix qu'elle devrait payer. Même si elle n'était jamais blessée, elle aurait des cicatrices. Il y aurait des pertes, des larmes et des souvenirs horribles.

Elle avait atteint un âge où je ne pouvais plus embrasser ses bobos pour les guérir. L'histoire de la vie, comme l'avait décrite le Père Corletti.

Mais dans le monde de la chasse aux démons, cette histoire pouvait être un endroit effrayant.

— Maman ?

C'était peut-être un tour joué par mon imagination, mais je crus entendre la compréhension dans sa voix. Je lui souris, puis en fis de même avec Eliza et le prêtre.

— Je vais bien, répondis-je. Je suis juste un peu mélancolique.

— Est-ce qu'on peut voir où vous vous entraîniez ? demanda Eliza en se levant.

— Évidemment.

Le Père et moi les guidâmes dans les couloirs sombres éclairés par des appliques au mur. Par le passé, l'éclairage était fourni par des bougies. À présent, nous marchions dans l'éclat lugubre de lampes incandescentes à faible puissance. Cependant, même avec de telles touches de modernité, le couloir apparaissait clairement ancien. Les murs étaient en pierres brutes, ayant été creusés et fortifiés presque deux mille ans plus tôt.

Derrière nous, les filles restèrent silencieuses pendant un moment, observant apparemment leur environnement : les dortoirs devant lesquels nous passions, chacun ressemblant à celui dans lequel nous nous étions arrêtés, le réfectoire, avec ses longues tables en bois et ses bancs polis à cause du nombre de corps qui avaient glissé dessus, la bibliothèque des Chasseurs, que le Père nous montra en soulignant qu'un passage secret dans cette petite salle consacrée à la recherche rejoignait la véritable bibliothèque du Vatican.

Bientôt, nous empruntâmes le long chemin dans lequel ne se trouvait aucune pièce ni aucun passage. Il s'agissait simplement d'un long couloir sombre dans lequel j'étais passée chaque jour pendant ma jeunesse pour quitter mes quartiers de nuit et rejoindre le gymnase caverneux.

— On descend, remarqua Allie.

Ce commentaire m'impressionna puisque la pente descendante était si infime que la plupart des gens ne se rendaient pas compte qu'en arrivant dans la salle d'entraînement, ils se trouvaient au troisième sous-sol.

Pendant un moment, les filles marchèrent en silence, mais lorsqu'elles se rendirent compte que nous n'atteindrions pas notre destination de sitôt, elles commencèrent à bavarder. J'étais déjà en pleine conversation avec le Père Corletti, abordant diverses théories quant à la raison pour laquelle j'avais été ciblée par la population démoniaque locale et quel objet je possédais, selon eux.

Tout de même, je ne pus m'empêcher de sourire quand j'entendis Allie dire à Eliza que c'était aussi bien, si Timmy et Stuart étaient partis, puisque son frère aurait déjà « carrément pété un câble à cette heure, et sans Bounours, il aurait fait de nos vies un enfer ».

Elle ne connaissait peut-être pas plus que moi la réponse à la grande question que nous nous posions sur les démons. Mais sur ce point, elle visait totalement dans le mille.

— Ah, Marcus, tu es là, déclara le Père Corletti alors que nous entrions dans l'immense espace ouvert où j'avais passé tant d'heures.

De l'autre côté de la pièce, un jeune homme en survêtement, qui s'était déchaîné sur un sac de frappe, pivota pour nous regarder.

— Mon Père, dit-il, c'est bon de vous voir.

— Peut-être que tu pourrais montrer une chose ou deux à ces jeunes femmes ?

— J'en serais honoré, répondit Marcus en venant vers nous et en me tendant la main. Vous êtes Katherine ? J'avais hâte de vous rencontrer. Mon père avait une grande estime de vous.

Il parlait dans un anglais lent et clair. Son sourire était large et chaleureux.

— Marcus Giatti ? demandai-je en me souvenant du jeune fils de mon entraîneur, Leonardo Giatti.

— *Si.*

Son sourire s'élargit.

— J'ai pris le même chemin que mon père.

— Effectivement, constatai-je. Je serais honorée si tu montrais une astuce ou deux aux filles.

Alors qu'il conduisait une Allie et une Eliza surexcitées sur le tatami, je m'assis sur un banc avec le Père Corletti.

— J'ai entendu dire que Leonardo avait été tué pendant un raid démoniaque, dis-je à voix basse. Je ne savais pas que Marcus avait pris sa place.

— Il est l'un des meilleurs entraîneurs que nous ayons jamais eus, répondit le prêtre. Même si la perte de son père nous a fait beaucoup de mal.

J'acquiesçai, repensant à ce que le Père Corletti avait dit sur la vie et la perte.

— Les enfants surpassent souvent leurs parents, poursuivit-il. D'après ce que j'ai vu avec la jeune Allie, elle deviendra au moins aussi exceptionnelle que sa mère et son père.

— Vous jouez simplement avec ma fierté parentale, là.

Il s'esclaffa.

— Oui, mais je dis également la vérité, Katherine, répondit-il.

Le changement dans le ton de sa voix me poussa à me décaler pour que je puisse le regarder directement et ne surveille plus Allie qui était en train de s'entraîner aux coups de pied avec Marcus.

— Je suis ravi que tu la laisses s'entraîner.

— Moi aussi, répondis-je lentement en réfléchissant à mes mots. Je n'en étais pas convaincue, au début. Le monde est effrayant, dehors, encore plus quand on sait ce qui s'y trouve. Mais c'est aussi important.

J'esquissai un petit sourire.

— Surtout, je ne pense pas que j'avais le choix. C'est dans son sang.

— Tout comme dans le tien.

Il hocha la tête en direction d'Eliza.

— Nous parlerons davantage de l'histoire de ta famille quand nous commencerons à assembler les morceaux. Mais pour l'instant, pendant que les filles sont occupées, j'aimerais discuter de quelque chose.

— Bien sûr, répondis-je.

Cependant, je craignais silencieusement une horrible annonce.

— J'aimerais qu'Allie s'entraîne formellement, annonça-t-il.

— Mon Père...

Je me tus. Nous avions abordé ce sujet auparavant. Stuart et moi étions catégoriques : Allie n'allait pas abandonner le lycée.

— Non, répondit-il. Tu ne comprends pas. J'aimerais qu'elle s'entraîne formellement à San Diablo. Et mon souhait est que tu sois, formellement, je le répète, sa formatrice.

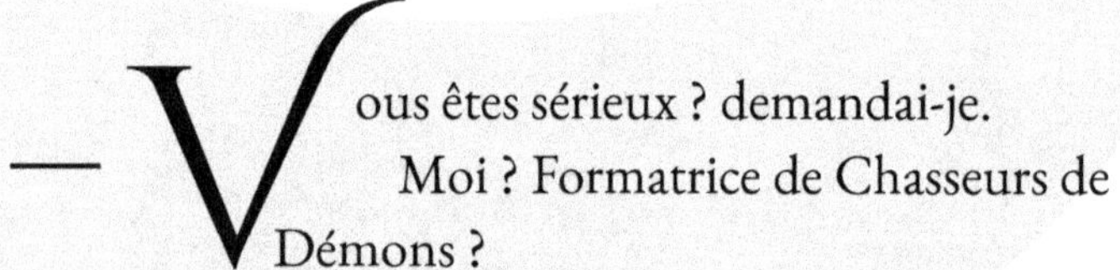

— Vous êtes sérieux ? demandai-je.

— Moi ? Formatrice de Chasseurs de Démons ?

— J'arrive à peine à mettre un dîner décent sur la table, répliquai-je.

Le Père Corletti s'esclaffa.

— Peut-être, mais je ne me souviens pas qu'un démon ait un jour été tué par l'apparition opportune d'un pain de viande.

Je fronçai les sourcils, mais pas parce que je détestais l'idée. Non, mon embarras venait du fait que je l'aimais un peu trop.

À l'autre bout de la pièce, Eliza laissa échapper un grand cri quand Allie s'étala de tout son long sur le tatami. Quelques secondes plus tard, ma fille se releva. Je me crispai, ne sachant pas vraiment quelle serait sa réaction. Néanmoins, elle sautilla jusqu'à

Eliza et la félicita de lui avoir « grave botté le cul », avant de demander à cette fille plus âgée de lui montrer comment elle avait réussi cette manœuvre.

Elle me vit en train de la regarder et me lança un rapide sourire joyeux.

— Est-ce qu'on peut déménager ici, maman ? J'adore carrément.

— Colocs ! s'exclama Eliza.

Elles rirent toutes les deux en se tapant dans la main.

Je me raidis en pensant à ma fille à l'autre bout du monde, en train de s'entraîner sans moi. Je pouvais la garder en Californie encore trois ans. Après cela, la décision lui appartiendrait.

Mais s'il y avait un centre d'entraînement directement à la maison...

À côté de moi, le Père Corletti appuya sa main sur la mienne.

— Nous n'en parlerons pas plus, aujourd'hui. Je te demande simplement d'y réfléchir et de ne pas rejeter directement cette possibilité.

— Je ne le ferai pas, m'entendis-je dire. Je ne sais pas si je pourrais m'en sortir, mais je vous promets que je vais y réfléchir.

— Bien.

Il se leva ensuite et fit un signe de la main aux filles.

— Je vais montrer à Katherine mes roses dans le jardin. Vous êtes les bienvenues si vous voulez vous joindre à nous, mais vous pouvez également rester avec Marcus. Je crois qu'il est d'humeur à s'entraîner avec ses armes.

Allie et Eliza échangèrent un regard, puis Allie me fit un signe de la main en ajoutant un sourire impertinent.

— *Ciao*, maman, annonça-t-elle. On reste ici.

— Je ne suis vraiment pas surprise, dis donc, répondis-je.

Je suivis le Père Corletti vers la sortie du fond. Nous marchâmes dans un silence agréable jusqu'à émerger dans un jardin privé qui était son endroit préféré depuis aussi longtemps que je m'en souvenais.

— C'est charmant, constatai-je. Mais je ne crois pas vraiment que vous vouliez me montrer les roses.

— Ah, mais si, répondit-il. Je veux que nous regardions cette beauté pendant que nous discutons de l'horreur qui gangrène le monde.

Je m'assis sur un petit banc de pierre.

— Vous savez ce que je suis censée posséder, selon les démons ?

— Non, répondit-il. Mais je peux faire une déduction logique.

— Je suis tout ouïe.

— Tu es au courant que l'autel de San Diablo a été vandalisé, récemment ?

J'acquiesçai.

— Eric me l'a dit.

— Je crois que je sais pourquoi.

Il marqua une pause, mais je ne dis rien. Après un moment, il se leva.

— L'Ancien Testament et la mythologie font référence aux portails menant aux enfers. Tu as connaissance de ces traditions, bien sûr ?

— Euh, bien sûr.

Je fronçai les sourcils, n'appréciant pas vraiment la tournure de cette conversation.

— Êtes-vous en train de dire que San Diablo possède l'un de ces portails ?

— Je dis que l'autel cachait l'une des clés.

— Je...

Je fermai la bouche, ne sachant pas vraiment ce que j'avais eu l'intention de dire.

— Attendez. Sérieusement ? Comment le savez-vous ? Et pourquoi ne me l'a-t-on pas dit ?

— La clé a été découverte il y a de nombreuses années lors d'une fouille archéologique. Le Vatican a donné la permission pour qu'on la cache dans l'autel. Seules trois personnes sur Terre étaient au courant : moi, le Pape et le Chasseur qui l'a placée dans l'autel. Et je ne le sais que depuis vingt-quatre heures.

— Qui était ce Chasseur ?

Il s'assit à côté de moi.

— Ta grand-mère.

— Oh.

Je me penchai en arrière, ne sachant pas vraiment comment digérer cette information.

— Alors, c'est la raison pour laquelle ils pensent que je l'ai. Et c'est probablement aussi pour ça qu'ils ont attaqué Eliza. C'est logique d'imaginer que les enfants de ma grand-mère connaissaient la vérité, et puisque mes parents et ceux d'Eliza sont morts, nous sommes les deux seules à avoir un lien avec elle.

— C'est ma théorie, oui.

— Mais je ne sais pas où elle est. Et si je ne le sais pas, si Eliza ne le sait pas et si ces démons ne le savent pas... eh bien, ça ne veut pas dire qu'il manque une clé pouvant déverrouiller un portail vers les enfers ?

— J'ai bien peur que si.

— Ce n'est vraiment pas bon.

Il soupira et s'assit à côté de moi.

— Je suis d'accord avec toi, *mia cara*. Mais je dois également dire que nous affrontons rarement des crises qui s'avèrent bonnes.

Je ne pus m'en empêcher. Je m'esclaffai.

— Ce n'est pas faux.

Ce fut à mon tour de me lever, puisque je n'arrivais manifestement pas à m'habituer à toutes ces pensées qui tourbillonnaient dans ma tête.

— Alors, quelqu'un désacralise l'autel et prend la clé. Et les démons supposent que c'est moi parce que je suis la Chasseuse de Démons du coin et que soudain, je suis partie à Rome.

— C'est ma théorie, oui.

— D'accord. Mais qui possède vraiment la clé ? Et qui a tué Thomas Duvall ?

— Je l'ignore, Kate. Voilà les questions auxquelles nous devons répondre.

Je passai mes doigts dans mes cheveux.

— Je vais appeler Eddie. Il peut fouiner à la cathédrale, poser des questions. Je ne sais pas. Peut-être qu'on aura de la chance.

— Naturellement, nous consacrons toutes nos ressources à la résolution de cette question, également. S'il y a ne serait-ce que le soupçon d'un chuchotement d'une rumeur, un agent de la *Forza* en entendra parler.

Je fronçai les sourcils.

— À supposer que la personne qui l'a prise parlera. Si j'étais celle qui cherche à ouvrir le portail, je me tairais.

— J'ai bien peur que tu aies raison. Cependant, cela suppose également que cette personne sait comment utiliser la clé et trouver le portail. Ces deux éléments sont de grandes suppositions.

Il n'avait pas tort.

— Alors on se concentre sur les gens, ou les démons qui se font passer pour des gens, cherchant la localisation des portails et de cette clé en particulier.

Il acquiesça.

— Je devrais également te dire que j'ai parlé avec Eric. Il n'arrivait pas à te joindre et s'inquiétait. Comme toi et moi, nous n'en avions pas encore discuté, je lui ai dit que tout allait bien, d'après ce que j'en savais. Mais maintenant...

— Je lui ai laissé un message, dis-je. Je le mettrai au jus quand il rappellera.

— Je m'excuse si j'ai dépassé les bornes.

— Non, répliquai-je sévèrement.

Cependant, je ne savais pas vraiment pourquoi j'avais l'impression d'être sur la défensive.

— Non, il devrait le savoir. Et c'est mon partenaire. Il a... Il a dû gérer beaucoup de choses et je déteste l'inquiéter. Surtout quand il est si loin. Mais s'il est impliqué, même pour la recherche, alors...

Je conclus en haussant les épaules.

— Alors tu dois le dire à Stuart, sinon tu auras l'impression d'avoir des secrets que tu ne devrais pas garder.

— Plus ou moins, admis-je.

— Chaque parcours dans la vie a ses écueils et ses joies, Katherine.

— Ouais, répliquai-je ironiquement. Et je dois gérer à la fois le mariage et la chasse aux démons. C'est tragique sur les deux tableaux.

Comme je l'espérais, il rit.

J'allai m'asseoir sur une fontaine basse. Je voulais lui poser des questions sur le rôle de formatrice. Je voulais discuter de nouvelles idées à propos de la clé. Je voulais simplement me détendre et me remémorer le passé.

En fait, je voulais surtout m'asseoir, réfléchir et m'autoriser à encaisser tout cc qui était arrivé.

Je dus plutôt faire face à un drame adolescent.

— Maman ! cria Allie en surgissant dans le jardin avec Marcus dans son sillage. Est-ce qu'Eliza est ici ? Marcus a dit qu'il nous montrerait la bibliothèque du Vatican, mais je ne la retrouve pas.

— Elle était avec toi. Comment ça, tu ne la retrouves pas ?

— Elle est allée aux toilettes, ensuite elle a dit qu'elle allait chercher quelque chose à grignoter.

— Je lui ai montré où était le mess, expliqua Marcus. Je lui ai servi une tasse de café et lui ai donné une pâtisserie. Mais Allie voulait travailler avec l'arba-lète, donc on l'a laissée. J'ai supposé qu'elle était partie explorer les dortoirs, mais on est incapable de la retrouver.

Il reporta son attention sur le Père Corletti.

— Je m'excuse, mon Père.

Le prêtre balaya ses paroles d'un revers de la main.

— Elle n'est pas la première adolescente à vouloir explorer toute seule le labyrinthe de la *Forza* et elle ne peut pas aller où elle n'est pas la bienvenue sans un code d'accès. Venez, dit-il en se levant. Si nous la cher-chons tous, nous la trouverons plus rapidement.

En adressant un clin d'œil à Allie, il ajouta :

— Ce sera sans aucun doute au dernier endroit où l'on regardera.

Je les suivais à l'intérieur quand mon téléphone sonna.

— C'est Laura, annonçai-je. Je vous rattraperai.

Dès que je décrochai, je dis :

— Salut. Devine où je suis.

— À Rome, répondit-elle. Écoute, il faut que je te parle.

Je passai immédiatement en mode « professionnelle ».

— Vas-y.

— D'accord, alors je t'ai dit que Duvall était du genre à avoir des fonds de placement, hein ? Qu'il traînait avec des célébrités et finissait dans les journaux ? Eh bien, il a été arrêté et ça a été annoncé dans la rubrique Divertissement du *Times*. Il y a environ un mois. C'est après l'accident de voiture.

— Quand il était déjà démon, dis-je. Intéressant.

— Ouais, c'est ce que j'ai pensé aussi. Mais ça devient encore plus étrange. Il a été arrêté pour agression. Apparemment, il a tenté d'enfoncer le talon d'une chaussure féminine dans l'œil d'un mec.

— Un démon qui tente de tuer un autre démon ?

— Je te l'avais dit. C'est bizarre, hein ?

— Vraiment, confirmai-je.

— Eh bien, accroche-toi bien parce que ça devient encore plus bizarre. La chaussure appartenait à une femme du nom de Deborah. Deborah

Michaels. Kate, continua Laura en baissant la voix, je suis presque sûre que c'est ta tante.

Ma bouche s'assécha soudainement.

— Je ne connais pas son nom de famille, admis-je. Je n'ai pas pensé à demander.

— Il y avait une photo dans le journal, dit Laura. Kate, elle te ressemble comme deux gouttes d'eau. D'une façon ou d'une autre, ta tante travaillait avec un démon. Qu'est-ce que ça veut dire, bon sang ?

Je secouai la tête en silence. Je n'en avais aucune idée.

— Mais ça n'a aucun sens, protesta Allie. Peut-être que ce n'est pas l'accident qui a tué Duvall. Peut-être qu'il était toujours humain quand Deborah et lui ont été arrêtés.

— Peut-être, dis-je. Mais j'en doute.

Allie, le Père Corletti et moi étions dans une berline noire fournie par le Vatican et le chauffeur nous conduisait à toute vitesse à l'auberge.

— Tu penses que Debbie travaillait avec Duvall ? Et qu'ils ont décidé de se déchaîner sur un démon ? Pourquoi ?

— Je ne sais pas, répondis-je. Mais il y a de grandes chances pour que ça ait un rapport avec la clé.

— Et donc ? s'enquit Allie. Un Chasseur de Démons et un démon travaillent main dans la main pour voler la clé ? Et ils se font tuer tous les deux ensuite ? Ou peut-être qu'ils travaillaient ensemble pour protéger la clé et qu'ils se sont tous les deux fait tuer.

— Pour la protéger ? rétorquai-je. Quoi ? Il existerait des démons confus et gentils ?

Je jetai un coup d'œil au Père Corletti.

— C'est peu probable, répondit-il. Mais certains démons cherchent à rentrer dans les bonnes grâces de Dieu. Je ne rejetterai pas d'emblée cette possibilité.

— Ah ! dit Allie d'un air triomphant.

— Et on ne sait toujours pas où se trouve la clé, déclarai-je.

— Je crois que c'est Eliza qui l'a.

— A-t-elle dit quelque chose qui pourrait te le faire penser ? demandai-je.

Allie secoua la tête.

— Non. On a juste parlé de choses stupides. De ce qu'on a fait à Rome, jusqu'ici. Elle m'a dit à quel point c'était bizarre de ne pas pouvoir voyager avec son couteau dans sa botte. Je veux carrément un couteau qui se glisse dans ma botte, au fait.

— Je m'en occupe tout de suite.

— Je lui dis qu'elle avait de la chance. Qu'elle aurait pu voyager avec son petit frère et un ours en peluche bleu.

Je ris.

— Tu lui as parlé de Bounours ?

— Tu plaisantes ? Ce stupide ourson était l'attraction principale pendant ce voyage. Elle a dit qu'elle avait un tigre en peluche, avant. Je crois que je n'en avais pas un en particulier, si ?

— Tu étais volage, dis-je. Tu avais un nouveau doudou chaque semaine. Mais on s'éloigne du sujet. Si elle n'a rien dit, pourquoi penses-tu qu'elle a la clé ?

— Euh, parce qu'il n'y a personne d'autre sur la liste des suspects ?

Ce n'était pas vraiment logique, étant donné que nous ne savions même pas qui étaient les acteurs dans cette histoire. Pourtant, c'était l'unique théorie que nous avions pour le moment et j'étais prête à faire avec.

— Supposons que tu as raison, dis-je. Si elle l'a, il faut qu'elle soit protégée. Donc, pourquoi ne pas la donner au Père Corletti quand on était au milieu du Vatican ?

Allie et moi, nous regardâmes toutes les deux le prêtre, mais il se contenta de lever les mains.

— Je n'ai pas les réponses que vous cherchez. Et nous ne les aurons pas avant de retrouver la fille. Mais sa disparition m'inquiète. Est-elle partie ou est-elle tombée entre les griffes d'un méchant ?

— Au sein de la *Forza* ?

— Aucune organisation n'est parfaitement sûre,

répondit le Père. Et la tromperie doit bien s'enraciner quelque part.

Je pris une inspiration, songeant à ce qui avait été fait à Eric par le Père Donnelly et les Chasseurs qui l'avaient encadré. Le Père Donnelly avait supposément essayé de les retenir quand il s'était rendu compte qu'ils allaient trop loin, mais ça ne changeait pas le fait que les graines avaient déjà été plantées et qu'Eric souffrait à cause de ça.

Si une organisation focalisée sur la chasse aux démons pouvait implanter un démon dans l'un d'entre eux, extrapolait-on en pensant que cette même organisation chercherait à contrôler une clé des enfers ?

— Merde, chuchotai-je avant de grimacer immédiatement. Pardon, mon Père.

Il se contenta de glousser.

Je m'apprêtai à m'excuser une nouvelle fois, mais mon téléphone sonna et je le récupérai, espérant avoir davantage d'informations de la part de Laura, avant de constater qu'il s'agissait d'Eddie. Je décrochai.

— Vous êtes sur haut-parleur avec Allie et le Père Corletti. Dites-moi ce que vous avez trouvé.

— Le gang est réuni, hein ? Eh bien, vous n'allez pas aimer.

Je grimaçai.

— C'est la tendance, en ce moment. Dites-moi.

— J'ai un ami qui a des relations. Il a trouvé la

réservation de vol faite par Eliza. Son nom de famille est Michaels, au fait.

— Laura l'a également découvert. Comment ça peut m'aider, Eddie ? Je sais déjà qu'elle est venue jusqu'ici.

— Parce qu'elle n'est pas venue toute seule, répondit-il. Deborah Michaels était sur le siège juste à côté d'elle. Et avant que tu poses la question, j'ai vérifié. Le siège était occupé, le passeport a été vérifié. La femme en 12C était Deborah Michaels.

— Et pour l'accident de voiture ?

— Je n'ai rien pu trouver. Pas de rapport de police. Pas de fichier d'hospitalisation. Pas de certificat de décès.

— Qu'est-ce que ça signifie ? dit Allie. Pourquoi Eliza nous a-t-elle dit que sa mère était morte ?

— N'est-ce pas la question à un million ? demanda Eddie alors que la voiture s'arrêtait devant l'auberge.

— Eddie, je vous remercie. C'est du très bon boulot. Nous devons y aller, mais je vous rappelle.

Je raccrochai avant de croiser le regard inquiet du Père Corletti et de le suivre, ainsi qu'Allie, hors du véhicule.

Je me précipitai vers la porte d'entrée, l'ouvris et sentis mon sang se glacer quand j'entendis le cri familier et déchirant de mon petit garçon.

— Timmy ! hurla Allie derrière moi.

Elle passa rapidement à côté de moi et monta les

escaliers. Je la suivis, à quelques marches derrière elle. Nous titubâmes en même temps dans la chambre, où je trouvai un Stuart troublé essayant de consoler un Timmy au visage rougi, qui braillait et serrait contre son torse un Bounours mutilé.

Madame Micari était plantée à côté d'eux. Elle se tordait les mains, l'air parfaitement impuissante.

— Kate, dit Stuart d'une voix tendue. Mais qui...

— Eliza, répondit Allie impassiblement.

Elle me regarda pour que je confirme.

— Eliza, confirmai-je.

Je pris une inspiration et croisai le regard de Stuart.

— Elle était cachée dans Bounours. Thomas Duvall l'a cachée dans l'ours en peluche.

— Elle ? répéta Stuart. Mais de quoi tu parles ?

Je jetai un coup d'œil à madame Micari, qui scruta nos visages avant de se précipiter vers la porte.

— Je cherche mon kit de couture, oui ? Je répare l'ours pour le petit garçon.

J'acquiesçai avant d'aller prendre Timmy dans les bras de Stuart. Il s'accrocha à moi, la peluche appuyée entre son torse et ma poitrine, de minuscules bouts de rembourrage tombant autour de nous.

Allie ferma la porte derrière madame Micari avant de se laisser glisser par terre. Le Père Corletti se tenait à côté d'elle. Stuart s'enfonça lentement sur le lit.

— J'ai l'impression que le temps presse,

remarqua mon mari. Ce qui me fait penser que vous n'allez pas me raconter toute l'histoire. Dites-moi ce que j'ai besoin de savoir, ensuite dites-moi ce que nous devons faire.

Je commençai à répondre, mais Allie se lança en premier.

— Thomas Duvall a caché la clé qui ouvre le portail des enfers dans Bounours. Eliza l'a prise. On est plus ou moins à deux doigts de l'apocalypse, maintenant.

Elle inclina la tête pour regarder le Père Corletti.

— C'est plus ou moins l'essentiel, non ?

Il tendit la main vers la sienne.

— C'est une présentation très succincte, répondit-il. Et malheureusement, elle est très précise.

Pendant un instant, Stuart resta simplement assis-là, la bouche légèrement ouverte.

— Mais... eh bien... *pourquoi* ?

— Je l'ignore, admis-je.

— Eliza n'essaierait pas d'ouvrir le portail, dit Allie.

Je me tournai vers elle.

— Elle ne *le ferait pas*.

— Moi aussi, je l'aimais bien, Al, dis-je. Mais ça ne fait pas d'elle quelqu'un d'honnête ou de fiable. Peut-être que ça nous rend simplement crédules.

— Non, répondit-elle. J'ai parlé avec elle. Je l'aurais su.

— Nadia, dis-je.

Ce nom lui fit froncer les sourcils.

— C'était différent.

Elle ne fanfaronnait plus autant, néanmoins. Nadia Aiken s'était insinuée dans nos vies, et pourtant, elle n'avait pas été celle qu'elle avait prétendue. Allie et moi avions toutes les deux été blessées. Ce n'était pas une expérience que je souhaitais reproduire.

Devant moi, Allie soupira avant de se lever et de venir s'asseoir sur le lit. Elle tendit les mains pour prendre Timmy, dont les geignements s'étaient apaisés en hoquets épuisés. Je le lui passai avant de les regarder alors qu'elle s'agrippait fermement à son petit frère.

— Je comprends ce que tu dis, expliqua-t-elle. Mais c'est différent. Peu importe le reste, elle fait vraiment partie de notre famille. Et ça ne compte pas pour du beurre, si ? Je crois qu'elle a des ennuis. Je crois que nous devons l'aider.

— En fait, je suis d'accord, confirmai-je. Mais tout ce que nous savons, c'est que les ennuis sont du genre *conséquents* — parce que, bon, quand on ajoute un portail vers l'enfer à tout ce mélange, les autres problèmes n'ont plus vraiment d'importance. Mais à part ça... eh bien, on ne sait pas ce qu'elle mijote ni où elle est partie.

— Au portail, dit Allie. Enfin, c'est évident.

Je ne pensais pas que c'était aussi évident qu'elle

le croyait, mais puisque je n'avais pas de meilleure suggestion, je jetai un coup d'œil au Père Corletti.

— Est-ce qu'on sait où se trouve ce portail ?

— Il existe de nombreux lieux supposés sur tout le globe.

— Il y en a un en Turquie, intervint Stuart. Je l'ai lu dans le journal il y a un moment. Ça m'a fait penser à ce film. *L'exorciste.*

— Elle ne peut pas être allée en Turquie, répondis-je.

— Non, déclara madame Micari en ouvrant subitement la porte et en entrant. Elle est allée dans les catacombes. Et à cette heure, je crains que le portail soit déjà en train de s'ouvrir.

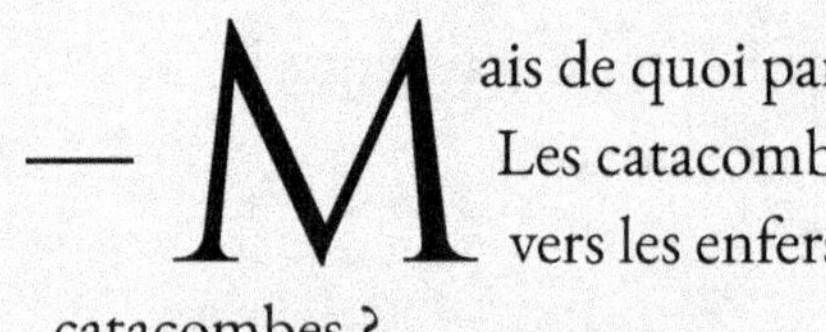

— Mais de quoi parlez-vous ? crachai-je. Les catacombes ? Il y a un portail vers les enfers dans les catacombes ?

— S'il vous plaît, insista Madame Micari. Venez en bas. On s'assoit et je vous dis.

— Vous me le dites maintenant, exigeai-je. Je n'ai pas le temps pour le thé et la conversation.

Elle riva son regard impuissant sur le Père Corletti.

— S'il vous plaît, mon Père. Des choses importantes doivent être dites. Je serai brève, ajouta-t-elle en se tournant vers moi. Mais c'est important que vous compreniez. Katherine, tu me faisais confiance, avant. S'il te plaît, ne doute pas de moi maintenant.

— Je doute de vous, rétorquai-je. Pour le moment, je peux compter sur les doigts d'une main les personnes en qui j'ai confiance dans ce monde. Mais je suis d'accord, j'ai besoin d'informations, donc je vous accorde cinq minutes. J'espère que vous parlez vite, *Signora*.

Elle acquiesça avant de quitter vivement la chambre. Allie la suivit, passant d'abord un Timmy endormi à Stuart.

— Vas-y, me dit-il. Je vais le mettre dans le parc et je vous rejoins en bas.

J'acquiesçai avant de me dépêcher pour les rattraper. Lorsque je le fis, je fus surprise de constater que le *Signor* Tagelli, le vieil homme qui semblait être un meuble dans les parties communes de l'auberge, était assis aux côtés de madame Micari.

— Parlez, dis-je.

— Idiote, répliqua le *Signor* Tagelli. Ce n'est plus le moment de parler. Tu veux que ce monde soit transformé en Tartare ?

Il faisait ainsi référence à la fosse la plus profonde des enfers.

— La fille va ouvrir le portail et votre séjour dans ce monde pitoyable sera terminé.

Sa voix était aussi brutale que ses mots et je vacillai, mais Allie réussit à lancer une réponse plus pragmatique. Elle se leva, sortit un pulvérisateur d'eau bénite de son sac et visa directement son visage.

Immédiatement, le vieil homme commença à hurler.

— Je le savais ! déclara Allie.

Je jurai et renversai ensuite sa chaise en arrière. Madame Micari se releva d'un bond et Allie l'aspergea également d'une bonne dose d'eau bénite.

En revanche, notre hôtesse se retrouva simplement toute mouillée.

Pendant ce temps-là, j'avais plongé en avant alors que Tagelli tombait en arrière, et je me mis à califourchon sur lui, le couteau que j'avais malicieusement passé dans la boucle de la ceinture de mon jean bleu désormais juste au-dessus de son œil.

— Katherine, non ! cria la *Signora* Micari. Il a fait en sorte que le portail reste verrouillé. Lui, Thomas Duvall et notre chère Deborah.

— Ah ! cria Allie. Je vous l'avais dit. De gentils démons. Enfin, vous savez, aussi gentils que les démons peuvent l'être.

Je ne retirai tout de même pas le couteau. Du moins, pas jusqu'à ce que je regarde le Père Corletti. Pendant un instant, il se contenta de me fixer. Il sembla ensuite se décourager.

— Recule, Katherine. Laisse-le se lever et écoutons son histoire.

Tagelli finit de raconter son histoire sur le trajet jusqu'aux catacombes, puisque, démon ou non, j'étais d'accord avec lui sur le fait qu'il n'y avait pas une seconde à perdre.

— C'est ta grand-mère qui a trouvé la clé, me dit-il. Et c'est elle qui avait pour mission de la cacher.

— Dans l'autel de San Diablo ? s'enquit Allie.

— Oui, même si je ne le savais pas à l'époque.

— Comment l'avez-vous découvert ?

Il inspira à travers ses dents serrées et le bruit ressembla à un sifflement. Lorsqu'il répondit, sa voix fut comme un grognement. Je frissonnai, me rappelant que je partageais une voiture du Vatican avec un démon. Même pour moi, une femme qui avait plus ou moins tout vu, c'était une première.

— Vous savez ce que c'est ? Vous comprenez l'intensité de la douleur qui nous traverse quand on passe d'un état désincarné à un état charnel dans une coquille humaine ?

Je n'en savais rien. J'avais supposé, en fait, que le processus se faisait sans douleur. Que c'était comme enfiler un manteau. Je songeai à Eric, qui s'était tant battu pour me revenir — et revenir à Allie — quand il avait été coincé dans l'éther. Il n'avait pas mentionné la douleur. Ne l'avait-il pas ressenti ? Ou l'avait-il simplement supporté en silence, comme une horreur de plus sur les épaules d'un homme en ayant enduré bien trop ?

Cependant, je ne dis rien de tout ça au démon. J'attendis simplement qu'il poursuive.

— C'est une douleur inimaginable, dit-il, et

pourtant, on l'endure. On la recherche. Vos coquilles sont si fragiles, si frêles et pourtant, nous sommes prêts à souffrir pour que l'une d'elles devienne nôtre.

— Pourquoi ? chuchota Allie.

Il tourna vers elle son regard glacial, et elle s'enfonça sur son siège, se souvenant clairement qu'elle ne parlait pas à un homme, pas même à un allié. C'était un véritable démon. À cet instant, peut-être que nos buts étaient communs, mais ça ne signifiait pas que nous étions du même côté, et je vis dans le regard d'Allie qu'elle le comprenait aussi.

— Parce qu'une fois la transition complète, cette forme offre un plaisir inexplicable. Ce monde est ouvert à des possibilités infinies. Il n'y a pas de chair dans l'éther, dit-il. Aucune forme. Aucun cuir doux.

Il caressa le dossier du siège devant nous.

— Pas de nourriture, pas de vin.

Je continuai de scruter le visage d'Allie. J'avais demandé au démon comment il avait découvert l'endroit où était cachée la clé et il n'avait toujours pas répondu. Pas directement, en tout cas. Mais je comprenais la direction que prenait la conversation. Allie fronçait les sourcils, cependant, et je savais qu'elle avait du mal à suivre.

— Il existe des formes en enfer, expliquai-je. Mais aucun plaisir.

Les lèvres du démon se retroussèrent dans une expression qui était à la fois un sourire et un ricanement.

— Effectivement. Et certains d'entre nous, peut-être même la plupart d'entre nous, nous ne souhaitons pas vivre l'enfer sur terre. L'éradication des âmes frêles qui remplissent vos coquilles mortelles ne nous dérangerait pas. Mais l'éradication de la chair ? De la substance ? Ce n'est pas ce que nous recherchons.

— La domination, pas la violation, reformula Allie.

Il croisa son regard. Puis il acquiesça.

— Vous êtes horrible, chuchota-t-elle.

Le démon s'esclaffa.

— Peut-être. Et pourtant, tu ne me détruis pas. Parce que je sais où est la fille et toi, non.

— Les catacombes, déclara Allie.

Il hocha la tête pour confirmer.

— Effectivement.

Il me regarda alors.

— Dis-lui combien de catacombes serpentent dans la terre, sous cette ville antique.

— Beaucoup trop, lui indiquai-je. Il faudrait un miracle pour la trouver à temps, encore plus toutes seules.

Allie sembla y songer, puis elle acquiesça.

— Mais vous n'avez toujours pas répondu à la question de ma mère.

— Cette clé... elle ouvre un portail, oui. Mais ce portail n'est pas une simple porte à travers laquelle les démons charnels condamnés aux enfers peuvent voyager. C'est plutôt un portail qui retient les enfers mêmes.

— Je ne comprends pas.

Pendant tout ce temps, madame Micari était restée silencieuse. Elle prit alors la parole.

— Mon enfant, le portail permettra aux enfers de filtrer. Comme la gangrène sur terre. Comme une substance gluante qui couvre et détruit tout.

— Maman, dit Allie.

Ce mot fut comme une prière. Elle tendit ensuite la main et attrapa la mienne.

— Ce n'est pas non plus ce que nous souhaitons, affirma Tagelli. Nous avons donc attendu. Nous avons vu.

Il regarda madame Micari, qui prit une inspiration avant de parler.

— Je sais depuis des années que la clé a été trouvée et cachée ou détruite. J'espérais qu'elle ne serait plus jamais trouvée, mais j'ai été attentive. Et, oui, j'ai agi comme agent de liaison avec les démons qui voulaient bien nous aider dans notre quête pour garder le portail fermé.

Elle regarda le Père Corletti en parlant, son regard le suppliant de la pardonner ou de la comprendre. Cependant, le visage du prêtre était indéchiffrable. Elle s'humecta les lèvres avant de poursuivre.

— Deborah était obsédée par deux choses : découvrir ce qui était arrivé à sa sœur, dit-elle en me regardant, et s'assurer que le secret de la clé reste en sécurité.

— Sa mère lui a dit où elle était cachée ? demandai-je.

— Non. Ta grand-mère a emporté ce secret dans sa tombe. J'ignore comment la vérité a été découverte, mais elle l'a été.

— Alors les démons en costume noir sont ceux qui s'en sont pris à l'autel ? demanda Allie.

— Les démons en costume noir ?

— Vous savez. Les méchants. Et lui, ce serait un démon en costume blanc, ajouta-t-elle en hochant la tête en direction du *Signor* Tagelli.

— Je vois, mais non. Deborah a récupéré la clé. Ta grand-mère l'avait brisée en deux et avait placé un morceau dans deux parties différentes de l'autel. L'une était cimentée dans un mortier qui retenait le marbre. L'autre était incorporée dans le décor. Déguisée. Camouflée.

— Et Debbie a récupéré les deux morceaux ? m'enquis-je.

— Oui. Elle a gardé une moitié et l'autre a été confiée à l'un de tes démons en costume blanc, dit-elle en hochant la tête vers Allie.

— Thomas Duvall, déclarai-je en comprenant subitement.

— Effectivement. Ils devaient voyager séparément à Rome pour que les clés puissent *enfin* être détruites.

— Mais les costumes noirs s'en sont pris à lui. Donc il a décidé de cacher la partie de sa clé avec nous, dit Allie.

— C'est ce que je crois, répondit madame Micari.

— Mais pourquoi ne pas les détruire à San Diablo ? m'enquis-je. D'ailleurs, pourquoi ma grand-mère ne les a-t-elle pas détruites ?

— À mon avis, elle ne savait pas comment faire, répondit madame Micari. Il y a un rituel pour la destruction, qui avait été perdu jusque récemment. Et le rituel doit avoir lieu à un endroit précis, l'endroit même où la clé doit être utilisée pour ouvrir le portail.

— Au portail, vous voulez dire ?

— Non, déclara Tagelli. La salle du rituel est à des kilomètres du portail.

— Je ne comprends pas, dit Allie. Je pensais que nous allions au portail.

— Nous allons dans les catacombes, expliqua-t-il. Où la clé doit être utilisée ou bien le rituel accompli. Où Eliza doit se trouver.

Allie secoua la tête.

— Mais...

Le Père Corletti posa une main sur la sienne avant de parler pour la première fois depuis le début de notre trajet.

— Le lieu du rituel existe dans une dualité. Soit pour la destruction de la clé soit pour l'ouverture du portail. Si tu récupères la clé le premier, même l'un des morceaux, et que tu effectues le rituel de destruction, alors c'est fini. Mais si les démons en costume noir placent la clé dans le verrou, le portail commencera à s'ouvrir. Et ce sera également la fin.

— Oh.

Sa voix était fluette et je me rappelai à quel point elle était jeune pour avoir déjà vu tout ce qu'elle avait vu.

— Mais le portail ne s'ouvre pas sur le site du rituel ?

— Non, répondit Tagelli. La clé ouvre l'un des portails, mais celui-ci pourrait se trouver n'importe où. Une fois activé, les enfers commenceront à filtrer. Lentement, au début, puisque la fissure sera petite. Puis plus vite lorsque le portail grandira.

— Mais où ? demanda Allie.

— Comme je l'ai dit, il pourrait être n'importe où. Ici à Rome. À San Diablo. À Moscou, dans le Queensland, sous les pyramides de Gizeh. Impossible de le savoir.

— Mais ça signifie que...

Allie se tut, trop horrifiée pour en dire plus.

Cela devait pourtant être dit. Parce que nous devions tous savoir ce qui était en jeu. Je regardai tour à tour chaque personne présente dans la voiture avant de prendre une profonde inspiration.

— Ça signifie que si nous échouons, maintenant, alors ce sera vraiment la fin de notre monde.

Il s'avéra que je connaissais ces catacombes. J'étais venue dans cette même salle quand j'étais adolescente, lors de ma première grande mission. Nous avions été envoyés pour arrêter un démon puissant, Abaddon, et même si nous avions réussi, le prix avait été élevé.

Abaddon avait utilisé une chambre secrète dans les méandres labyrinthiques des catacombes qui serpentaient sous la ville antique. À ce moment-là, la salle avait été verrouillée, et grâce à un petit miracle, Eric et moi avions réussi à entrer avant d'être attaqués par une horde de démons en approche.

Cependant, la porte était désormais grande ouverte.

Franchement, je ne pensais pas que c'était bon signe. Selon moi, un démon qui s'apprêtait à effectuer un rituel horrible pour détruire le monde aurait envie de verrouiller la porte. Juste au cas où des Chasseurs de Démons impatients se précipiteraient pour tenter de l'arrêter.

— On entre rapidement, dis-je, mais surveillez vos arrières. Qui sait ce qu'on va trouver à l'intérieur.

À côté de moi, Tagelli et Allie acquiescèrent. Je m'étais demandé si je devais laisser Allie entrer, mais en réalité, j'avais besoin d'elle. Le Père Corletti et madame Micari étaient restés derrière, le premier parce qu'il était trop vieux et n'avait jamais travaillé sur le terrain, et la seconde parce que je craignais qu'elle soit plus un obstacle qu'un atout.

Le Père Corletti avait insisté pour venir, mais j'avais tenu bon. Si ce que Tagelli disait était vrai, le portail s'ouvrait lentement. Si nous échouions, peut-être que nous aurions encore le temps de fermer le portail. Je n'en savais rien. Mais j'étais certaine que sans le Père Corletti hors des catacombes, même ce mince espoir serait anéanti.

— Ne t'inquiète pas pour moi, dit Allie. Je suis prête.

— Je sais que tu l'es, confirmai-je en chassant à la fois ma fierté et ma peur.

Ces deux émotions m'étaient inutiles à cet instant. Et la sentimentalité pouvait nous faire tuer toutes les deux.

Nous étions sur une petite corniche, près de la porte ouverte, mais de cet angle, il était impossible de voir l'intérieur de la salle du rituel. Devant nous se profilait visiblement un gouffre sans fond, ce qui signifiait que nous devions nous agripper au mur jusqu'à ce qu'à atteindre l'ouverture.

Le risque, bien sûr, c'était qu'un démon émerge quand nous contournions le coin, nous pousse et nous fasse tomber dans le précipice.

C'était, malheureusement, un risque que nous devions prendre.

— Vous, dis-je en montrant Tagelli. Vous serez le premier sur le pont. Ensuite, ce sera au tour d'Allie et je fermerai la marche.

Je voulais que quelqu'un essuie le feu ennemi avant qu'Allie entre, mais je souhaitais également que quelqu'un se trouve derrière elle au cas où elle serait poussée vers le gouffre. Ce n'était pas vraiment un plan infaillible pour la garder en sécurité, mais à cet instant, je n'en trouvais pas de meilleur.

Heureusement, Tagelli ne me contredit pas et alors qu'Allie et moi le regardions, il avança vers l'ouverture avant de surgir dans la pièce. Au début, je n'entendis rien, puis je perçus l'écho du cri d'une femme, suivi par un bruit sourd.

— Merde, dis-je.

J'attrapai la main d'Allie.

— On y va ensemble.

À ce moment, je me moquais que ce ne soit pas la façon la plus sûre d'entrer dans la salle. Je devais voir ce qui s'y trouvait avant qu'elle franchisse l'entrée et en même temps, je ne pouvais pas la laisser seule.

— Ensemble, répétai-je. On se dépêche, ensuite tu vires à gauche et moi, à droite. Si quelqu'un nous vise, ça peut le désarçonner. Je connais cette salle et il y a un précipice à l'autre bout de la pièce que tu dois éviter si tu arrives jusque-là. Et il y a des colonnes en pierre qui permettent de nous cacher ou qui peuvent dissimuler un assaillant. Alors, sois prudente.

Elle acquiesça et nous nous précipitâmes. J'articulai silencieusement en faisant le décompte et à trois, nous contournâmes le coin, avant de nous baisser et de rouler dans la direction choisie. Je n'eus même pas le temps d'applaudir ma propre intelligence que des couteaux se mirent à voler.

Nous avions cependant l'avantage et Allie avait brandi son propre couteau avant même que je sois debout et stable sur mes pieds.

À quelques mètres de là, une démone que je n'avais jamais vue auparavant s'effondra, le couteau d'Allie dépassant de son œil.

Je ne perdis pas une seconde à réfléchir, ou même examiner la salle de plus près. Un autre démon, un enfant, se moquait de nous à côté du démon tout juste mort. Une arbalète était tournée en direction d'Allie, qui roula sur le côté alors que le démon lançait sa flèche.

Je visai, relâchai mon propre couteau et vis la lame s'enfoncer dans sa tempe.

Malheureusement, cela ne fit que l'agacer.

Je me précipitai vers l'avant, espérant récupérer

mon couteau et le repositionner dans son œil. Ce fut à ce moment-là que je vis le corps de Tagelli derrière une grande urne en pierre. Je ne ressentis aucun regret. Oui, il nous avait aidées, mais il s'agissait également d'un démon, et une fois que la menace d'un enfer dévorant disparaîtrait, je ne doutais pas qu'il m'aurait volontiers tuée, ou Allie, ou n'importe quel humain qui croisait son chemin.

Cependant, il pouvait me servir encore une fois. Je plongeai vers son corps alors que le jeune démon me visait. Sa flèche vola et tomba au sol, atterrissant sur la silhouette morte de Tagelli, face contre terre. Je tâtonnai à la recherche de sa main avant de saisir entre ses doigts le couteau auquel il s'accrochait encore.

J'étais dans une position gênante, mais je devais faire en sorte que ça fonctionne. Je n'avais plus aucun avantage et le gamin avait déjà rechargé et s'apprêtait à lancer une nouvelle flèche. J'avais esquivé une fois, mais cette fois-ci, j'étais certaine d'être dans son viseur.

J'avais une seule chance, et alors que je jetais le couteau, je priai pour que ça fonctionne avant de m'effondrer, soulagée, lorsque ma lame s'enfonça profondément dans son œil. En tombant, son corps fit dévier la trajectoire de sa flèche, qui me manqua alors d'un bon mètre.

Je jetai un coup d'œil autour de moi, mais ne vis pas Allie. Un nouvel élancement de peur me fit bondir. Je m'apprêtais à crier son nom quand j'entendis un cri puissant :

— Maman !

Je courus en direction de la voix avant de la trouver à côté d'Eliza, qui était attachée à une colonne en pierre, les chevilles retenues par une corde en chanvre épais. Ses mains étaient au-dessus de sa tête, attachées au niveau des poignets.

— Oh, mon Dieu, maman, elle est à peine consciente.

Les mots d'Allie étaient inutiles. Je voyais par moi-même ce qu'ils avaient fait à cette fille. Ses poignets étaient tailladés et elle saignait lentement. Le processus prenait plus longtemps puisque ses mains étaient au-dessus de sa tête. Cependant, c'était tout de même efficace, et si j'en croyais la mare de sang par terre, la pauvre n'avait plus beaucoup de temps à vivre.

— Coupe ses liens, dis-je.

Mon ordre fut superflu puisqu'Allie était déjà en train de couper les cordes.

— Ensuite, coupe des bandes sur son haut et mets-les autour de ses poignets.

Je me précipitais vers elles tout en parlant, mais je regardais également autour de nous. Je ne vis aucun autre démon. Toutefois, je repérai les corps de quatre personnes que je ne reconnus pas, étalés sur le sol.

— C'est toi qui les as tués ? demanda Allie.

— Deux d'entre eux, oui, répondit-elle. J'imagine qu'Eliza a eu les autres.

L'intéressée bougea doucement entre ses bras.

— Doucement. On est là.

Je l'aidai à découper les dernières cordes avant de poser Eliza par terre. Alors qu'Allie détaillait des bandes dans son T-shirt et commençait à les nouer autour de ses poignets, je caressai la joue de la jeune fille. Peut-être qu'elle nous avait trahies, peut-être qu'elle ne l'avait pas fait, mais à ce moment-là, elle n'était qu'une fille blessée qui se rapprochait dangereusement de la mort.

— Eliza, c'est Kate. Tu m'entends ? Où est la clé ? Qu'est-il arrivé à la clé ?

Elle ouvrit difficilement les yeux.

— Kate ? Désolée... tellement désolée.

Sa voix était fluette, si faible que je dus me pencher pour l'entendre.

— Voulais pas... dit qu'ils la laisseraient partir si... et je n'ai pas fait... pas pu...

— Chhhut. C'est bon. Tu n'es pas obligée de parler.

— Je dois, dit-elle. Censée rapporter la clé de San Diablo. Censée détruire la clé.

Elle inspira et sembla retrouver un peu de force.

— Mais ils l'ont emmenée. Ils l'ont torturée. Et ils ont eu la clé.

Les larmes coulèrent de ses yeux.

— Ta mère ? demanda Allie.

Elle était debout, à présent, et observait la pièce.

Eliza acquiesça dans un mouvement minuscule.

— Elle avait une moitié... autre moitié manquait... ils m'ont dit que je devais la trouver. Que si je la trouvais, ils la laisseraient vivre.

Je me balançai sur mes talons et soupirai. *Merde.* Bien sûr qu'elle avait gardé le secret. Bien sûr qu'elle avait essayé de sauver sa mère. Quel enfant ne le ferait pas ?

— Tu as trouvé où Duvall l'avait cachée, répliquai-je.

— Oui.

Une autre larme s'échappa pour s'accrocher à ses cils.

— Je pensais... Je pensais qu'on pouvait les combattre avant qu'ils l'utilisent. Je pensais qu'ils laisseraient partir maman et que nous aurions quand même une chance. C'était stupide.

— Où sont-ils, à présent ? Où est ta mère ?

Les larmes coulaient désormais librement, et tout son corps trembla sous l'effet du chagrin.

— L'ont tuée. Ils l'ont quand même tuée, dit-elle alors que le chagrin et la colère me traversaient. Ils m'ont obligée à regarder quand ils lui ont tr-tr-tranché la gorge. Et ensuite, ils ont dit qu'ils allaient me faire mourir lentement, qu'ils m'obligeraient à assister à la fin du monde. Je suis désolée, je suis désolée, je suis incroyablement désolée...

Elle recommença à sangloter et je me levai, la

fureur jaillissant en moi sans avoir nulle part où aller et sans avoir aucun démon à tabasser.

— Où ? demandai-je à Eliza. Dis-moi où se trouve le démon. Celui qui a la clé. Où se trouve le verrou pour ouvrir le portail ? Eliza, chérie, tu dois me le dire. Ils ont tué ta mère. Ne les laisse pas gagner. Aide-moi à les arrêter.

— Je ne sais pas, répondit-elle. Ils étaient ici. Ils étaient juste ici et ils ont simplement disparu.

Oh mon Dieu, oh mon Dieu.

Les démons avaient la clé. D'une minute à l'autre, désormais, ils allaient l'utiliser. Et j'ignorais totalement où ils étaient ou comment je pouvais les arrêter.

— Maman ? s'enquit Allie. Qu'est-ce qu'on va faire ?

Je n'eus cependant pas la chance de répondre. J'entendis plutôt une voix résonner, s'élever par en dessous pour envahir la salle.

— Qu'est-ce que vous allez faire ? Vous allez mourir, évidemment.

Puis, alors que nous regardions la scène, une lumière rouge menaçante surgit du gouffre, à l'autre bout de la salle. Les ombres transpercèrent la lumière et je me rendis compte que quelque chose s'élevait depuis le fond.

— Va chercher Eliza, dis-je.

Les murs autour de nous commencèrent à scintiller de rouge, comme s'ils étaient en feu.

— Va la chercher et sors d'ici.

— Je ne vais pas te laisser, affirma-t-elle.

— *Allie.*

Le reste de mes paroles mourut dans ma gorge quand je vis le démon se tenir sur un rocher s'élevant comme une colonne depuis le puits profond de plusieurs kilomètres. Et là, à ses pieds, se trouvait le cadavre de ma tante.

Je reconnus immédiatement le démon. Il m'avait presque tuée dans une ruelle près des Marches Espagnoles. Il l'aurait fait, en réalité, si Eliza n'avait pas jeté cette canette.

— Tu as essayé, dit-il. Mais tu as échoué.

Il montra les lumières scintillant autour de lui.

— C'est déjà fait. La clé a été utilisée. Le portail a été ouvert.

Il poussa du pied le corps de Debbie.

— En ce moment même, la gloire des enfers s'infiltre dans ce monde faible et hideux.

Alors qu'Eliza criait, sa mère bascula au bord de la colonne pour tomber encore et encore dans ce qui était, je ne pouvais que le supposer, les profondeurs de l'enfer s'élevant à présent pour tous nous consumer.

— Tu peux essayer de me tuer, dit le démon, mais ce serait vraiment inutile. Impossible d'arrêter ce qui a été entamé. Mais je te remercie sincèrement d'avoir autant pris soin de la clé. Et je remercie ta cousine de nous l'avoir si assidûment livrée.

— Vous ne gagnerez pas, dis-je.

Je craignais pourtant que mes mots soient un mensonge.

— Nous avons déjà gagné, répondit-il.

Son sourire se dessina lentement alors qu'il quittait la colonne et suivait le chemin de Debbie vers les enfers.

À l'instant où il disparut de ma vue, les murs commencèrent à trembler et l'éclat s'accentua.

— Merde !

Je me baissai et relevai Eliza.

— Prends-lui l'autre bras, intimai-je à Allie. Il faut qu'on sorte d'ici.

La destruction commença derrière nous, mais elle était si rapide que nous avions du mal à avoir un pas d'avance sur le sol qui se transformait en gravats sous nos pieds. Il nous était impossible de progresser assez rapidement sur cette corniche à l'extrémité de la salle en portant Eliza, et je ne pouvais que prier pour que la destruction se limite à cette pièce. Si elle emportait toutes les catacombes, nous ne survivrions pas.

Mais, après tout, le portail des enfers avait été ouvert. Même si nous sortions vivantes des catacombes, combien de temps avions-nous gagné ?

Ça ne valait pas la peine d'y penser. À cet instant, nous devions simplement sortir. Allie et moi soulevant ma cousine blessée, nous nous précipitâmes vers la sortie, bondissant finalement alors que les derniers centimètres du sol tombaient sous nos pieds.

Nous nous collâmes au mur, nous mettant en équilibre sur la fine corniche et reprenant notre souffle alors que derrière nous, la salle du rituel disparaissait dans les décombres.

C'était une fin appropriée, songeai-je. Et un début approprié pour la fin du monde.

17

Le temps pressait.

Quelque part dans le monde, le portail des enfers s'était ouvert. J'imaginais une substance visqueuse et noire en train de bouillonner, comme de la lave rouge et brûlante qui nous détruirait tous.

Comme nous n'avions pas de temps à perdre, madame Micari, Allie et moi retournâmes à l'auberge pour nous regrouper et faire des recherches. Le Père Corletti avait gardé Eliza avec lui et était retourné au Vatican où l'incroyable équipe médicale de la *Forza* s'occuperait d'elle pendant qu'il ralliait les troupes et effectuait ses propres recherches.

Nous devions savoir deux choses, bien sûr. Où se trouvait le portail. Et comment le fermer maintenant qu'il était ouvert. Les deux informations étaient essentielles et ni l'une ni l'autre n'était utile si nous n'avions pas la seconde.

Malheureusement, nous ne savions même pas s'il y *avait* une façon de le fermer. Nous avancions à l'aveugle et nous n'avions pas le temps.

J'appelai Eddie depuis la voiture, pour qu'il fasse ce qu'il pouvait depuis San Diablo, pendant que Laura, Cutter et même Mindy exploraient Internet à la recherche d'indices. Mais je ne m'attendais pas à grand-chose.

J'avais également appelé Stuart, et j'avais été royalement énervée quand il n'avait pas décroché.

Madame Micari suggéra que j'appelle directement l'auberge, mais à ce moment-là, nous n'étions qu'à quelques pâtés de maisons. Dès que la voiture s'arrêta, j'en sortis et me précipitai vers la porte. Je l'ouvris brusquement avant de me figer, complètement ébahie par ce que je voyais.

— Papa ! hurla Allie derrière moi.

Elle courut dans sa direction et se jeta dans ses bras ouverts.

Voir Eric fut suffisant pour me désarçonner. C'était assez stupéfiant de le voir ici, à Rome, mais même si je l'avais vu à plusieurs reprises depuis qu'il avait perdu son œil, je ne m'étais toujours pas habituée à son allure avec son bandeau noir. Il paraissait subversif, dangereux et légèrement sauvage.

Cependant, tout ça n'était qu'en surface. Ce qui m'épatait vraiment, c'était ce que j'avais vu avant qu'Eric se lève et étreigne Allie : il était assis à l'une des petites tables de la salle à manger avec Stuart, et tous les deux discutaient sérieusement autour de deux tasses de cappuccino.

Apparemment, le démon avait eu raison, la fin du monde était imminente.

— Pourquoi es-tu là ? demandai-je avant de poursuivre immédiatement. Est-ce que Stuart t'a mis au courant ?

— Oui. On a discuté de ce qui devait être fait si vous reveniez sans avoir détruit la clé.

— J'espère que vous avez trouvé quelque chose, déclarai-je ironiquement. Au cas où vous ne seriez pas au courant, la fin est proche.

Il y a bien une raison si l'humour noir apparaît pendant les moments de terreur et de désespoir. Il vous permet au moins de vous donner l'impression que vous avez un semblant de contrôle sur la situation.

— On n'a rien trouvé, admit Eric alors que Stuart venait se placer à côté de moi. Mais le Père Donnelly est en route. J'espère qu'il aura une idée.

— Le Père Donnelly ? Pourquoi ?

Je ne pris pas la peine de dissimuler mon dédain. Étant donné ce qu'il avait fait à Eric, le Père Donnelly n'était pas sur la liste de mes personnes préférées. Et excusez ma méchanceté, mais si le monde touchait à sa fin, je ne voulais pas passer mes dernières heures avec cet homme.

— C'est lui qui a dit à Eric de venir, expliqua Stuart.

— Quoi ? Pourquoi ? Il n'est pas du tout impliqué.

— Si, répondit madame Micari derrière moi.

Je ne m'étais même pas rendu compte qu'elle se trouvait là, mais évidemment, elle avait suivi la conversation.

— Il est impliqué depuis le tout début, dit-elle alors que nous nous tournions vers elle. En fait, c'est lui qui a informé Debbie que les démons avaient connaissance de l'endroit où était cachée la clé. Il savait que ta grand-mère l'avait planquée et il a ordonné à Debbie de travailler avec Quiric — c'était le nom démoniaque de Duvall — pour la récupérer et l'amener à Rome afin qu'elle puisse être détruite.

— Il savait comment détruire la clé ?

— C'était l'un des nombreux rituels qu'il avait découvert au cours de ses études, oui. Mais quand Debbie et Quiric ont réalisé que les démons obscurs étaient au courant qu'ils avaient la clé, ils ont décidé de tenter une approche différente. Le Père Donnelly a parlé à Quiric de ton voyage imminent et il a été décidé que le démon t'utiliserait pour passer clandestinement la clé.

Je l'observai, bouche bée.

— Pourquoi êtes-vous impliquée dans tout ça ? s'enquit Eric.

— Nous avons grandi ensemble. Nous sommes

restés en contact au fil des années. J'ai travaillé avec lui quand j'étais employée par la *Forza*. Et je l'ai aidé avec de nombreux projets.

Elle croisa le regard d'Eric.

— De nombreux projets, répéta-t-elle.

Je vis un muscle se contracter dans la mâchoire d'Eric.

— Je vois.

— C'est vous qui avez mis ma chambre sens dessus dessous, déclarai-je d'une voix tendue et brutale.

— Non, répondit-elle. Il est clair que les démons en costume noir, comme vous les appelez, se sont rendu compte que Duvall t'avait passé la clé. Ils ont cherché. Je n'avais rien à voir avec ça. Et la jeune Eliza, quand sa mère a été enlevée et qu'elle a été obligée de faire le sale boulot des démons, elle n'est pas venue me voir. Elle cache bien ses secrets. Il est possible qu'elle ait aidé le jeune à accéder à ta chambre, mais je ne sais pas si c'est le cas.

Je pris un moment pour contrôler ma mauvaise humeur.

— D'accord, répondis-je avant de revenir au sujet qui m'intéressait. Donnelly voulait que la clé soit ici. Il voulait qu'elle soit détruite. Tant mieux pour lui. Mais pourquoi veut-il qu'Eric vienne ? Devinez quoi ? Je ne fais pas confiance à ce fils de pute.

— *Katherine* ! s'exclama madame Micari. C'est un prêtre.

— Il a fait du mal à un enfant, dis-je en regardant Eric. Il a blessé beaucoup de vies.

— Son but ultime était de faire le bien. Il souhaitait trouver un moyen de combattre le pouvoir démoniaque. De le retourner contre lui-même.

— On ne va pas se disputer à ce sujet maintenant, déclara Stuart. Pour le moment, tout ce que je veux savoir, c'est comment empêcher la fin du monde. Si ce prêtre peut nous aider, alors je dis qu'on devrait le laisser faire. On pourra débattre du fait qu'il est un fils de pute ou non quand nous aurons survécu à l'apocalypse. D'accord ?

Il me lança un regard appuyé.

Je haussai une épaule.

— Bien sûr. Tu as raison. Pense-t-il qu'Eric peut nous aider ? C'est la raison pour laquelle il t'a appelé ? demandai-je en faisant face à mon premier mari. Parce que tu as une perspective unique sur la façon de penser des démons ?

J'espérais que c'était le cas. Sincèrement.

— Il ne l'a pas dit, admit Eric. Pour ce que j'en sais, il pensait peut-être que je devrais être avec ma famille quand la fin arriverait.

— Papa... le réprimanda Allie en se penchant vers lui.

— D'accord. On part de zéro. Toi, dis-je en montrant Allie du doigt, prends l'ordinateur portable. Fais une liste de toutes les localisations qui sont supposées être un portail vers les enfers. *Toutes*.

On demandera au Père Corletti de rallier les Chasseurs du monde entier.

Elle acquiesça avant de se précipiter dans l'escalier pour récupérer notre ordinateur portable.

— Je suis ravie que tu sois là, dis-je à Eric. Je suis ravie qu'elle ait pu voir son père avant que...

Il croisa mon regard.

— Ne pense pas à ça, répondit-il. Nous avons arrêté de plus grandes menaces. Nous contrerons celle-ci. Nous formons une sacrée équipe.

Il se tourna légèrement pour que Stuart soit inclus dans la conversation.

Je les regardai tour à tour.

— Je vais regretter de gâcher ce qui est probablement un bon moment, mais que se passe-t-il entre vous deux ? C'est un genre de liste de choses à accomplir ? Faire la paix avant la fin ?

— J'ai simplement dit à Eric que je ne pouvais m'imaginer traverser tout ce qu'il a traversé, tout en te voyant avec un autre homme, pour ne rien arranger, expliqua Stuart.

— Et j'ai dit à Stuart que je lui devais ma vie... littéralement.

Je fronçai les sourcils. Stuart avait peut-être sauvé Eric du démon, mais il avait failli le tuer par la même occasion. Et cela avait coûté un œil à mon premier mari. Pourtant, si les deux hommes qui s'opposaient dans ma vie voulaient entrer dans une période d'entente, je n'allais certainement pas les contredire.

— Génial, dis-je. D'accord. Donc, je pense que pendant qu'Allie explore Internet, on pourrait…

Je n'eus pas l'occasion de terminer ma phrase puisque la porte s'ouvrit brusquement et que le Père Donnelly entra. Madame Micari se précipita pour le rejoindre. Et, à ma grande surprise, Stuart en fit de même et se déchaîna immédiatement en mettant un coup de poing dans le visage du prêtre.

— Stuart ! cria madame Micari.

Quant à moi, je dois avouer que je me contentai de rire.

Eric réussit à réprimer sa propre réaction, mais je le connaissais suffisamment pour reconnaître l'hilarité sur son visage.

— Vous devez être Stuart, déclara le Père Donnelly en frottant sa mâchoire indubitablement douloureuse.

— Vous avez mis ma famille en danger, s'emporta Stuart. Cette foutue clé dans le jouet de mon enfant ? Mon fils aurait pu être tué. Et ma fille s'est aventurée près de la bouche des enfers. Quel genre d'homme êtes-vous ?

— Un homme qui tente de remettre les enfers à leur place, dit le Père Donnelly. Un homme qui comprend les décisions difficiles devant être prises pour que le mal soit banni dans l'obscurité et pour que l'obscurité soit enfermée loin de la lumière.

— Ce sont des conneries, répondit Stuart. Si vous pensez…

— *Stuart.*

Mon ton sec attira son attention.

— Je n'aime pas ça non plus. Mais c'est peut-être le seul qui en sait suffisamment à ce sujet pour nous aider à y mettre fin.

Je regardai le Père Donnelly dans les yeux.

— Le pouvez-vous ? m'enquis-je. Ou est-ce que Stuart a raison et que nous devons vous botter le cul pour vous sortir de là et laisser les adultes se mettre au boulot ?

— On peut l'arrêter. Et oui, dit-il en regardant directement Eric. Je sais ce qui doit être fait.

18

— Il y a, comme vous le savez, de nombreux portails qui mènent supposément aux enfers, expliqua le Père Donnelly alors que nous nous asseyions autour de la table et que nous l'écoutions. Il est impossible de savoir quel portail a été activé. Il n'y a aucun moyen d'en être certain. Mais j'ai fait une déduction logique et je crois que nous avons affaire au portail des enfers localisé sous le Forum Romain.

— Pourquoi ? demanda simplement Allie. S'il y a huit milliards de portails, pourquoi pensez-vous que c'est celui-ci ? Enfin, c'est génial si vous avez raison, parce que ce n'est pas très loin d'ici. Mais personnellement, j'aimerais en être un peu plus convaincue avant qu'on se mette en chasse et qu'on perde peut-être encore plus de temps.

Je réprimai mon envie d'applaudir et je vis sur le

visage d'Eric qu'il ressentait la même chose. Ma petite fille grandissait et avec un peu de chance, nous sauverions le monde pour qu'elle puisse continuer.

— Tu as raison de te méfier, répondit-il. Mais j'ai appelé l'Institut National de Sismologie et ils viennent tout juste d'enregistrer une activité localisée dans cette zone. Si on ajoute à cela ce que je m'apprête à vous dire, je pense que nous pouvons être assez confiants et dire que c'est là que se trouve le portail... et qu'il a effectivement commencé à s'ouvrir.

— Qu'est-ce que vous vous apprêtez à nous dire ? demandai-je.

— Avez-vous entendu parler de *Lacus Curtius* ?

Nous secouâmes tous la tête. Sauf ma fille, qui acquiesça.

Le Père Donnelly esquissa un sourire tendu.

— Une bonne élève. J'espère qu'elle s'entraîne formellement pour rejoindre la *Forza* ?

— Aidons le monde à continuer de tourner et on pourra en discuter plus tard. D'accord, Al. Raconte-nous.

— Je ne sais pas grand-chose, dit-elle, mais je viens juste de le trouver sur Internet quand je faisais des recherches avant que le Père Donnelly arrive.

— Donc c'est un portail vers l'enfer.

— Il est apparu dans mes recherches, mais rien dans l'article ne disait que c'en était un. Simplement que c'était un gouffre mystérieux. Et qu'il a continué de grandir et de grandir jusqu'à ce qu'un mec du nom de Curtius se jette dans le précipice. Ça s'est alors arrêté.

— Donc le portail exige un sacrifice ? s'enquit Stuart.

— Je ne le crois pas, répondit le Père Donnelly. Ce n'est pas de notoriété publique, mais les dossiers que j'ai dégotés dans la bibliothèque du Vatican révèlent que Marcus Curtius a été capable de sceller le gouffre en versant son sang. Mais une fois que son sang a pu réussir une telle magie, il a été honni et son corps jeté dans le gouffre en train de se refermer.

— Sympa, dit Allie. Il sauve le monde et se fait punir pour ça.

— Alors, ça signifie que le sang humain refermera le portail. L'un de nous doit se rapprocher du portail et quoi ? Y étaler du sang ?

— Il y aura un pouvoir central, déclara Donnelly. Des dessins anciens qui indiqueront les enfers. Eric les connaîtra grâce à son entraînement d'*alimentatore*.

— D'accord. Alors Eric nous est utile.

— Il est plus qu'utile, répondit Donnelly. Il est essentiel.

— Qu'est-ce que vous voulez dire ? demanda Allie.

Donnelly la regarda.

— Sait-elle ce qu'il s'est passé quand son père était enfant ?

— Je sais ce que vous lui avez fait, répondit Allie en levant le menton. Vous et ses parents.

— Mais tu ne sais pas pourquoi, répondit le Père Donnelly.

— Vous essayiez de créer un combattant avec des instincts et une force démoniaques.

— En partie, oui. Plus que ça, nous tentions de nous préparer pour ce jour.

— Eric est essentiel, murmura Stuart en répétant les paroles du Père Donnelly. Curtius était comme Eric. C'est la raison pour laquelle il savait quoi faire. La raison pour laquelle il savait que cela devait être lui.

Je regardai Stuart, d'un air surpris et approbateur, puis Eric, d'un air choqué.

— Curtius était également lié à un démon ?

— Comme Curtius a vécu avant la naissance du Christ, nous ne pouvons en être certains. Toutefois, les documents du Vatican indiquent qu'il était lié, oui. C'était un hybride.

— Et puisque vous vouliez un hybride dans votre arsenal, vous avez créé Eric, dis-je. Salaud.

— Il y a toujours un prix à payer pour le bien, répondit-il.

— Ça ira ? demandai-je à Eric. Tu es dans un angle mort, maintenant.

— Tout ira bien, confirma-t-il. Je me suis entraîné, j'ai appris à compenser.

Ironiquement, il ajouta :

— Et, visiblement, j'ai la technique pour défendre ce côté-là.

— C'est un avantage de sa nature hybride, expliqua le Père Donnelly avec quelque chose qui ressemblait à de la fierté dans la voix.

Honnêtement, j'avais envie de lui mettre une claque.

— Cet avantage n'est pas parti avec le démon ? m'enquis-je.

Le prêtre haussa une épaule.

— Il existe des mystères, Kate. Et il y en a certains que nous ne comprendrons jamais.

— Ça n'a pas d'importance, dit Eric en poussant la table pour se lever. L'essentiel, c'est que je vais y aller, angle mort ou non. Si mon sang peut arrêter ça, alors je vais le faire.

Il croisa le regard du Père Donnelly.

— Où vais-je exactement ?

Nous étions dans l'obscurité, devant le célèbre Forum Romain, à regarder les touristes se balader, poser pour des photos sans se méfier de la fin du monde.

— Tu descends sous terre, lui intima le Père.

— Il descend ? demandai-je.

— Il y a quelques années, des archéologues ont

découvert une tombe sous le forum. Le Vatican a participé à l'expansion de ces fouilles et nous avons découvert une nécropole sous cette tombe. D'après les gravures, et comme le centre de la nécropole est directement sous le gouffre de Curtius, je crois que c'est là que le portail a commencé à s'ouvrir.

— Pourrons-nous agir ? demanda Allie. Enfin, les enfers suintent, n'est-ce pas ? Ce sera genre, quoi ? De la bile et des trucs répugnants ?

— Je n'en sais rien, admit le Père Donnelly.

— Et tu ne le découvriras pas, répondit Eric. Tu restes ici avec le Père Donnelly, Stuart et madame Micari.

— Je viens, rétorqua Stuart.

— Oh que non, répliquai-je. S'il m'arrive quelque chose, je ne laisserai pas Timmy sans aucun parent.

Je jetai un coup d'œil à la berline noire dans laquelle Timmy dormait, surveillé par l'un des chauffeurs de la *Forza*.

— Et tu sais très bien que tu n'es pas prêt à venir sur le terrain.

— Désolé, mon pote, ajouta Eric. Elle a raison. Tu serais un handicap plus qu'un atout.

Stuart n'en avait pas l'air ravi, mais à sa décharge, il ne protesta pas.

— *Je* suis un atout, intervint Allie. Et je viens.

— Alison Elizabeth Crowe, dit Eric, nous n'aurons pas cette discussion.

— Tu as raison, renchérit-elle. Nous ne l'aurons pas.

Elle fit un pas vers lui avant de lui enfoncer un doigt dans le torse.

— Tu sais quoi, papa ? Tu es parti. Tu t'es enfui. Et tu es de retour, maintenant. C'est génial et tout, mais devine quoi ? Tu n'as plus ton mot à dire. Maman, si.

Un muscle tressauta dans la joue d'Eric et je me crispai, craignant que sa mauvaise humeur se mette à bouillonner. Il finit cependant par céder.

— Ta mère dira non, déclara-t-il doucement.

Il me regarda.

— N'est-ce pas ?

Je songeai au fait qu'elle avait tant grandi ces derniers mois. Qu'elle avait travaillé dur, et qu'elle en était arrivée là. Je songeai au fait que le Père Corletti la pensait prête pour l'entraînement et qu'elle m'avait aidée dans les catacombes. Je songeai aussi au fait que c'était peut-être la fin et que nous aurions besoin de toute l'aide disponible. Et même si c'était méchant, je songeai à la douleur causée par Eric quand il était parti.

Je regardai Allie avant de me tourner vers son père.

— Non, dis-je. Sa mère va la laisser venir.

Je soutins le regard d'Eric, tentant de lui faire comprendre silencieusement qu'elle était prête. Qu'il devait avoir foi en moi et en notre fille. Au bout d'un moment, il acquiesça.

— Alors mettons-nous en route.

Nous enfilâmes des vestes de chasse fournies par la *Forza* — remplies de couteaux, d'eau bénite et de tout un tas de gadgets charmants et d'autres bidules — et je remerciai silencieusement le Père Donnelly d'avoir apporté un véhicule officiel et bien fourni. Nous le suivîmes ensuite loin des touristes vers un chantier à environ deux pâtés de maisons.

— La construction est un trompe-l'œil, dit-il.

Il hocha la tête en direction de l'abri dégradé qui ressemblait au bureau de l'entrepreneur.

— L'entrée de la nécropole est là-dedans.

Je le regardai et me rendis compte pour la première fois qu'il n'avait ni veste ni arme.

— Vous ne venez pas ?

— Je viendrai si vous avez besoin de moi, mais je n'ai pas été entraîné pour venir sur le terrain. J'ai peur d'être un frein. Mais si vous pensez que je pourrais vous aider, je m'habillerais.

— Non, répondit Eric. Si nous échouons, vous devrez trouver un autre plan. Et, franchement, je n'ai pas envie de surveiller les arrières d'Allie et les vôtres.

— Je peux surveiller mes arrières toute seule, merci, rétorqua Allie.

— Elle est prête, Eric, dis-je. Et elle est plus vieille que nous quand on a commencé.

— On n'a pas le temps de se disputer à propos de

ça, répondit-il. Donc on en discutera une fois qu'on aura sauvé le monde.

Il nous regarda tour à tour, Allie et moi.

— Marché conclu ?

— Marché conclu, répondit Allie en même temps que moi.

Nous le suivîmes ensuite dans l'abri. Il sortit une lampe de poche et éclaira les alentours, avant de dévoiler une trappe au sol. Allie se pencha et l'ouvrit. Je jetai un coup d'œil à l'intérieur, suivant le rayon de lumière le long d'une échelle menant au puits noir d'obscurité impénétrable.

Je me penchai et mis un pied sur l'échelle.

— Les dames d'abord, chuchotai-je.

Ils acquiescèrent tous les deux et je commençai à descendre. J'avais sorti ma propre lampe de poche et la tenais entre mes dents. La lumière minuscule était insuffisante dans cette obscurité impénétrable et l'échelle paraissait infinie. Je jure que nous descendîmes pendant des heures avant que finalement — *finalement* — mes pieds touchent la terre ferme. Ou du moins, un sol raisonnablement solide.

— C'est... spongieux, dis-je.

Je baissai ensuite la lumière pour qu'elle éclaire mes pieds.

J'eus immédiatement un haut-le-cœur.

— Oh, mon Dieu. Je crois que c'est du sang. Je crois que c'est du sang coagulé.

Dès que je prononçai ces mots, je sus que j'avais

raison. L'odeur me parvint depuis le sol, écrasante, cuivrée et écœurante.

— Maman, dit Allie en quittant l'échelle à côté de moi.

Sa voix était étouffée et j'étais certaine qu'elle luttait pour ne pas avoir de haut-le-cœur.

— Remonte ton col et respire par la bouche, dis-je. Ça aidera.

Eric descendit ensuite.

— Ça ne fera qu'empirer, dit-il à Allie. Tu peux le supporter ?

Elle acquiesça avant de baisser son col et de prendre une profonde inspiration.

— Si vous le pouvez, je le peux.

— Très bien, alors, dit-il. Allons-y.

Nous suivîmes un vieux tunnel de pierre sur au moins deux cent soixante-quinze mètres. L'air stagnait, nous étouffait. Le sang remontait autour de nos chevilles. Nous avancions péniblement, en silence, et je ne savais pas si c'était la même chose pour ma fille ou pour Eric, mais je commençais à me demander si nous devrions marcher jusqu'aux Enfers avant d'avoir la chance d'interrompre tout ça.

Puis, alors que je voyais une lumière rouge au loin, je commençai à sentir une brise.

— Ça vient d'où ? chuchota Allie.

C'était une bonne question et j'ignorai la réponse jusqu'à ce que des oiseaux déferlent sur nous, des milliers et des milliers de corbeaux croassant, criant, battant de leurs ailes anormalement larges autour de nos têtes, de nos corps, de nos visages.

— Papa !

Allie agita vainement son couteau en l'air.

— De l'eau bénite ! cria Eric en l'aspergeant devant lui, créant ainsi une barrière entre les oiseaux et lui.

Allie en fit de même et je les imitai. Nous avançâmes, luttant contre le mur de corbeaux qui avançait avec nous, maintenu à distance par le pouvoir de Dieu et de Son eau bénite.

Puis, aussi vite qu'ils étaient arrivés, les oiseaux disparurent, chacun plongeant dans le sol et s'évanouissant dans le sang qui s'élevait toujours autour de nos chevilles.

— Où sont-ils allés ? chuchota Allie.

— Il vaut mieux ne pas poser de questions quand on ne veut pas savoir la réponse, déclara sinistrement Eric.

— Regardez, dis-je.

Auparavant, les oiseaux nous avaient bloqué la vue. Désormais, je voyais que le couloir s'ouvrait sur une salle. Elle semblait vide, mais un genre de pierre cylindrique se dressait au centre. Elle était couverte de marques et le sang semblait suinter de robinets près de son extrémité basse.

— Ça doit être ça, constata Eric. Le centre. Le contrôle.

— Là où tu dois être, dis-je. Sois prudent. Tu peux lire les dessins ?

— Je ne les vois pas assez bien.

— Attends, dit Allie en tapotant sa veste de chasseuse. Je crois qu'il y a... ouais, ici.

Elle en sortit une paire de jumelles minuscules avant de la passer à son père.

— Il y a tout un tas de trucs cool dans cette veste, dit-elle. Il nous en faut carrément, à la maison, maman.

— D'abord, dis-je, on sort d'ici et si la Californie existe encore, je superviserais moi-même la création de la veste.

Je m'attendais à ce qu'Allie s'esclaffe. Mais elle cria.

Je ne lui en voulais pas. Comme dans un mauvais film des années quarante, une douzaine de squelettes animés commencèrent à avancer vers nous.

— Leur tête ! criai-je. Coupez-leur la tête !

— Ils protègent la colonne, déclara Eric. Nous devons les éliminer avant que je puisse l'atteindre.

— Tu es sûr que c'est ça ? criai-je en retour.

Je me déchaînai avec mon couteau et tranchai la tête d'un squelette qui m'attaquait en souriant.

— Certains de ces dessins me sont familiers, répondit-il. On ne peut pas la voir, mais il y a une crevasse au sommet pour collecter le sang... *mon sang*. Ensuite, ce sang filtrera dans la pierre et coulera dans ces veines. Tu vois les motifs ?

— Je suis un peu occupée, là, répliquai-je.

Je me déchainai contre les deux autres squelettes qui se jetèrent sur moi, un couteau dans chaque main.

Eric avança et enfonça son couteau dans le globe oculaire de l'un d'entre eux. Il le retira ensuite vivement et détacha le crâne du cou. D'un mouvement du bras, il l'envoya valser.

— Merci, dis-je. Encore trois.

En voyant Allie en faucher un, je corrigeai :

— Deux.

Eric et moi tuâmes chacun un des squelettes restants et nous avançâmes ensuite vers la colonne, Allie devant nous.

— *Arrêtez* ! hurla Eric.

Allie et moi nous figeâmes.

— Quoi ?

Je regardai autour de moi. Les squelettes étaient à terre. Les corbeaux avaient disparu. Il n'y avait absolument plus rien à craindre dans cette pièce et je comprenais parfaitement pourquoi cela l'effrayait. Parce qu'on ne peut pas combattre ce qu'on ne voit pas et c'est ce qui fait que les choses cachées sont les plus terrifiantes de toutes.

— Le sol, dit-il. Regardez.

Allie et moi nous exécutâmes et je vis qu'à quelques pas devant nous, la texture du sol changeait. Le sang coulait toujours de la colonne, mais il suivait ce qui ressemblait à des lignes d'enduit décrivant un motif géométrique qui formait un hexagone autour du pilier. Chaque carreau était comme une île immaculée dans une mer de sang et chacun était gravé d'un symbole que je ne reconnaissais pas.

— Tu sais ce que ça dit ? demandai-je.

— Un peu. C'est un cérémonial. Une danse, je crois. Une danse rituelle autour de la colonne. Ou jusqu'à la colonne, peut-être.

— Il y aura des pièges, dit Allie. Probablement des pièges vraiment horribles.

— Je n'en doute pas, dis-je. Mais qu'est-ce qui fait que tu en es si certaine ?

Je m'attendais à ce qu'elle me raconte un fait obscur trouvé lors de ses recherches. Elle leva plutôt les yeux au ciel, me rappelant que peu importaient les circonstances, certaines choses ne changeaient pas.

— Bah, maman. *Les Aventuriers de l'Arche perdue* ? Tout ce truc au début, quand il essaie de récupérer l'idole ?

Je croisai le regard d'Eric et en dépit du fait que nous étions entourés par les enfers, l'humour que j'y vis me réchauffa.

— C'est notre fille, dit-il.

— Ouais. C'est vrai.

Allie fronça les sourcils.

— Donc ton sang coule sur le pilier et ça crée ensuite un genre de magie et *pouf* tout s'arrête ?

— Je crois, oui, dit Eric. Et je pense aussi qu'il est temps de tester cette théorie.

— Sois prudent, lui intimai-je. Peu importe la danse que tu vois, suis les pas à la lettre.

Il acquiesça, examinant le sol en commençant à se diriger vers le pilier. Lors du premier pas, les corbeaux réapparurent, mais ils n'attaquèrent aucunement Eric. Ils se jetèrent plutôt sur Allie et moi.

— Reste concentré, lui criai-je. Tout va bien pour nous.

Bien était un peu optimiste, mais je ne voulais pas qu'il s'inquiète ou soit distrait. Je ne voulais pas qu'il tombe. J'avais vu ce film d'Indiana Jones et je n'avais pas envie qu'il se fasse empaler.

— La prochaine attaque sera sur lui, dit Allie. Ce ne sera pas aussi horrible que s'il marchait sur la mauvaise pierre, mais ce sera suffisant pour tenter de le faire tomber. Pour le pousser à faire un mauvais pas, tu vois ?

— Non, dis-je. Je ne vois pas. Comment le sais-tu ? Tu sais lire les dessins ? Ce qu'il y a sur la colonne ?

Elle haussa une épaule.

— C'est simplement ce que je ferais. Si j'avais créé ce piège.

Je fronçai les sourcils. Génial. Ma fille, ce génie du mal.

— Tu vois, dit-elle.

Un brouillard dense commençait à monter entre notre position et l'espace carrelé. Bientôt, je ne vis même plus Eric. Mais j'en avais vu suffisamment pour savoir qu'il luttait. Des spectres. Des démons désincarnés qui s'entortillaient autour de lui, leur apparence telle une brume, leurs visages ressemblant à des masques horribles provoquant les cris du public pendant un film d'horreur.

— Ils ne peuvent pas te toucher, lui criai-je. Souviens-toi qu'ils sont désincarnés. Continue d'avancer et reste sur les bons carreaux !

Je n'entendis aucune réponse et croisai le regard d'Allie.

— Une barrière antibruit ?

— J'en mettrai une, pas toi ?

Je fronçai les sourcils, mais je ne pouvais qu'être d'accord.

Cela signifiait que nous pouvions seulement attendre.

Et attendre.

— J'y vais, dis-je quand au moins cinq minutes s'étaient écoulées. Je me souviens où il a marché. Ça prend trop longtemps.

— *Non*.

Elle m'attrapa le bras quand j'entrai dans le brouillard.

— Primo, ce sera empoisonné, tu le sais bien. Et deuzio, tu ne peux pas l'aider. Il faut que ce soit son sang, non ? Alors il doit y arriver.

Puis, comme si la salle nous comprenait, le brouillard se leva et mon cœur bondit quand je vis Eric se tenir juste à côté du pilier, son couteau tenu au-dessus de la chair douce à la base de son pouce. Je vis le mouvement de la lame, observai Eric grimacer, puis serrer sa main au-dessus de la colonne.

Pendant un moment, rien ne se produisit. Je vis ensuite les veines sur la pierre s'emplir de rouge. Le sang coulait de plus en plus vite, atteignant enfin la base du pilier.

Je m'attendais à ce que les robinets se referment, que le sang cesse de couler. Je m'attendais, je ne sais pas, à ce que des anges chantent. À ce que des trompettes annoncent notre triomphe sur les enfers.

Au lieu de ça, une lumière rouge surgit du sommet de la colonne et le sang commença à couler de plus en plus vite.

— Eric ! hurlai-je.

— Ce n'est pas moi, dit-il. Bon sang, Kate ! Le mauvais sang précipite la fin ! Nom d'un *chien*.

Il agita les bras.

— Partez ! Rejoignez la sortie ! Ça accélère. Sérieusement, on va avoir du mal à sortir avant que le sang monte et nous aspire. Partez, bon sang, partez !

— Où ça ? demandai-je. C'est la fin du monde.

— Le Père Donnelly. Le Père Corletti. Ils trouveront quelque chose.

— Comment ? demanda Allie alors qu'une larme coulait sous son œil.

Je l'attrapai par les épaules et la secouai.

— Je te l'interdis, Alison Crowe. Je t'interdis de te ramollir, maintenant. Nous avons un boulot et nous allons le faire. Tu es ma fille, bon sang. Tu es la fille d'Eric. Tu es une véritable Chasseuse et tu vas te comporter comme tel. Tu m'entends ?

Elle acquiesça, mais ne dit rien.

— Je t'ai demandé si tu m'avais entendue ?

Eric s'arrêta à côté de moi et Allie inclina la tête vers le haut pour le regarder.

— Ta fille, dit-elle lentement avant d'écarquiller les yeux.

Elle saisit le bras de son père en hurlant :

— Maman !

— Bon sang, Allie, dit Eric. Nous devons y aller.

— *Non* !

Ce mot était féroce. Déterminé.

— Et si Curtius n'était pas un hybride ? Les documents sont vieux, n'est-ce pas ?

Elle nous regarda tour à tour, son père et moi.

— Et s'il était le descendant d'un démon ? Qu'il n'était pas lié, mais qu'il descendait de lui ? Si un démon était en fait dans son sang ?

— Et alors ? dis-je. Ça ne nous aide toujours pas parce que...

Je ne pus finir ma phrase. J'en fus incapable puisque je savais à quoi elle pensait. Et que Dieu m'en soit témoin, je craignais qu'elle ait raison.

— Ça fonctionnera, dit-elle.

Avant qu'Eric ou moi ne puisse l'interrompre, Allie commença à courir vers le pilier. Seulement, elle se moquait de la danse.

Des flèches jaillirent dans sa direction. Des corbeaux descendirent en piqué sur elle. Des serpents s'élevèrent des lignes de sang coulant entre les carreaux pour s'enrouler autour de ses chevilles.

Elle esquiva le tout. Elle tua toute créature qui se mettait en travers de son chemin.

Et elle arriva au pilier, indemne.

— Mon Dieu, murmura Eric d'une voix si faible que je l'entendis à peine. C'est le Père Donnelly qui a fait ça.

— Ce n'était pas toi, l'expérience, dis-je.

Ma voix était chargée de larmes que j'étais déterminée à ne pas laisser couler.

— C'était ton enfant.

Et alors que nous la regardions, notre petite fille, notre douce adolescente innocente de descendance démoniaque, se trancha la paume et claqua sa main ensanglantée sur la colonne cérémoniale.

Immédiatement, une lumière dorée jaillit du pilier, puis étincela et illumina la pièce, vaporisant chaque créature démoniaque qui restait, des cadavres des squelettes au sang en passant par les dernières traces de brouillard. Le flot de sang cessa de couler depuis la colonne.

Plus important, le pilier commença aussi à redescendre dans le sol.

Nous avions gagné.

Mais alors que je regardais ma fille et son visage

confus, strié de larmes, je sus que nous avions aussi perdu.

J'espérais simplement que nous n'avions pas tout perdu.

Allie était assise à l'arrière de la berline de la *Forza*, une couverture enroulée autour de ses épaules et la portière ouverte à côté d'elle.

— Rien n'a changé, Al. Tu es encore celle que tu as toujours été, dis-je de là où je me trouvais, près de la voiture.

— Ouais, répondit-elle doucement. Mais maintenant, je sais qui c'est. Ce que c'est.

— Ne va pas t'imaginer que ça te donne une excuse pour éviter les corvées de lessive et de nettoyage des expériences scientifiques qui poussent dans la salle de bain. Dire « c'est le diable qui m'y a obligée » ne sera pas une excuse valable, jeune femme.

Comme je l'avais espéré, elle s'esclaffa. Mais l'éclat disparut rapidement.

— Il faut qu'on parle, maman.

— Je sais.

— Et il faut que je parle à papa.

— Je le sais aussi.

— Mais pas maintenant. S'il te plaît, est-ce que je

peux faire comme si ça n'était jamais arrivé ? Pas pour toujours. Simplement jusqu'à ce qu'on rentre à la maison. Je veux juste... Je veux juste être moi pendant un peu plus longtemps.

— Oh, chérie, dis-je.

Je m'accroupis devant la voiture et lui serrai les mains.

— Tu ne seras jamais personne d'autre. Mais oui. Je pense qu'il est temps de vraiment se mettre en mode « vacances », n'est-ce pas ? On oublie tout. On mange des pâtes. On se lâche sur les trucs touristiques. D'accord ?

Elle acquiesça.

— Quand on y pense, je crois *carrément* que je mérite une énorme virée shopping.

Elle sourit alors et je faillis fondre de soulagement lorsque je vis l'étincelle dans son regard.

— Ouais, mon cœur, répondis-je.

J'étais submergée par la force, la résilience et oui, la prévisibilité de mon adolescente.

— Je crois que le shopping sera clairement au programme.

J'inclinai la tête pour croiser le regard de Stuart.

— On va aussi faire du tourisme. Qu'est-ce que tu penserais d'un jour au *Castel Sant'Angelo* ? m'enquis-je alors qu'il venait se placer à côté de moi.

— Je n'imagine rien de mieux, répondit-il en m'attirant contre lui.

Je songeai à Eliza à l'hôpital. À Eric qui faisait

son compte-rendu au Père Corletti en ce moment même alors qu'Allie et moi attendions notre tour. Je songeai à tout ce qui s'était passé et à tout ce qui avait été révélé.

Et oui, en dépit de tout ça, j'étais satisfaite. Oui, nous devions encore gérer de gros problèmes, et l'un d'entre eux, pas le moindre, était blotti devant moi sous sa couverture. Et oui, j'avais une nouvelle cousine que je devais apprendre à connaître. Et, évidemment, il y avait toujours des démons durs à cuire dans le monde, des démons qui avaient terriblement envie de mettre la pagaille. Bon sang, une seconde carrière potentielle planait au-dessus de ma tête, clignotant comme un néon en attendant que je prenne ma décision.

Mais, pour le moment, rien de tout ça n'avait d'importance. Pour le moment, j'avais simplement besoin de ma famille.

Le boulot pouvait attendre.

L'inquiétude pouvait attendre.

Et oui, les démons pouvaient attendre.

Avec un peu de chance, ils attendraient même demain.

J'espère que vous avez aimé l'histoire de Kate autant que j'ai aimé l'écrire ! Merci de poster un

avis sur votre site de vente préféré ! Vous n'avez pas idée combien c'est utile pour les auteurs.

Continuez votre lecture avec le premier chapitre de *Démon à bord*, le tome 7 de la série Maman contre démon.

UN EXTRAIT

I

J'ai toujours su qu'être la mère d'une adolescente serait comme vivre avec un démon tout droit sorti des enfers. Les explosions d'hormones. Les drames avec les amis. Les drames amoureux. Les drames lycéens. Toutes les petites passions projetées dans ce cinéma connu sous le nom d'adolescence.

J'avais lu tous les guides parentaux. J'avais parlé à d'autres mères. J'avais regardé des films et des émissions télé.

J'avais tout anticipé... sauf la chose que je n'aurais pas pu imaginer...

Mon adolescente était vraiment un démon.

D'accord, peut-être que j'exagérais légèrement. Techniquement, elle n'était qu'en partie démoniaque et c'était du côté de son père. Je ne suis même pas sûre de savoir à quel point elle est démon, parce que nous ne savons pas vraiment à quel point son père est démon.

Et, oui, le fait qu'elle soit en partie démon a sauvé le monde il y a quelques jours, même si cette petite anecdote n'est pas passée au journal local. Ce n'est pourtant pas choquant. Empêcher l'apocalypse nous fait rarement passer sur CNN.

Mais rien de tout cela ne change le fait qu'il y a de l'essence démoniaque en elle. Cette obscurité. Cette envie de pouvoir et de désordre. Ce mal fondamental, solide et froid.

Je ne l'ai jamais vu en elle. Ça n'est jamais sorti.

Mais je sais qu'il est là et cette simple réalité m'effraie terriblement. Comment puis-je la protéger d'une chose cachée au plus profond d'elle ?

Je m'appelle Kate Connor et je suis Chasseuse de Démons.

Et, pour le moment, ma plus grande peur est qu'un jour, le démon qui se cachait dans ma fille surgisse et marque ainsi la fin de tout. Puisque même si cela provoquait l'apocalypse, comment pouvais-je tuer mon enfant ?

— Alors la gamine a un peu de mal en elle, répéta Eddie en s'enfonçant dans le fauteuil inclinable qu'il avait revendiqué. Comme si c'était nouveau ? Elle a quinze ans. Qui a déjà entendu parler d'une adolescente de quinze ans qui n'était pas maléfique ?

— Euh, allô ? s'exclama Allie. Je suis juste là ! Et je ne suis *carrément* pas maléfique !

Ma fille, Allie, le sujet de cette conversation particulière, lança un regard noir à son grand-père. Ou plutôt, à l'homme qu'elle considérait comme son grand-père. Tout comme moi, Eddie Lohman avait pris sa retraite de la vie de Chasseur de Démons. Et tout comme moi, il avait dû sortir de sa retraite et reprendre la vive réalité du service actif.

Personnellement, j'avais repris mon boulot de base et chassais les monstres. Lui, il assumait le rôle d'*alimentatore* avec moi, bien qu'il ne soit pas officiellement payé par la *Forza Scura*.

La *Forza Scura* est la branche secrète du Vatican créée il y a des milliers d'années pour entraîner, éduquer et organiser les Chasseurs afin qu'ils combattent les démons, les vampires, les zombies et autres créatures des enfers ayant réussi à accéder à notre monde. Les démons sont les plus fréquents comme ce sont eux qui peuvent ressembler le plus à des humains. Mais les vampires, contrairement à la version hollywoodienne, ont tendance à ne pas être des personnes élégantes et pleines d'entrain, avec un sens de l'humour sarcastique et des yeux sombres et sexy. Il s'agit plutôt de créatures pâles, à demi mortes qui, tels des moustiques géants, ont constamment besoin de leur dose de sang.

Autrement dit, ce sont des monstres.

Idem pour les zombies, qui se déplacent malgré leur état de décomposition, sans aucune volonté propre à part celle de leur maître, généralement un démon, qui les contrôle.

Les zombies et les vampires ne se fondent pas

dans la masse. D'ailleurs, c'était aussi le cas de la plupart des créatures dans l'arbre généalogique démonique. Mais les démons charnels ? Eh bien, ils font plutôt du bon boulot. Ils ressemblent à des humains puisque, eh bien, ils sont plus ou moins humains.

Le truc, c'est qu'il y a constamment des démons autour de nous et je parle littéralement. Quand vous marchez sur Terre, vous traversez des démons, bien qu'ils soient dans une autre dimension. À la *Forza*, nous appelons ça l'éther, mais il est plus juste de dire qu'il s'agit d'un genre de limbes et c'est là que les démons attendent. Ils se tapissent en attendant d'avoir l'occasion de se glisser dans un corps dont un humain n'a plus besoin.

Autrement dit, les démons s'installent dans des cadavres au moment où l'âme humaine s'en va. Ils ne peuvent pas non plus prendre n'importe quel cadavre. La fenêtre d'opportunité est très courte, donc le démon doit être prêt, juste là. Il doit prêter attention et être en position de départ.

Mais ce n'est pas tout. Même si le timing est bon, l'âme qui s'en va peut encore protéger le corps. Elle peut se battre et la plupart des âmes le font. Plus une personne avait foi, quand elle était en vie, plus il sera difficile pour le démon de se battre et d'entrer.

Pourtant, certains démons y arrivent. Vous avez entendu des histoires : des victimes de crise cardiaque miraculeusement ressuscitées. Un nageur noyé ramené à la vie. Sont-ce des personnes qui l'ont échappé belle ? Peut-être. Mais généralement, je suppose que ce sont des démons. Vous pouvez me qualifier de pessimiste, mais je me dis qu'il vaut mieux prévenir que guérir.

Et une fois qu'un démon est dans un corps, il peut y rester très, très longtemps. La plupart ne le font pas, puisqu'une majorité de démons a tendance à ne pas se fondre dans la masse. Ils veulent sortir et causer des dégâts. Ébranler le monde et se montrer maléfique. De plus, la plupart ont tendance à être des sbires, effectuant le boulot des Hauts Démons qui un Programme Sérieux. Du genre, oh, mettre fin au monde tel que nous le connaissons.

Ces démons sont faciles à repérer pour un Chasseur.

Mais d'autres réussissent à nous tromper. Certains ont un travail classique. Ce sont des démons, oui. Ils sont maléfiques, absolument. Mais ils veulent aussi être simplement humains. Je connais des démons qui gèrent des quincailleries, des clubs de strip-tease ou des entreprises de télémarketing. Généralement, leur véritable nature prend le dessus après un certain temps, mais le plus important, c'est qu'ils sont là. Qu'ils se mêlent aux autres.

Et désormais, je ne peux m'empêcher de penser qu'Allie a quelque chose en commun avec eux.

Cette idée est loin d'être joyeuse.

2

— Alors la gamine a un peu de mal en elle, répéta Eddie en s'enfonçant dans le fauteuil inclinable qu'il avait revendiqué. Comme si c'était nouveau ? Elle a quinze ans. Qui a déjà entendu parler d'une adolescente de quinze ans qui n'était pas maléfique ?

— Euh, allô ? s'exclama Allie. Je suis juste là ! Et je ne suis *carrément* pas maléfique !

Ma fille, Allie, le sujet de cette conversation particulière, lança un regard noir à son grand-père. Ou plutôt, à l'homme qu'elle considérait comme son grand-père. Tout comme moi, Eddie Lohman avait pris sa retraite de la vie de Chasseur de Démons. Et tout comme moi, il avait dû sortir de sa retraite et reprendre la vive réalité du service actif.

Personnellement, j'avais repris mon boulot de base et chassais les monstres. Lui, il assumait le rôle d'*alimentatore* avec moi, bien qu'il ne soit pas officiellement payé par la *Forza Scura*.

La *Forza Scura* est la branche secrète du Vatican créée il y a des milliers d'années pour entraîner, éduquer et organiser les Chasseurs afin qu'ils combattent les démons, les vampires, les zombies et autres créatures des enfers ayant réussi à accéder à notre monde. Les démons sont les plus fréquents comme ce sont eux qui peuvent ressembler le plus à des humains. Mais les vampires, contrairement à la version hollywoodienne, ont tendance à ne pas être des personnes élégantes et pleines d'entrain, avec un sens de l'humour sarcastique et des yeux sombres et sexy. Il s'agit plutôt de créatures pâles, à demi mortes qui, tels des moustiques géants, ont constamment besoin de leur dose de sang.

Autrement dit, ce sont des monstres.

Idem pour les zombies, qui se déplacent malgré leur état de décomposition, sans aucune volonté propre à part celle de leur maître, généralement un démon, qui les contrôle.

Les zombies et les vampires ne se fondent pas dans la masse. D'ailleurs, c'était aussi le cas de la plupart des créatures dans l'arbre généalogique démonique. Mais les démons charnels ? Eh bien, ils font plutôt du bon boulot. Ils ressemblent à des humains puisque, eh bien, ils sont plus ou moins humains.

Le truc, c'est qu'il y a constamment des démons autour de nous et je parle littéralement. Quand vous marchez sur Terre, vous traversez des démons, bien qu'ils soient dans une autre dimension. À la *Forza*, nous appelons ça l'éther, mais il est plus juste de dire qu'il s'agit d'un genre de limbes et c'est là que les démons attendent. Ils se tapissent en attendant d'avoir l'occasion de se glisser dans un corps dont un humain n'a plus besoin.

Autrement dit, les démons s'installent dans des cadavres au moment où l'âme humaine s'en va. Ils ne peuvent pas non plus prendre n'importe quel cadavre. La fenêtre d'opportunité est très courte, donc le démon doit être prêt, juste là. Il doit prêter attention et être en position de départ.

Mais ce n'est pas tout. Même si le timing est bon, l'âme qui s'en va peut encore protéger le corps. Elle peut se battre et la plupart des âmes le font. Plus une personne avait foi, quand elle était en vie, plus il sera difficile pour le démon de se battre et d'entrer.

Pourtant, certains démons y arrivent. Vous avez entendu des histoires : des victimes de crise cardiaque miraculeusement ressuscitées. Un nageur noyé ramené à la vie. Sont-ce des personnes qui l'ont échappé belle ? Peut-être. Mais généralement, je suppose que ce sont des démons. Vous pouvez me qualifier de pessimiste, mais je me dis qu'il vaut mieux prévenir que guérir.

Et une fois qu'un démon est dans un corps, il peut y rester très, très longtemps. La plupart ne le font pas, puisqu'une majorité de démons a tendance à ne pas se fondre dans la masse. Ils veulent sortir et causer des dégâts. Ébranler le monde et se montrer maléfique. De plus, la plupart ont tendance à être des sbires, effectuant le boulot des Hauts Démons qui un Programme Sérieux. Du genre, oh, mettre fin au monde tel que nous le connaissons.

Ces démons sont faciles à repérer pour un Chasseur.

Mais d'autres réussissent à nous tromper. Certains ont un travail classique. Ce sont des démons, oui. Ils sont maléfiques, absolument. Mais ils veulent aussi être simplement humains. Je connais des démons qui gèrent des quincailleries, des clubs de strip-tease ou des entreprises de télémarketing. Généralement, leur véritable nature prend le dessus après un certain temps, mais le plus important, c'est qu'ils sont là. Qu'ils se mêlent aux autres.

Et désormais, je ne peux m'empêcher de penser qu'Allie a quelque chose en commun avec eux.

Cette idée est loin d'être joyeuse.

— ... tout comme l'a dit le Père Donnelly. N'est-ce pas, Kate ?

La voix d'Eliza me sortit de ma rêverie.

— Pardon. Quoi ?

Ma cousine de dix-huit ans et Allie échangèrent un regard exaspéré.

— Nom de Dieu, maman. Tu ne serais pas un peu distraite ?

Je ne répondis rien, puisque, oui, j'étais effectivement légèrement distraite. Épuisée, également. Nous n'étions arrivés à San Diablo que deux heures plus tôt après être restés dans l'avion plus de quinze heures pour revenir de Rome. Il n'existait pas suffisamment de café dans le monde pour chasser le brouillard de mon cerveau fatigué et confus.

— Eliza a dit que tout ce qui était en moi était bon, poursuivit Allie.

Au même moment, Stuart, assis à mes côtés sur le canapé, resserra sa main autour de la mienne.

— Tout comme l'a dit le Père Donnelly. J'ai l'essence, pas le mal. J'ai la force. Et la stratégie. Alors, c'est un avantage du point de vue de la chasse. N'est-ce pas ?

Elle se retourna, son regard passant de moi à son père, Eric, assis sur l'une des chaises de la salle à manger que nous avions traînées jusqu'au salon pour cette réunion de famille improvisée.

— N'est-ce pas ? répéta-t-elle.

Bien que je ne puisse en être sûre, je crus discerner une note de panique dans sa voix.

— Évidemment que tout est bon, répondit Eric.

Il pivota vers la gauche afin de favoriser son œil valide. Il avait perdu le droit lors de notre dernière bataille avant de partir à Rome et, tout bien considéré, il s'était remarquablement bien adapté.

— D'accord, dit Allie. OK.

J'étais heureuse que ma fille regarde son père avec tant d'intensité qu'elle en devienne incapable de remarquer Eddie, qui levait les yeux au ciel en remuant ses sourcils épais comme des chenilles.

— Tu as sauvé le monde, non ? ajouta Eric.

— Carrément, rétorqua férocement Eliza. Elle nous a tous sauvés.

Pendant qu'Allie sauvait le monde, Eliza était à l'hôpital. Elle avait affronté la mort en échouant à sauver sa mère, cette tante que je n'avais jamais connue. Je jetai un coup d'œil aux bracelets en cuir qu'elle arborait désormais à ses poignets. Ils correspondaient manifestement au style vestimentaire d'une dure à cuire avec un mauvais caractère. Et bien que cette description se prête à Eliza, la véritable raison de la présence de ces bracelets était qu'elle souhaitait dissimuler les horribles cicatrices gonflées.

— Je ne me tuerai jamais, avait affirmé Eliza lors de notre dernier jour à Rome.

Deux semaines après la fin du monde qui n'avait pas eu lieu, nous l'avions accompagnée lors de sa première sortie de l'hôpital et elle avait voulu se rendre au marché ouvert. J'avais compris pourquoi quand elle était partie vers un étal de bijoux en cuir et avait choisi les bracelets avant de les passer autour de ses poignets. Allie avait alors ajusté les lanières pour que la taille soit parfaite.

— Et il est hors de question que tous les caissiers au supermarché pensent que j'ai tenté de me trancher les veines chaque fois que je vais faire les courses, avait-elle ajouté avant de donner un coup comme pour bloquer un assaillant. En plus, ils devraient être utiles pour dévier les couteaux, non ?

J'avais opiné du chef. Plus que ça, j'avais également acheté une paire pour Allie et moi, même si nous ne les portions pas constamment, contrairement à Eliza.

Allie, assise en tailleur sur le sol à côté d'Eliza, fronça les sourcils.

— Et j'ai sauvé le monde *grâce* à ce que je suis.

Elle releva les genoux et les enlaça, son attention rivée sur Eric.

— Je suis différente, n'est-ce pas ? Grâce à toi, je veux dire. On l'a fait sortir de toi, mais avec moi...

Elle s'interrompit en fronçant les sourcils, puis secoua la tête.

Je savais à quoi elle pensait. Pendant des années, le démon que les parents d'Eric avaient mis en lui avait été maîtrisé, paralysé par un rituel de contrainte effectué par l'Église. Mais la contention n'avait pas fonctionné comme elle l'aurait dû et les choses avaient dégénéré il y a peu de temps. Eric était devenu comme Jekyll et Hyde. Il avait tant perdu la tête qu'il avait failli nous blesser, Allie et moi.

Tout allait mieux maintenant. Le démon avait été détruit et Eric avait survécu. Il ne restait plus un soupçon d'essence démoniaque en lui. Du moins, d'après ce que nous en savions.

— C'est différent, lui assura gentiment Eric. J'avais un véritable démon au fond de moi. Ce n'est pas ton cas. Tu...

— L'as entièrement en moi, déclara-t-elle. *Infusée par l'essence du démon.* N'est-ce pas ce qu'a dit le Père Donnelly ? Enfin, je suis coincée avec. Je le *suis.* Et j'ai simplement...

— L'*essence,* répéta Eric. Il n'y a pas de démon en toi, attendant de prendre le contrôle.

— Oh, c'est vrai, cracha Allie. Et tu le sais parce que ça arrive tout le temps. Je suis la première, tu te souviens ? Parce que tes parents voulaient *m'engendrer...*

— Ma chérie, dis-je doucement puisqu'elle commençait à élever la voix et à devenir hystérique.

Elle prit une profonde inspiration avant de mettre les mains sur ses flancs comme elle le fait lorsqu'elle est submergée par un tas de devoirs.

— Vous savez quoi ? Peu importe, dit-elle en se levant. Je peux y aller ?

— Y aller ? s'enquit son père. Où ça ?

— Dehors. À la plage. Au centre commercial. Chez Mindy, répondit-elle enfin en faisant référence à sa meilleure amie. Est-ce que je peux juste sortir avec Mindy ?

Son regard était toujours rivé sur Eric et, pendant un moment, il ne répondit rien. Néanmoins, je savais suffisamment analyser son expression pour comprendre qu'il voulait la garder dans la maison, en sécurité avec nous, loin du monde extérieur. Et, avec un peu de chance, en sécurité avec elle-même.

Apparemment, Allie savait également décortiquer son expression puisqu'elle piqua une crise.

— Je sais prendre soin de moi, tu sais. Et je ne vais pas devenir démoniaque à la plage. Je promets de ne pas ouvrir de portail vers l'enfer. Tu viens juste de dire qu'aucun démon n'attendait de faire son apparition. Tout ce que je veux, c'est sortir d'ici. J'ai envie de voir Mindy. Je veux...

— Évidemment que tu peux y aller, déclara doucement Stuart.

La tempête que j'avais vu grandir sur le visage d'Allie commença à disparaître.

Eric, sur le point de protester, se tourna vers Stuart et je levai une main pour l'interrompre.

— Stuart a raison, dis-je. Allie et Mindy ont beaucoup de choses à rattraper. Et c'est une journée magnifique pour aller à la plage.

— Je viens aussi, intervint Eliza.

Elle nous observait tous les quatre et tentait évidemment d'évaluer la situation.

— Je n'ai pas besoin d'une baby-sitter ! Des cornes ne vont pas pousser sur ma tête !

Eliza se rassit, levant les mains comme dans un geste de légitime défense.

— Je n'ai pas dit que c'était le cas, mais je pensais que tu voulais que je rencontre Mindy. C'est ce que tu as dit à Rome, n'est-ce pas ? Et je meurs d'envie d'aller à la plage. J'y allais tout le temps à San Diego et je suis en manque. Y a-t-il un endroit où l'on peut louer des planches ?

— Tu surfes ?

Le problème imminent provoqué par l'héritage démoniaque d'Allie disparut face à la perspective brillante d'apprendre à surfer.

— Tu veux bien m'apprendre ?

— Allie, dis-je. Tu te souviens de la dernière fois où tu as eu envie de surfer ?

— Eh bien, ouais. Mais cette fois-ci, c'est *moi* le démon.

— Allie !

— *Je plaisante.*

Elle haussa les épaules, ressemblant alors à ma petite fille.

— Sérieusement, maman, surfer n'est pas le problème et tu le sais.

— Eh bien, ça peut en devenir *un*, mais on pourra avoir cette discussion sur la sécurité dans le sport plus tard. Pour l'instant, j'imagine que tu peux y aller.

— Vraiment ? Génial. Tu peux nous y conduire ?

— Prenez le bus, déclarai-je. Considère le trajet jusqu'à l'arrêt de bus comme faisant partie de ton entraînement de surfeuse.

Allie leva les yeux au ciel.

— Eliza peut nous y conduire ?

Je fronçai les sourcils, ayant oublié que nous avions un autre conducteur avec le permis dans notre entourage. Du moins, je supposai qu'elle en avait un.

— Tu peux le faire ?

— Bien sûr, répondit Eliza. Mais ma voiture est toujours à San Diego.

J'acquiesçai, me souvenant soudain qu'Eliza ne nous avait pas parlé de ses plans. Retournait-elle chez elle ? Restait-elle à San Diablo ? Déménageait-elle à Rome pour s'entraîner ?

C'était néanmoins une discussion réservée à un autre jour.

— Tu peux emprunter le monospace, intervint Stuart quand il devint évident que je n'allais pas répondre.

— Oh, d'accord. Oui. Les clés de l'Odyssey sont dans la cuisine. Vérifiez s'il y a de l'essence, criai-je alors qu'elles se dépêchaient de sortir. Et contrôlez les pneus !

Un frisson d'inquiétude me parcourut. Je tentai de le réprimer en me disant que j'étais nerveuse parce qu'Allie était conduite par une autre adolescente. Mais Allie s'était déjà baladée en voiture avec ses amies du lycée, plus âgées, l'année dernière.

Non, la véritable raison de mon inquiétude était exactement la même que celle d'Allie. Elle était provoquée par ce qu'elle était. D'après ce que nous savions sur elle, à présent, j'avais peur que comme toute adolescente, elle puisse perdre son calme. Mais contrairement aux autres, ses explosions colériques pouvaient causer de véritables dégâts.

À vrai dire, ça n'avait jamais été le cas auparavant. Ses crises de nerfs quand elle était bébé n'avaient jamais ouvert de portail vers les enfers et sa mauvaise humeur adolescente n'avait jamais fait venir d'armée de vampires chez nous. Mais c'était avant.

Les choses étaient différentes à présent. Elle s'était tenue devant le portail des enfers et son sang avait retenu des hordes de démons. *Son sang.*

Une lumière dorée avait alors envahi la pièce et nous avait tous éclairés. Pour ce que j'en savais, cette journée avait peut-être changé quelque chose de fondamental en elle. Même si ça n'avait pas été le cas, elle grandissait. Elle grandissait et changeait.

En tant que mère, cela m'enthousiasmait, me ravissait et me rendait légèrement nostalgique.

En tant que chasseuse de démons, cela me terrifiait.

Non seulement parce que j'ignorais comment les lambeaux démoniaques en elle finiraient par se manifester, s'ils le faisaient, mais également parce que ses grands-parents l'avaient délibérément créée dans l'espoir de générer l'arme ultime qui combattrait les démons. Et j'avais le sentiment que la population démoniaque générale n'en était pas vraiment ravie.

Je craignais surtout l'inconnu. J'avais peur pour mon bébé. Et j'étais frustrée de n'avoir aucune idée de la façon dont l'aider.

Comme s'il savait ce que je pensais, Stuart me serra la main.

— C'est une bonne gamine. Tout ira bien.

Je souris et, pendant un moment de bonheur, je m'autorisai à le croire.

Eddie arriva alors et anéantit totalement mon fantasme en ricanant bruyamment.

— Tu te fais une sacrée idée de la « bonne gamine », mon garçon, dit-il. Parce que je crois que les choses vont devenir plus bordéliques que jamais.

— Merci, Eddie, déclarai-je sèchement. Merci beaucoup.

— Je dis simplement ce que je vois et, en vérité, je ne vois pas grand-chose.

Eric inclina la tête en écoutant attentivement Eddie.

— Que voulez-vous dire ?

— Simplement que nous n'avons pas de vue d'ensemble. Et si le père Donnelly mène la barque à la *Forza,* nous ne l'aurons jamais.

— Le Père Corletti est toujours responsable de la *Forza*, dis-je loyalement.

Ce prêtre avait été comme un père pour moi quand j'avais grandi en tant qu'orpheline dans les dortoirs de la *Forza*.

— Peut-être, dit Eddie. Mais il n'était pas au courant du plan digne de Frankenstein du Père D. et de la façon dont ce salaud de traître a aidé à mettre un démon dans celui-là.

Il montra Eric du doigt.

— Le Père Corletti ne savait même pas la vérité quand tu as fait naître le monstre du Père D.

— Eddie !

Le choc et la colère se mêlaient dans ma voix.

Il balaya mon emportement d'un revers de la main.

— Je suis simplement mon analogie. Je ne pourrais aimer cette gamine encore plus si elle était réellement mon arrière-petite-fille et tu le sais. Je dis simplement que nous pensions qu'Eric était censé être son arme secrète, mais en réalité, c'était Allie.

— Le Père Donnelly nous a dit qu'il ne s'était pas rendu compte qu'elle avait de l'essence démoniaque en elle, déclara Stuart en nous regardant chacun à notre tour, Eric et moi. Quand nous avons eu cette réunion au Vatican, avant de rentrer à la maison. C'est ce qu'il a dit. Il ne nous mentirait pas. C'est un prêtre.

— Tu te comportes parfaitement comme un bon petit catholique, rétorqua Eddie. Quant à moi ? Je ne crois jamais un mot que prononce cet homme. Et, concrètement, pourquoi cela a-t-il de l'importance qu'il ait été au courant ou non ? Le résultat final est qu'il a obtenu ce qu'il voulait. Il a engendré une nouvelle race de Chasseur de Démons.

— Eddie a raison, déclara lentement Eric. Qu'il ait su ou non que notre fille avait de l'essence démo-niaque, elle est ce qu'il essayait d'accomplir avec moi. C'est la raison pour laquelle il voulait qu'elle reste à Rome. C'est la raison pour laquelle il a utilisé ses mots comme une arme quand il a parlé du fait qu'elle devait combattre les démons.

Mon estomac se tordit, mais j'essayai de réfléchir rationnellement. De penser comme une Chasseuse et non comme une mère. Et Kate la Chasseuse de Démons savait qu'ils avaient raison.

— Tu as dit qu'il n'était pas ravi quand tu as

refusé de la laisser là-bas pour qu'elle s'entraîne, me rappela Eddie.

Ses doigts glissèrent sur la garde du couteau que nous avions rapporté comme souvenir de Rome.

— Je crois que c'est parce qu'il te cache quelque chose.

— Quoi ? demandai-je.

— Je l'ignore. Mais il nous dissimule une information. Je parie qu'il y a plus de pouvoirs en cette fille qu'il ne vous le dit, et nous ignorons sous quelle forme cela va sortir.

— Nom de Dieu, rétorque Stuart.

Eric ne dit rien, mais son regard était rivé sur moi et je vis la peur dans sa pupille.

— C'est une bonne gamine, insistai-je.

— C'est une adolescente, rétorqua Eddie. Et ça signifie qu'elle va partir un peu en vrille. Il n'y a rien de mal à ça. Sauf qu'avec cette petite, qui sait ce que ça donnera ?

Je me levai avant de commencer à faire les cent pas dans le salon et la cuisine. Je n'avais pas envie d'entendre ça. Je n'avais pas envie d'y penser. Je voulais songer à toutes les autres choses qui devaient être faites. Toutes les missions de maman ordinaire qui m'attendaient à notre retour. Se préparer à la nouvelle année scolaire qui allait débuter. Défaire les valises. Retrouver une routine physique. Aller faire les courses. Planifier le troisième anniversaire de Timmy. Nettoyer ce fichu garage.

Les trucs normaux. Les trucs de la vie.

Et, honnêtement, je ne pensais pas que c'était trop demander. Après tout, nous venions tout juste de fermer un portail qui allait libérer les enfers dans le monde. Il était donc certain que l'univers nous devait une petite pause.

Ce n'était que justice, n'est-ce pas ?

NOTES

CHAPITRE 2

1. En français dans le texte.

J. Kenner

Julie Kenner (alias J. Kenner) est une auteure de best-sellers internationaux figurant aux classements des journaux *New York Times*, *USA Today*, *Publishers Weekly* et *Wall Street Journal*. Elle a écrit plus d'une centaine de romans, de romans courts et de nouvelles dans toutes sortes de genres littéraires.

Selon *Publishers Weekly*, JK est une auteure qui a un « don pour le dialogue et la création de personnages excentriques », et le *RT Bookclub* estime qu'elle a su « répondre aux besoins du marché en créant des antihéros scandaleusement attirants et dominateurs, et des femmes qui fondent pour eux. » Six fois finaliste de la prestigieuse récompense RITA (*Romance Writers of America*), JK a remporté son premier trophée RITA en 2014 pour son roman *Claim Me* (tome 2 de sa trilogie *Stark*) et le second en 2017 pour son roman *Wicked Dirty*. Elle a vendu des millions de livres, publiés dans plus de vingt langues.

Au cours de sa précédente carrière, JK a exercé

comme avocate en Californie du Sud et au Texas. Elle vit actuellement dans le centre du Texas, avec son mari, ses deux filles et deux chats plutôt lunatiques.

Visitez son site web www.juliekenner.com pour en savoir plus et pour entrer en contact avec JK sur les réseaux sociaux !

Newsletter en français :
https://jkenner.com/French